離婚してまもなく，新たな出会いに恵まれて，純真な青年トビイ・ローズと婚約したイヴ・ニール。だが幸せな日々は長く続かず，彼女はこともあろうにトビイの父サー・モーリス殺害の容疑者にされてしまう。犯行時刻には，イヴはたしかにローズ家の向かいにある自宅の寝室にいた。だが，そこには前夫ネッドが忍びこんでいたため，身の潔白を示すことができないのだ。完璧にそろった状況証拠が，イヴを絶体絶命の窮地に陥れる——「このトリックには，さすがのわたしも脱帽する」とアガサ・クリスティをして驚嘆せしめた，巨匠カー不朽の本格長編。

登場人物

イヴ・ニール……………………若い女性
ネッド・アトウッド……………イヴの前夫
トビイ（ホレイショー）・ローズ……イヴの婚約者
サー・モーリス・ローズ………トビイの父
ヘレナ・ローズ…………………トビイの母
ジャニス・ローズ………………トビイの妹
ベンジャミン・フィリップス……ヘレナの兄
イヴェット・ラトゥール………イヴのメイド
プルー・ラトゥール……………イヴェットの妹
アリスティード・ゴロン………警察署長
ダーモット・キンロス博士……精神科医
ヴォトゥール……………………予審判事

皇帝のかぎ煙草入れ

ジョン・ディクスン・カー
駒　月　雅　子　訳

創元推理文庫

THE EMPEROR'S SNUFF-BOX

by

John Dickson Carr

1942

皇帝のかぎ煙草入れ

第一章

イヴ・ニールがネッド・アトウッドを相手に起こした離婚訴訟は、法廷に持ちこまれることなく決着した。また、離婚の申し立て理由がネッドと有名テニス選手との不倫だったにもかかわらず、イヴが心配していたような派手なスキャンダルには発展しなかった。

というのも、二人はパリのジョルジュ・サンク通りにあるアメリカ教会で結婚したため、同じくパリで成立した離婚でも母国イギリスで法的に有効だったからである。イギリスの新聞は二人の離婚を一、二行のごく小さな記事で伝えただけだった。イヴとネッドが結婚生活を送っていた家はラ・バンドレットにあった。〝細片〟を意味する名のとおり、帯状に続く銀白色の浜辺にたたずむ町で、戦前の平和な時代にはフランスでも有数のにぎやかな避暑地だった。そのためロンドンとのつながりが多少残っていて、勝手な噂話や冷やかしの声がちらほら聞かれはしたものの、二人の問題はすでにけりがついたかに思われた。

けれどもイヴにとっては、自分のほうから離婚を申し立てたことが、夫から離婚を求められるよりも不面目に感じられてならなかった。

もちろん、これはまともな心理状態ではない。緊張が続いたあとの揺り戻しともいうべき消耗で、もともとのんきな彼女もさすがに神経がまいってしまい、ヒステリー寸前まで追いつめられていたのだ。そのうえ不幸にも美貌の持ち主であるがゆえに、世間から手厳しい意見を休みなく浴びせられたのだった。

たとえば、一人の女が言う。「それにしても、ネッド・アトウッドみたいな男と結婚すればどうなるかは、初めからわかってたでしょうにねえ」

もう一人はこう答える。「だけどあなた、男の側だけが悪いとはかぎらないわよ。ほら、女のほうの写真をご覧なさいな。ほかの男が放っておくと思う?」

そのときイヴは二十八歳だった。十九歳で父の遺産を相続し、ランカシャーにある綿紡績工場をいくつかと、豪腕実業家の娘であるという気概と誇りを手にした。二十五歳でネッド・アトウッドと夫婦になったが、結婚を決めた理由は三つあった。彼がハンサムだったから、孤独を感じていたから、そして、思いつめた顔の彼に結婚してくれなければ自殺すると脅されたからだった。

おっとりしたお人好しで、疑うことを知らない性分でありながら、イヴの外見は男を惑わす罪作りな美女そのものである。すらりと背が高くきゃしゃな姿は、ヴァンドーム広場でルベックが扮した妖婦キルケーさながらだ。明るい栗色の長くて豊かな髪は羊毛のようにふんわりとしていて、エドワード朝風の優美なスタイルに結ってある。うっすら赤みが差した色白の顔に灰色の目、微笑をたたえた唇も、古風な魅力を添えている。そうした容貌はフランス人の目にはとりわけ印象的に映るようで、離婚訴訟を担当した判事でさえ例外ではなかった。

フランスでは、離婚を認める前に当事者同士をじかに会わせることが法律で定められていた。両者に話し合いを持たせ、互いの溝を埋める和解の努力をぎりぎりまで続けさせるためだ。ヴェルサイユの判事室でネッドと顔を合わせたときのことを、イヴはいまでも克明に覚えている。あれは暖かい四月の朝で、春が来るたびパリを浮き立たせる魔法のような陽気だった。

判事は頰ひげを生やしたお節介好きな人物だった。実直ではあったが、手続きを進めていく態度はかなり芝居がかっていた。

「マダム！　それからムッシュー！　後悔のないよう、いま一度じっくり考えていただきたいのですがね」

ネッド・アトウッドの様子はというと……

猫をかぶって、やけに殊勝な顔をしていたが、いつものように人を引きつける魅力を存分に振りまいていた。そのせいで明るい室内がますます陽気になるのをイヴ自身も感じ取った。たとえ二日酔いでも、彼の魅力はびくともしないだろう。さも後悔しているようなしょげかえった表情にさえ、余裕が漂っていた。ブロンドの髪に青い目の彼は、三十代半ばを過ぎても衰える兆しのない若々しさをまとって、窓際にたたずんでいた。思わず見とれてしまうほど絵になる姿だった。憎らしいくらい、厄介なくらいすてきな男性だと、認めないわけにはいかなかった。彼がこれまで起こしてきたいざこざは、たぶん恵まれた容貌のせいなのだろうとイヴは思った。

「結婚について、私の思うところを少しお話ししましょうかな？」判事が語りかけた。

「いいえ、それには及びませんわ！」イヴはきっぱりと断った。

「私としては、お二人にもう一度考え直して……」

「考え直すもなにも、ぼくはもともと離婚なんか望んでませんよ」ネッドがしゃがれ声で言った。

小柄な判事はさっと振り返り、居丈高に言った。

「ムッシュー、お静かに！　いいですか、こうなる原因を作ったのはあなたですよ。奥さんに謝ったらどうなんです」

「謝りますとも」ネッドはすかさず答えた。「お望みなら、ひざまずいて許しを乞うことだってやりますよ」

イヴのもとへ歩み寄るネッドを、判事は頬ひげを撫でながら期待をこめて見守った。ネッドはハンサムで、頭も人一倍切れる。イヴの胸を不安がよぎった。わたしは本当にこの人から離れられるのだろうか。

「本件の共同被告は……」判事はちらりと書類を見てから続けた。「ああ、この女性ですな」再び書類にすばやく目をやる。「ビュールミール＝スミース……」

「イヴ、あの女はなんでもないんだ。本当だよ、誓ってもいい！」

イヴはうんざりした口調で言い返した。

「その話はもういいわ」

「ベッツィー・バルマー＝スミスは最低のあばずれだ。あんな女に手を出すなんて、どうかしてたよ。だからきみは嫉妬なんか……」

「してないわよ、これっぽっちも。あなたのことだから、彼女の腕にだって火のついた煙草を押しつけかねないもの。うっぷん晴らしに、それもふざけ半分で」

ネッドの顔にうちひしがれた表情が広がった。身に覚えのないことでこっぴどく叱られた子供のようだ。「そのことで根に持ってるのかい？」

「いいえ、ネッド。根に持ってなんかいないわ。それどころか、どうでもいいと思ってるの。早く終わりにしたいだけ」

「あのときは酔ってたんだ。なにをやってるのか自分でもわからなかったんだよ」

「ネッド、いまさら言い訳を並べたって始まらないわ。もうどうでもいいと言ったでしょう」

「じゃあ、どうしてあてこすりを言うんだい？」

イヴは立派なインク立てがのっている大きなテーブルの脇に座っていた。彼女の手をネッドが握りしめた。英語で話しているので、判事には二人の会話の内容がわからない。判事は咳払いして顔をそむけると、本棚の上の壁にかかっている絵をとくと鑑賞するふりをした。ネッドに手をつかまれたイヴは、力ずくで引きずり戻されそうな気がして胸騒ぎを覚えた。

とらえようによっては、ネッドの言い訳は本当だ。これだけ魅力があって頭も切れるのに、彼には生まれつき子供じみた残酷さが宿っていて、しかもその自覚がまったくないときている。

まさにその残酷さが――最初のうちはずっと、悪ぶるときの〝見せかけの〟仮面にすぎないと思っていた半ば滑稽な残酷さまでもが――離婚に踏みきったきっかけだったのかもしれない。けれども、裁判所に申し立てる理由としては不倫のほうが話が早いし、説得力もある。それで事足りるから、詳しい事情は明かさなくてもいい。ネッドとの夫婦生活には、法廷でさらけだされるくらいなら死んだほうがましだと思うようなことがたくさんあった。

「結婚というものはですな」判事が本棚の上の絵に顔を向けたまま話しだした。「男にとっても女にとっても、唯一の幸福な場なんですよ」

「イヴ、頼むからもう一度やり直さないか？」ネッドが言った。

イヴは以前どこかのパーティーで、心理学者を名乗るぱっとしない男から、あなたほど暗示にかかりやすい人も珍しいですねと言われたことがあった。だが、それはいまの状況にはあてはまらない。

ネッドに触れられても一滴の情も湧かないどころか、かすかな嫌悪感すら覚えたのだから。彼は彼なりにわたしを愛しているんだわ、きっと。そう考えるとイヴは、気の滅入るごたごたから抜けだしたい一心で、イエスと答えたくなった。でもここでくじけたら、面倒なことを避けたいがためにうんと言ってしまったら、なにもかもが水の泡だ。またネッドのもとに帰って、彼のやり方を強いられ、彼の仲間に囲まれ、いつも汚れた洗濯物に埋もれているような暮らしに逆戻りすることになる。イヴは判事の頰ひげを見ているうちに、ぷっと吹きだせばいいのか、わっと泣き崩れればいいのか、よくわからなくなってきた。

「あいにくだけど、お断りよ」とイヴは答え、椅子から立ちあがった。

判事が期待のこもった顔で振り返った。

「マダムはなんと……?」

「だめですね。とりつく島もない」ネッドが判事に言い放った。

イヴは一瞬、ネッドがかんしゃく玉を破裂させて、そのへんの物を叩き壊すのではないかと心配になった。だが結果的にはなにごとも起こらなかったので、かっとなったとしてもこらえたようだ。ポケットに手を突っこんで小銭をじゃらじゃらいわせながら、じっとイヴを見つめ返している。丈夫な歯を見せてにっこりと笑ったが、目尻の細かいしわが険しさを増した。

「きみはいまでもぼくを愛しているはずだ。そうだろう?」ネッドの口ぶりは、本気でそれを信じているかのような無邪気さを含んでいた。

イヴはテーブルからハンドバッグを取りあげた。

「待てよ、続きがある。まだぼくを愛してるってことを証明してみせるよ」イヴの顔色が変わったのを見て、ネッドはにやりとした。「おっと、いますぐじゃないさ! 少し時間をおいて、頭を冷やしてもらわなきゃいけない。いや、逆に熱くなるはずだけどね。いずれにせよ、ぼくは当分どこかへ消える。戻ってきたときには必ず……」

だが彼は戻ってこなかった。

イヴは離婚後もラ・バンドレットの家に住み続けた。毅然とふるまおうと決めてはいても、近所の人たちに陰でなにを言われるか不安だった。現実にはアンジュ街のミラマール荘の家庭事情など誰も気にしなかったので、杞憂にすぎなかったのだが。避暑地のラ・バンドレットが住人で埋まるのは短い社交シーズンのあいだだけだ。しかもアメリカ人もイギリス人もカジノで散財するのが目的だから、界隈はいうなれば好奇心が寄りつかない真空地帯になる。イヴにはアンジュ街に知り合いは一人もいなかったし、彼女を知っている者もやはり一人もいなかった。

　春が過ぎて夏を迎えると、ラ・バンドレットに避暑客がわんさと押し寄せた。家々は破風もペンキの色も風変わりで、ディズニー映画に出てくる町並みを見るようだった。あたりには松の芳香が漂い、無蓋馬車が鈴の音《ね》も高らかに蹄を響かせながら広い街路を駆け抜けていく。カジノ付近では双璧をなす大型ホテル、ドンジョンとブリタニーに派手な日よけが張られ、それぞれのゴシック様式を模した塔が空に並んでそびえ立っていた。

　イヴはカジノやバーから足が遠のいていた。ネッドとの生活では頭痛と緊張に悩まされどおしだったので、その反動か、今度は脱力感と退屈に見舞われた。これは厄介な組み合わせで、寂しいのに人とつきあう気にならなかった。たまにゴルフをやるときは人けのない早朝に出かけていき、乗馬をするときは海辺の藪だらけの砂丘を選んだ。

　そんなとき、トビイ・ローズと出会った。

　奇縁というべきか、ローズ一家が住んでいるのもアンジュ街で、しかもイヴのミラマール荘の真向かいに建つ家だった。アンジュ街では、細くて短い街路の両側に白やピンクの石造りの家並みが続き、それぞれに塀で囲った小さな庭がついている。だが道幅が窮屈なくらい狭いため、向かいの家の様子は窓越しに丸見えだった。そういう状態は、他人の暮らしぶりについてよけいな想像をかき立ててしまうものである。

通りの向かいに住む家族の姿は、ネッドと暮らしていた頃にも幾度か見かけた。だいぶ年を重ねた男性——トビイの父親のサー・モーリス・ローズだとあとでわかった——がいぶかしげにこちらをじっと見ているのに気づいたことも一、二度あった。老人の温厚そうな修道僧じみた顔は、イヴの記憶にくっきりと刻みつけられた。ほかには赤毛の娘と、朗らかな老婦人もいた。けれどもトビイの姿だけは、あの朝ゴルフ場で出会うまでちらとも目にしたことがなかった。

それは六月半ばの、静かな暑い朝のことだった。ラ・バンドレットではまだほとんど誰も目を覚ましていない時刻で、朝露がきらめくティー・グラウンドやフェアウェイも、ゴルフ場と海の境界線になっている松並木も、静寂と熱気にくるまれていた。第三ホールで、イヴの打ち損じた球はグリーン手前のバンカーにつかまった。

昨晩眠れなかったせいで、よけいみじめな気分になり、肩にかけていたゴルフ・バッグを放りだした。すっかり嫌気が差した。バンカーの縁《へり》に腰を下ろして、球をぼんやり見つめる。と、そのとき、二番ウッドから強打された球が、フェアウェイの向こうから風を切って飛んできた。球は左にそれてバンカー脇の草むらに鈍い音とともに落ち、跳ねた勢いでバンカーの縁を乗り越えた。そして斜面をころころ転がったあと、イヴの球から三フィートと離れていない地点で止まった。

「危ない！」イヴは声を張りあげた。

少しすると、若い男がバンカーを向こう側から登ってきて、空を背にイヴを見下ろした。

「あっ、すみません！」男は詫びた。「人がいるとは思わなかったものですから」

「いいの、気になさらないで」

「追い越すつもりはなかったんです。声を出して確かめればよかった……」

彼はクラブが二ダースは入っているらしき重いバッグを肩から下ろし、バンカーの内側を慌てて駆け下りてきた。筋骨たくましく、素朴で少しとっつきにくい感じの青年だ。顔にはイヴが久しぶりに目にする屈託のない表情が浮かび、太い茶色の髪は短く刈りこんでいる。小さな口ひげに世慣れた感じがうっすらにじみでているが、態度は妙にまじめくさっているので、ちぐはぐな印象だった。

彼は突っ立ったままイヴを見つめていた。申し分のない好青年だが、真っ赤に上気した頬がやけに目立つ。本人もそれがわかっていて、内心で自分を叱ったりなだめたりしているのだが、当然ながらそうすればするほどますます赤くなってしまうのだった。

「お会いしたことがありますね」青年が言った。

「あら、そうですか？」イヴは答えながら、寝不足で肌の調子がよくないことを急に意識し始めた。

普段なら、トビイ・ローズのお粗末な社交術では相手と親しくなるのに何ヶ月もかかるのだが、ここでは真っ向勝負に出て一足飛びに成果を得た。

「あのう、いまは独り身ですよね？」

二人は残りのコースを仲良く一緒にまわった。そして早くもその日の午後、トビイ・ローズはすばらしい女性と知り合ったと家族に報告していた。以前は柄の悪い男と結婚していたが、いまは非の打ち所がないまっとうな暮らしぶりだと説明を添えて。

もちろん、実際にそのとおりだった。だが若い息子がいる家庭では、そういった事情の女性はあまり快く迎えられないのがつねである。

イヴも世間がどういうものかは心得ていたから、ローズ家の反応はだいたい想像がついた。夕食の席に集まった無表情な家族が目に浮かぶ。もったいぶった咳払いをして、ちらっと視線を交わしたあと、誰かがあたりさわりのない言葉を口にする。「そうかね、トビイ」あとに続くのは、それほどすてきな女性ならぜひ一度お目にかかりたいという決まり文句。女性陣、つまりローズ夫人とトビイの妹のジャニスは、澄ました態度の奥からとげとげしい敵意をのぞかせるだろう。

ところが予想は大きくはずれ、イヴは心底驚いた。

ローズ一家はイヴをすんなりと迎え入れたのである。イヴはローズ家のお茶に招かれ、草木が茂るうっそうとした庭で彼らと語り合った。たいして言葉を交わさないうちに、お互いきちんとした人間だとわかり、これなら仲良くつきあっていけそうだと安心した。こういうことは決して珍しくない。ネッド・アトウッドのいる世界でも、そして不運なことにわれわれの暮らす世界でも、えてして起こることなのだ。イヴのとまどいは厚い感謝の念に変わり、氷のように冷えきっていた心がゆるんだ。大きな幸せの予感に包まれて、なんだか怖いくらいだった。

トビイの母親のヘレナ・ローズはイヴに対して素直な好感を抱いた。二十三歳になる赤毛のジャニスはイヴの美しさを手放しでほめたたえた。トビイとジャニスの伯父にあたるベンことベンジャミン・フィリップスは、いつも静かにパイプをふかしている寡黙な男だが、議論が白熱すると必ずイヴの肩を持った。年老いたサー・モーリスも蒐集している骨董品に関して、しばしばイヴの意見を求めた。相手に一目置いている証拠だ。

そしてトビイは……

トビイはすこぶる誠実な、心優しい青年だった。ときどき気取り屋に見えることがないでもないが、ユーモアのセンスがあるので不快な感じはしなかった。

「ぼくがこうなるのはしかたないことなんだよ」トビイは自身の性格について言った。

「こうなるって？」妹のジャニスが尋ねる。

「堅物だってことさ。フックソン銀行ラ・バンドレット支店の管理職ともなれば、用心深くならざるをえないんだ」まんざらでもない口ぶりだった。「ロンドンの銀行は従業員に品行方正であることを求めるからね」

「そうじゃない銀行があるの？」ジャニスが問い返す。「フランスの銀行でも、勤務中にカウンターの陰でブロンド美人といちゃついたり、酔いどれて目が据わったりしてる行員は見たことがないけど」

「あら、酔いどれ銀行なんて、おもしろいじゃないの。斬新だわ」ヘレナ・ローズがうっとりしたまなざしで横から言う。「ソーン・スミスのユーモア小説顔負けねえ」

　トビイは一瞬むっとした様子だったが、小さな口ひげを撫でながら、まじめくさった顔で考えこんだ。

「フックソン銀行はイギリスでも指折りの、由緒ある格式高い銀行だよ。金細工商だった時代からテンプル・バーのそばにあるんだから」トビイはそう言ったあとイヴのほうを向いた。「父の骨董品コレクションにはね、かつてそこの紋章として使われていた金細工が含まれているんだ」

　コレクションの話が出ると、いつもどおり場にはなごやかな沈黙が流れた。サー・モーリスの道楽である骨董蒐集は、家族のあいだで冗談の種になることもあれば、がらくたに交じっている掘り出し物に敬意を払われることもあるという、どっちつかずの扱われ方をしているのだった。

　骨董品のコレクションは、二階の通りに面した大きな書斎に飾られていて、サー・モーリスは毎晩遅くまでそこで過ごしていた。ちょうど道をはさんだ正面がイヴの寝室なので、彼女はネッド・アトウッドとつらい結婚生活を送っていた頃、カーテンを開けっぱなしの書斎の窓に、老人が拡大鏡を手にしている姿を何度か見たことがあった。温厚そうな顔と、壁に並んだ陳列用のガラス戸棚が脳裏に焼きついていた。

　もはやイヴの過去についてとやかく言う者はいなかった。少なくともローズ家の人々はネッド・アトウッドなど存在しなかったかのようにふるまっていた。一度だけ、サー・モーリスがネッドのことを遠回しに尋ねようとしたが、途中で口ごもって、意味不明の妙な目つきのあとに話を打ち切ったことがあった。

やがて、七月が終わろうとする頃、トビイはイヴにプロポーズした。

そのときイヴはあらためて、これまで彼にどれほど頼ってきたか、安定した生活と心から笑える時間をどれほど求めていたか、はっきりと思い知らされた。トビイとなら仲良く寄り添っていける。彼はイヴをガラスケースにしまわれた人形のように扱うきらいがあったが、イヴは反撥を覚えるどころか、そうされるとますます穏やかな優しい気持ちになるのだった。

ラ・バンドレットには〈森のレストラン〉というこぢんまりしたレストランがあって、提灯をともした庭園の木立の中で食事を楽しむことができた。その晩、パール・グレーの服に身を包んだイヴは、肌がほんのりとピンクに染まり、まばゆいほどに美しかった。向かいに座ったトビイはそわそわとナイフをもてあそんで、気取り屋にはまったく見えなかった。

「ええと」彼は話を切りだした。「きみがぼくにはもったいない女性だということは重々承知してる。だけど――」ネッド・アトウッドが聞いたら大笑いしそうな台詞だった。「心から愛してるんだ。きっと幸せにしてあげられると思う」

「やあ、イヴ」後ろから誰かが呼んだ。

一瞬ネッドかと思い、イヴはぎくりとした。

ネッドではなかったが、彼の友人だった。〈森のレストラン〉のような場所でネッドの友人に会うとはゆめにも思わなかった。普段ならこの季節は十時半に夕食をとり、そのあとカジノへ繰りだして一晩中遊びふける人たちなのだから。イヴは笑いかけてくる男の顔に見覚えがあったが、名前は思い出せなかった。

「踊らない？」名無しの男が退屈そうに誘った。

「遠慮するわ。今夜は踊らないの」

「あっそう。じゃ、失礼」名無しの男は小声で言い、ぶらぶらと立ち去った。彼の目を見て、イヴはあるパーティーのことを思い出した。あの男に面と向かってあざ笑われた思いがした。

「友達？」トビイが尋ねた。

「いいえ」オーケストラが再び演奏を始め、数年前に流行したワルツが流れた。「前の夫の友達よ」イヴは答えた。

トビイは気まずそうに咳払いした。彼が抱いている愛情は、実在するはずのない理想の女性像に対するロマンチックなあこがれでしかなかったが、それでもいましがたの出来事は相当な打撃だった。これまで二人のあいだではネッド・アトウッドのことなど一度も話題にのぼらなかったので、イヴはネッドがどういう人間かトビイに話したことがなかった。性格の不一致で別れたとしか伝えていなかったのだ。「悪い人ではなかったんだけど」と言って。しかし、イヴがなにげなく口にしたその言葉はトビイ・ローズの心に鋭い矢のように突き刺さり、鈍感な彼でさえも嫉妬心をめらめらと燃やしたのだった。

トビイは十回以上も咳払いをしてから、ようやく切りだした。

「話の続きに戻るけど、つまり、その、ぼくと結婚してほしいんだ。考える時間が必要だと言うなら……」

オーケストラの奏でる曲に、イヴはいやな記憶を呼び覚まされた。

「えっと、その、厚かましいお願いかもしれないけど」トビイはもじもじしながらナイフを置いて続けた。「いまこの場でイエスかノーかだけ答えてもらえると、すごくありがたいんだが……」

イヴはテーブルの上に両手をそろえて置いた。

「イエスよ。イエス、イエス、イエス！」

トビイはたっぷり十秒は黙りこんでいた。なにも言わず唇をなめていた。それからイヴの手に自分の手を重ねたが、例によって壊れ物にこわごわ触れるような感じだったし、人目のある場所だといまごろ気づいたのか、はっとしてすぐに手を引っこめた。彼のあまりにうぶな態度にイヴは唖然とした。じれったい気持ちにもなった。ひょっとしてトビイは女性のことをまるで知らないのかしら、という疑問が胸に渦巻いた。

「それで？」イヴは促した。

トビイは考えこんだ。

「もう一杯飲もう」きっぱりと言った。それからトビイは驚いたとばかりにゆっくりとかぶりを振った。「祝杯だ。今日はわが人生で最高の日だからね」

七月三十一日、二人の婚約が発表された。

二週間後、ネッド・アトウッドはニューヨークのプラザホテルのバーで、アメリカに着いたばかりの知人からイヴの婚約を知らされた。彼は黙りこくってグラスの脚をひねりまわしていたが、間もなくバーをあとにすると、二日後に出航するノルマンディー号の乗船切符を購入した。

アンジュ街の家に悲劇の暗雲が迫りつつあることには、三人のうち誰一人として気づいていなかった。

第二章

ネッド・アトウッドがカジノ大通りからアンジュ街へと道を折れたのは、深夜一時十五分前だった。

大きな灯台から放たれる光線が遠くの空をなぎ払っていく。昼間の強烈な暑さは鳴りを潜め、あたりは徐々に涼しくなってきたが、焼けたアスファルトの路面からはまだ熱気がゆらゆらと立ちのぼってくるようだった。ラ・バンドレットは閑散として、靴音ひとつ聞こえない。夏が終わりを告げようとするこの時期、残っている数少ない避暑客は全員カジノに繰りだして、そこで夜明けを迎えるはずだ。

そんなわけで、けばだった黒っぽいスーツにソフト帽という身なりのまだ若い男が、通りの入口で一瞬ためらってからすばやくアンジュ街へ曲がったとき、その姿を目にした者は誰もいなかった。男は歯を食いしばり、目は酔っているようにとろんとしていた。だが、さすがのネッドもその晩は一滴も飲んでいなかった。酒ではなく、ある感情に酔いしれていたのである。イヴの気持ちは変わっていない、いまでもぼくを愛している。ネッドはそう固く信じ、それが真実だと思いこんでいた。

今日の午後、ドンジョン・ホテルのテラスで彼女を取り返しにいくんだと息巻いたのは、いま思えば浅はかだった。まったく、なんてまずいことをしたんだろう。黙ってこっそりラ・バンドレットへ戻ればよかったものを。こうしていま、イヴの家の鍵を手にアンジュ街を歩いているように忍び足で。

イヴが住んでいるミラマール荘は、通りを中ほどまで進んだ左手にある。すぐ手前まで来たとき、ネッドは無意識に道を隔てた向かいの家を見やった。イヴの家と同じく、ローズ邸も真っ赤な瓦屋根をのせた白い石造りの大きな四角い建物だ。街路から数フィート引っこんでいて、高い塀に囲まれ、小さな鉄格子の門をかまえているところも、イヴの家とよく似ている。

果たしてネッドの予想どおりだった。ローズ家の一階は真っ暗で、二階はサー・モーリスの書斎の窓二つに明かりがともっているだけだ。暑い夜なので、書斎の窓は鋼鉄の鎧戸が開け放たれ、カーテンも引かれていない。

「よし!」ネッドは声に出して言うと、甘くかぐわしい夜気を胸深く吸いこんだ。

あの老人が足音を聞きつける心配はどうみてもないから、べつに用心しなくてもいいのだが、できるだけ静かに歩いた。イヴの家の門を開け、玄関へ続く短い小道を足早に進む。鍵は幸せだった頃の、少なくとも波乱に満ちていた頃の記念として手もとに残しておいたのだった。鍵穴に差すと、なめらかにはまった。ここで再び深呼吸し、心の中で異教の神々に祈りを捧げてから、計画どおりドアの内側へ身体を滑りこませた。

イヴは起きているだろうか? それとも眠っているのか? 窓に明かりが見えなくても寝ているとはかぎらない。イヴはいつも日が暮れると窓のカーテンを隙間なくぴったり閉めるのだ。

陰気くさいお上品ぶった習慣だと、ネッドはよく言ったものだ。

だが、一階の玄関ホールに入ると真っ暗だった。フランスの家にはつきものの家具磨き剤の匂いとコーヒーの香りがする。そこには過去のさまざまな情景が詰まっているようだった。ネッドは手探りで階段にたどり着き、爪先立ちでのぼっていった。

階段は幅が狭く優雅なデザインで、壁に沿って巻き貝のような曲線を描き、手すりには青銅の精巧な細工がほどこされている。だが踏み段は高くて急なうえ、厚い絨毯を押さえるために古風な真鍮の棒が渡してある。暗闇で何度この階段をのぼったことだろう！　そのたびに時計の刻む音が耳に響き、胸の奥で悪魔がもぞもぞとうごめいているように感じたものだった。自分はこんなにもイヴを愛しているのに、彼女は貞淑な妻ではないかもしれないと疑っていたせいだ。そういえば、イヴの寝室からそう離れていない階段のてっぺん近くで、絨毯押さえの棒が一本ゆるんでずれていた。しょっちゅうそれにつまずき、落ちて死んだらどうするんだと怒鳴ったこともあった。

ネッドは片手で手すりにつかまりながら二階へ上がった。イヴはまだ起きていた。寝室のドアの下から明かりが細く漏れている。ところがそっちに気を取られたせいで、絨毯押さえがゆるんでいるのをうっかり忘れてよけそこない、ぶざまにつまずいてしまった。

「くそっ！」思わず悪態をついた。

寝室にいるイヴ・ニールはそれを聞きつけた。

誰の声なのかはすぐにわかった。

イヴは化粧テーブルの鏡の前に座り、慣れた手つきでゆっくりと髪を梳《と》かしているところだった。いま部屋にともっている明かりは、ちょうど鏡の上の天井から吊り下がっている電灯だけで、それに照らされたイヴの姿は暖かみのある色に彩られていた。肩にかかる明るい栗色の髪はふんわりとして見え、灰色の目はきらきらと輝いている。ブラシで髪を後ろへ梳かすときに小さくのけぞると、くっきりとした肩の線の上に丸みを帯びた喉があらわになった。白いシルクのパジャマを着て、白いサテンのスリッパを履いている。

イヴは振り返らずに髪を梳かし続けたが、恐怖のあまり目の前が真っ暗になった。その直後、背後でドアが開いて、鏡にネッド・アトウッドの顔が映った。

ネッドはまったくのしらふだったが、かなり感情的になっていた。

「いいか、はっきり言っておく」ドアを開けきらないうちから声が飛んできた。「絶対にそんなことは許さないぞ！」

イヴは反射的に言い返していた。動揺はおさまるどころか、ひどくなるばかりだったが、ブラシを動かす手は止めなかった。腕がわなわな震えているのを隠すためかもしれない。

「やっぱりあなただったのね」静かな声だった。「気でもちがったの？」

「ちがう。ぼくは――」

「しーっ！　静かにしてよ！」

「愛してるんだ、きみを」ネッドは両手を差しのべた。

「鍵はなくしたと言ってたわね。あれも嘘だったわけ？」

「つまらないことで言い合う暇はないんだ」つまらないことだと頭から決めつけている口ぶりだ。「あのローズの野郎と本気で結婚するつもりか?」吐き捨てるように言った。

「ええ」

とっさに彼らの視線は通りに面した二つの窓へ注がれた。もちろんどちらもカーテンをぴったりと閉じてある。二人とも同じことが頭に浮かんだようだった。

「あなたは分別というものを知らないのね。少しは節度をわきまえたらどう?」

「愛しているんだから、しょうがないじゃないか」

ネッドはいまにも泣きだしそうな顔だった。ただのお芝居だろうか、とイヴは警戒したが、どうやらそうではなさそうだ。少なくともいま目の前にいる彼からは、世間に対していつも見せていた自信過剰のふてぶてしい態度が消えている。が、弱気になっていたのはつかの間で、すぐにいつものネッドに戻り、ずかずかと部屋に入ってきた。帽子をベッドの上に放ると、安楽椅子にどっかと腰を下ろした。

イヴは悲鳴をあげそうになったが、かろうじてこらえた。

「お向かいの家で……」彼女は言いかけた。

「ああ、わかってるさ!」

「なにがわかってるの?」イヴはブラシを置くと、スツールをくるりと回してネッドと向き合った。

「あのじいさんだろう? サー・モーリス・ローズとかいう……」

「なんなの？　あの人がどうかして？」

「毎晩遅くまで起きてるってことさ」ネッドが答える。「道をはさんだ正面の部屋で、骨董品かなにかのコレクションを相手にな。向こうからもこっちの部屋は丸見えのはずだ」

寝室は蒸し暑く、入浴剤と煙草の匂いがこもっていた。安楽椅子にふんぞりかえっているネッドは、肘掛けの上に長い足を片方投げだし、室内をじろじろと眺めた。しかめ面にあざけりの色が浮かんでいる。彫りが深く目鼻立ちが整っているうえ、額や目もと、口のまわりなどのしわからは、想像力に富んだ知的な印象さえ受ける。

黒ずんだ赤いサテンを張った壁に、ネッドは懐かしげなまなざしを注いだ。そのあと視線はあちこちの鏡をたどってから、ベッドに留まった。ベッドカバーにはさっき彼が放った帽子がのっている。ベッド脇の電話や、化粧テーブルの上にひとつだけともっている明かりにも視線が飛んだ。

「たいそうお行儀のいい連中なんだろう？」

「誰のこと？」

「ローズ一家さ。もしもあのじいさんが、夜中の一時にきみが客人を寝室に迎えてると知ったら……」

イヴは立ちあがりかけたが、再びスツールに腰を落とした。

「心配しなくていいよ」ネッドが苦々しげに言った。「ぼくはきみが考えてるほど卑劣じゃない」

「だったら出ていってちょうだい」

彼はふてくされた態度で訊いた。

「おい、教えてくれよ。なぜなんだ？　なぜあんな男と結婚する気になったんだ？」

「彼のことが好きだからよ」

「くだらない」ネッドは横柄に言い放った。

「なにしに来たのか知らないけど、用件はいつ終わるの？」

「経済的な理由ではないだろうな」ネッドは考えこんで言った。「きみには金がたんまりあるわけだから。そうとも、ぼくの優しい魔女さんは金目当ての結婚なんかしない。ああ、そうか、逆なのか」

「どういう意味よ、逆って」

ネッドは遠慮のかけらもないあからさまな言い方をした。

「あのごうつくばりの老いぼれが、なぜ躍起になって堅物の息子をきみと結婚させたがるのか、考えてみたことはないのか？　金だよ、金。きみの財産がねらいなのさ。ぼくにとってはそのほうが助かるけどね」

イヴはブラシを投げつけてやりたくなった。懸命に努力して築きあげてきたものが、またしてもネッドに叩き壊されようとしている。椅子にふんぞりかえっている彼を見ると、けばだった黒っぽいスーツのジャケットからネクタイがだらしなくはみだしていて、いかにも難題を解決しようと真剣に考えこんでいる顔だ。イヴは胸がむかむかして、大声で泣きわめきたくなった。

「その口ぶりだと、ローズさんのお宅とはずいぶん親しくなさっておいでのようね」イヴはつっけんどんに言った。

ネッドは涼しい顔で皮肉を受け流した。

「親しくなんかないさ。できるかぎり情報を集めたんだ。で、今回の問題の鍵というのは……」

「鍵といえば」イヴは口をはさんだ。「持っている鍵を返して」

「どの鍵？」

「この家の鍵よ。いまあなたがもてあそんでいるキーホルダーについているでしょう。こんなひどい目に遭うのは二度とごめんだわ」

「イヴ、なんてつれないことを！」

「お願いだから大きな声を出さないで」

「ぼくのところへ戻ってこいよ」ネッドは胸を張って言った。だがイヴの表情を見て、いらだたしげな口調になった。「いったいどうしたんだい？　きみは変わったね」

「あら、わたしが？」

「やけにつんけんしてるじゃないか。以前はあんなに情が深かったのに、いまはずいぶんお高くとまってるね。驚いたな！　ローズ家とつきあいだしたおかげで、きみはまさに貞節の鑑《かがみ》だよ」

「あら、それはどうも」

危険をはらんだ不穏な沈黙を破り、ネッドが勢いよく立ちあがった。

「なんだい、その言いぐさは。いいかげん澄まし顔はやめたらどうだ！　本気でトビイ・ローズを好きなわけじゃないんだろう？　そんなことは断じてありえない！」

「トビイ・ローズに恨みでもあるの、ネッド？」

「べつにないさ。だが世間じゃ、あいつはうすのろの堅物だって噂だぜ。地位のある立派な人物かもしれないが、きみにふさわしい男じゃない。なんだかんだ言って、きみのそばにいるべきなのはこのぼくなんだ」

　イヴは背筋が寒くなった。

「ああ、ちくしょう！」ネッドは鏡に言葉を投げつけた。「どうしたらきみにわからせることができるんだ？」いったん口をつぐんだあと、イヴがこれまでいやというほど見せられてきたずるがしこい表情で続けた。「手段はひとつだけのようだな」

　イヴは弾かれたように立ちあがった。

「きみは色っぽいね。パジャマ姿だと一段となまめかしいよ。山奥の修道僧だって、くらくらっとなるんじゃないかな。あいにくぼくは修道僧じゃないしね」

「近寄らないで！」

「おっと」ネッドは急に気落ちした声で言った。「なんだかドラマの悪役を演じている気分だよ。目の前にはおびえきったヒロイン、もしここで彼女に悲鳴をあげられたら……」ネッドは窓のほうへ顎をしゃくってみせた。が、そのあと顔つきが変わった。「ああ、いいとも」意地悪げな口調だ。「悪役になってやろうじゃないか。卑劣で薄汚いならず者にな。きみもそういうのはまんざら嫌いじゃないんだろう?」

「とんでもないわ。おとなしく言いなりになると思ったら大まちがいよ!」

「それは楽しみだ。よけいそそられる」

「冗談で言ってるんじゃないわよ」

「ぼくもだよ。きみが抵抗するとしても、最初のうちだけだ。かまうことはない」

「あなた、いつも自慢してたじゃないの。どんなに不作法なまねをしてもフェアプレーの精神だけは忘れないって。だったら——」

「向かいの因業《いんごう》じじいに聞こえてもいいのか? え?」

「ネッド、なにをする気? 戻ってよ、窓に近づかないで!」

イヴは化粧テーブルの明かりがついていることにいまごろ気づいた。すぐに頭上のスイッチを手探りで消すと、室内は真っ暗になった。窓は開いているが、レースのカーテンがかかっていて、さらにその上から分厚いダマスク織のカーテンで覆われている。ネッドがその厚いカーテンのひだに手を突っこんで、横に少しずらすと、涼しい空気がさっと流れこんできた。もともと彼はよほどのことがないかぎり、イヴを本当に困らせるつもりはなかったし、窓から見えたものが期待どおりだったので安心した。

「サー・モーリスはまだ起きてる? ねえ、どうなの?」

「起きてるよ。だがこっちのことにはさらさら興味がないらしい。拡大鏡を手に、かぎ煙草入れみたいなものを熱心にご鑑賞中だからね。おやっ！」

「どうしたの？」

「ほかにもう一人いるぞ。誰だかちょっとわからないが」

「きっとトビイだわ」イヴのささやき声が押し殺した悲鳴のように引きつった。「ネッド・アトウッド、いますぐ窓から離れてちょうだい」

このとき二人は初めて、室内の電気が消えていることをはっきりと意識した。振り返ったネッドの顔の片側を、街路から射しこむ白っぽいぼんやりした光が照らした。そこに浮かんでいたのは、部屋が真っ暗だと気づいた純粋な驚きの表情だったが、口もとにはそれにそぐわない不敵な笑みが刻まれていた。彼はレースのカーテンを下ろし、厚いカーテンをもとどおりにした。部屋は再び闇に沈んだ。

空気がのしかかってくるように暑い。イヴは頭上の電灯をつけようと、もう一度スイッチを手探りしたが、今度はなかなか見つからなかった。しかたなく化粧テーブルのスツールを離れ、ネッドから遠い隅へよろよろと歩いていった。

「なあ、イヴ……」

「いつまでこんなばかげたことをやってるの？　早く電気をつけて」

「どうしてぼくが？　きみのほうが近いだろう」

「近くないわ。わたしは……」

「へえ」ネッドが意味ありげに言った。

ったのだ。

ネッドの声の妙な抑揚に、イヴの恐怖心はいっそうあおられた。勝ち誇ったような口ぶりだったのだ。

ネッドは決してわかろうとしないだろうし、これほどのうぬぼれ屋は納得するはずないだろうが、イヴは彼に対してはっきりと嫌悪感を覚えていた。いまの状態は、気詰まりだの決まりが悪いだのといった段階を通り越していた。悪夢としか言いようがなかった。しかも、窮地を脱するには助けを呼ぶしかないというのに、それだけは絶対にできない。いますぐ大声をあげて、同じ家にいるメイドを呼ぶわけにはいかないのだ。

この状況を見て、自分の言い分に耳を貸してくれる人がいるとはとうてい思えなかった。とかくこういうことに関しては女の訴えは信じてもらえないものだし、今回の場合もそうに決まっている。過去の経験からイヴにはよくわかっていた。正直言って、別れた夫が寝室にいることをメイドたちに知られるのは、ローズ家の人たちに知られるのと同じくらい怖い。メイドというのはおしゃべりだから、知らないうちに噂がどんどん広まっていく。しかも人から人へ伝わるたび話に尾ひれがつくだろう。最近雇い入れたメイドのイヴェットもきっと……

「納得の行く説明を聞きたいね。ローズのやつと結婚する理由について」ネッドの冷ややかな声がした。

イヴは大きくはないが暗闇を切り裂くような声で言い返した。

「お願いだから、もう帰って。理由はさっきも言ったように彼のことが好きだからよ。あなたに信じる気がなくても、それが真実なの。だいたい、どうしてあなたに説明しなきゃいけないの？　そんな義理はもうないわ。さあ、これでもまだ文句がある？」

「あるとも」

「じゃあ言ったら？」

「そっちへ行ってじっくり話すよ」

暗闇でも、ネッドにはイヴがなにをしているか手に取るようにわかった。衣ずれの音とマットレスのスプリングがきしむ音で、彼女がベッドの裾のあたりから厚手のレースの部屋着を拾いあげ、はおろうとする姿が目に浮かんだ。ネッドが近づいたときには、袖に腕を通し終えるところだった。

イヴは別の不安も抱えていた。どうしても頭から追いだすことのできない不安を。それは、人生経験豊かな知人たちからさんざん吹きこまれてきた、女は最初に知った男を忘れられないという通説だった。ネッドのことなどなんとも思っていないつもりでも、意識のどこかにはまだ残っている。しょせん自分は生身の人間だ。何ヶ月も独りぼっちで夜を過ごしてきただけに、ネッドのようななんでも思いどおりにしないと気が済まない強引な男が相手では、ひょっとしたら……

ネッドにつかまると、イヴはぎこちない動作でやみくもに腕を振りあげ、激しく抵抗した。

「放してよ！　痛いわ！」

「だったら、おとなしくしろよ」

「やめて、ネッド。この家にはメイドたちが……」

「嘘つけ。モプシーばあさんだけじゃないか」

「モプシーはもういないわ。代わりに新しいメイドを雇ったのよ。なんだか信用できない人で、スパイみたいにこそこそと嗅ぎまわってるわ。とにかく、手荒なまねはやめて」

「じゃあ、おとなしくするな?」

「いやよ」

イヴは上背があり、ネッドと二インチ程度しか変わらないが、ほっそりとしたきゃしゃな体格なので非力だった。ネッドのほうも、いいかげん正気に返って、イヴは媚びているのではなく心底いやがっているのだと気づいてもいい頃だし、その場の状況からまともな判断を下せるだけの知力は持っているだろうに、イヴを両腕で抱きかかえたときは完全に我を失っていた。

まさにそのとき、電話が耳をつんざくような音で鳴りだしたのだった。

第三章

電話の呼び出し音というのは、どこであろうとやかましく感じられる。この真っ暗な寝室でも、空気を引き裂いて甲高く鳴り響き、二人をこれでもかと責め立て、いっこうに鳴りやもうとしなかった。イヴもネッドもすっかり度を失って、電話に聞かれるのではないかと恐れているかのように、ひそひそ声で会話を交わした。

「出るなよ、イヴ」

「放してよ。もしかしたら……」

「いいから、ほっとくんだ」

「でも、あの人たちに見られたのかも……」

二人は電話が置いてあるテーブルから手の届く位置に立っていた。イヴはとっさに受話器を取ろうとしたが、ネッドに手首をぐいとつかまれた。もみ合ったはずみで受話器がはずれ、テーブルの上に転がり落ちた。けたたましい音はぴたりとやんだ。ところが今度は静寂の中で、受話器から小さな声が流れだした。トビイ・ローズの声だった。

「もしもし、イヴ?」声は暗闇を通して聞こえてくる。

ネッドはイヴから手を離し、あとずさった。初めて聞く声だったが、誰なのかは容易に想像がついた。

「もしもし！　イヴ！」

イヴは転がっていく受話器を急いで手探りし、奥の壁にごつんとぶつかったあとにようやく追いついた。激しかった息づかいが徐々に落ち着いてきた。どんなに鈍感な人間でも、このあとのイヴを見たら感心せずにはいられなかったろう。受話器に向かってしゃべり始めたときのイヴは早くも平静を取り戻していて、普段と変わらない態度だったのだから。

「あら、トビイ、あなたなの？」

トビイ・ローズは太くて低い声の持ち主なので、受話器越しで多少くぐもってはいても、ひとつひとつの言葉が二人の耳にはっきりと届いた。

「真夜中にごめん。起こしてしまったかな」トビイが言った。「寝つかれなくて、どうしてもきみの声を聞きたかったんだ。迷惑だった？」

ネッド・アトウッドはおぼつかない足取りで部屋を横切ると、化粧テーブルの上の明かりをつけた。

そんな勝手なことをしても、イヴは怒ってにらみつけるどころか、ネッドに目もくれなかった。カーテンが下りているのを横目ですばやく確認しただけで、部屋が明るくなったことには気づかないふりをしていた。ネッドのいることさえ忘れている顔だった。トビイのすまなそうな明るい声を聞いて、イヴはほっとした。だがネッドのほうはちがった。自己中心的な性格ゆえに、イヴになれなれしく話しかける男が自分以外にもいるとは思いもよらなかったので、トビイの甘ったるい声には度肝を抜かれた。おぞましくさえ感じた。

やがてネッドはにやりと笑いかけたが、イヴの返事を聞いたとたん別の感情が割りこんで、すぐさま真顔に戻った。

「まあ、トビイったら！」イヴはため息まじりに言った。

まちがえようがなかった。それはまぎれもなく恋をしている女の、あるいは恋をしていると思いこんでいる女の声だった。嬉しそうに顔を輝かせ、安堵と感謝の念に満ちあふれているのがありありと伝わってくる。

「夜遅くに迷惑だったかな？」トビイが言った。

「いいえ、ちっとも！　それより――どうかしたの？」

「いや、どうもしないよ。ただ眠れなくてね」

「いまどこにいるの？」

「一階の客間だけど」恋のとりこになっているトビイは、イヴの質問を少しも奇妙だとは思わなかったようだ。「寝室で横になっていたんだが、目が冴えてしまってね。きみの美しい姿ばかりが思い浮かんで。だから、こうして電話するしかなかったんだ」

「まあ、トビイ、本当？」

（「けっ！」ネッドが軽蔑もあらわにつぶやく。）

他人が感情に溺れている姿というのは、なんともばかげて見えるのがつねで、それはたとえ自分自身も恋に酔っていようと変わらないのである。

「本当だとも」トビイはまじめに請け合った。「ところで——今夜観にいった〈イギリス劇団〉の芝居だけど、どうだった？」

（「こんな真夜中にわざわざ電話で演劇談義か？　いいかげんにしろよ、ぼけなす」ネッドはぶつくさ言った。）

「とってもおもしろかったわ、トビイ。バーナード・ショーの劇って、けっこうお茶目なのね」

（「ショーの劇がお茶目？　勘弁してくれよ！」ネッドがあきれて言う。）

イヴの表情を見れば、ネッドがげんなりするのも無理はなかった。

トビイはさも言いにくそうに切りだした。

「だけど、ちょっと露骨な部分があったような気がして、きみが不快に思ったんじゃないかと心配になったんだ。だいじょうぶかな？」

（「まいったね」ネッドは目を丸くして受話器を見つめた。「完全にいかれてるぜ」）

「母もジャニスもベン伯父さんも、いい作品だったと言ってる。でも、ぼくにはちょっとね」トビイもバーナード・ショーの取りあげるテーマにいちいち目くじらを立てる輩《やから》の一人だったのだ。「古くさい考え方かもしれないけど、ちゃんとした家庭に生まれ育った女性には知らなくていいこともあると思うんだ」

「わたしは観てもべつに不快にはならなかったわよ、トビイ」

「それならいいんだ」トビイはあっさり引き下がった。受話器の向こうで、彼がもじもじしているのが目に浮かぶようだった。「あの、その——言いたかったのはそれだけなんだ」

（「ふん、それはどうも、ご苦労さん！」とネッド。）

だがトビイはごくりとなにか飲みこんでから、話を続けた。「明日は一緒にピクニックに行く約束だったね。いい天気になりそうだ。そうそう、ところでね、父が今夜また骨董品を手に入れたんだ。おかげでものすごく上機嫌だよ」

（「見たよ、ぼくたち。ついさっき、お宅の欲張りじいさんがそのお宝をとくとご覧になってる姿をね」ネッドがせせら笑う。）

「見たわ、わたしたち……」イヴはうっかりつられた。口が滑っただけのどうということのない言いまちがいだったが、再びすさまじい動揺に襲われた。すばやく目を上げると、ネッドが片頬ににやにや笑いを浮かべ、憎たらしいのに憎めない表情で見つめ返してきた。幸い、続きの言葉はすんなり出てくれた。

「わたしたち、今夜は本当にすばらしいお芝居を観たわね、トビイ」

「そうだね、そのとおりだ。さてと、きみにこれ以上夜更かしさせるわけにはいかない。そろそろ切るよ。おやすみ」

「おやすみなさい、トビイ。あなたの声を聞けてとっても嬉しかったわ。電話してくれてありがとう。本当にありがとう」

受話器を戻すと、室内は静寂に包まれた。

イヴは片手を電話にのせたまま、もう片方の手でレースの部屋着の胸もとを押さえ、ベッドの端に腰かけていた。つと頭を上げ、ネッドのほうを見た。灰色の目の下で、イヴの頬が紅潮している。繊細な整った顔を縁取るシルクのような長い髪は、つややかな栗色に輝いて、あでやかに乱れている。腕を上げ、指で髪を後ろへかきあげると、ピンクの爪が光って腕の白さをますます際立たせた。すぐそばにいるのに手が届かないよそよそしさ、秘めた情熱が奥底で燃えさかっている気配、そんな独特の魅力をはらんだ女を前にしたら、どんな男もたちまちのぼせあがってしまうだろう。

ネッドは彼女を見つめながら、ポケットから煙草とライターを出し、火をつけて深く吸いこんだ。ライターを閉じる直前、手の中で炎が小さく躍った。隠そうとしても、全身の神経がぴくぴくと引きつっているのがわかる。室内には熱く重苦しい沈黙がたれこめ、時計の音さえそれを打ち破ることはできなかった。

それでもネッドは悠然とかまえていた。

「よし、わかった」意を決したように彼は言った。「早く言えよ」

「なにを?」

「帽子を持って、出ていけと」

「帽子を持って」イヴは静かに繰り返した。「出ていって」

「なるほど」ネッドは煙草の火に目を凝らしながら、また煙を吸って吐いた。「後ろめたいんだな?」

ネッドを追い払いたいのはそんな理由からではなかったが、彼の言葉には真実がひと握り混ざっていたため、イヴは顔がかっと熱くなった。長身のネッドは煙草の先を見つめ、探偵顔負けの獰猛《どうもう》な直感を働かせてイヴの反応をうかがいながら、まだぶらぶらと歩きまわっている。

「なあ、優しい魔女さん、本当に平気なのかい？」

「なんのこと？」

「ローズ家と一緒に人生を歩むことさ」

「あなたにはわかりっこないわ、ネッド」

「〝上等〟な人間じゃないからか？　向かいの家のどら息子とはできがちがうと言いたいのか？」

イヴは立ちあがって、部屋着の襟をかき合わせた。腰にピンクのサテンの紐がついているが、つるつるした生地なのですぐにほどけてしまい、もう一度結び直した。

「そういうすねた子供みたいな言葉遣いをやめれば、あなたももう少し人から好かれるでしょうに」

「ああ、だけどこの際そんなことは二の次だ。あいつとしゃべってるときのきみときたら、見ていてげんなりしたよ」

「あらそう」

「そうだとも。きみはもともと頭のいい女のはずだ」

「光栄ですこと」

「にもかかわらずトビイ・ローズと話すときは、あいつのおつむに合わせようとしているだろう？　調子に乗ってぺらぺらと。まったく、恐れ入ったね！　バーナード・ショーの劇が〝お茶目〟だ？　あいつみたいなぼんくらになってもいいのか？　結婚する前からあの調子じゃ、先が思いやられるよ」そのあとネッドは優しい声になった。「イヴ、本当にそれでいいのか？」

（「よけいなお世話だわ！」とイヴは胸のうちで言い返した。）

「どうしたんだい？」ネッドはまたひとつ煙を吐きだした。「けちをつけられたら、自信がなくなってきたかな？」

「あなたの言うことを真に受けるつもりはないの」

「だったら、ローズ家のことをどれくらい知ってるのか言ってみろよ」

「あなたとだって、どういう人かほとんど知らずに結婚したじゃないの。わたしと知り合う前はどんな人生を送ってたか、いまだになにも聞かされてないわ。わかってたのは、あなたがわがままで……」

「そのとおりだ」

「鼻持ちならなくて……」

「おい、いまはローズ家の話をしてるんだぜ。きみはあの一家のどこが気に入ったんだ？　世間体がいいからか？」

「もちろん、それは大切だわ。女はみんなそうよ」

「へえ！」

「まあ、意外ね。賢《さか》しいあなたがそれくらいのことで驚くなんて。とにかく、わたしはあの家族が好きなのよ。ローズ夫妻も、トビイもジャニスもベン伯父さんも。皆さん気さくで正直だし、格式張ったところのないおおらかな人たちだわ。なんて言うか、とても――」イヴは頭の中で適当な言葉を探した。「そう、とても健全なの」

「だけどローズ・パパは、きみの銀行預金に目をつけてる」

「どうしてそんなことがわかるのよ！」

「まだ証拠はないが、そのうち……」

ネッドは言いかけて口をつぐみ、手の甲を額に当てた。少しのあいだ、突っ立ったままイヴをじっと見ていた。本物の愛情がこもっているとしか思えないまなざしだった。彼にしては珍しく悩ましげで死に物狂いの、優しささえ伝わってくる感情がそこに垣間見《かいまみ》えたのだ。

「イヴ」ネッドはだしぬけに言った。「きみにそんなことはさせたくない」

「なんのこと？」

「過ちを犯させたくないんだ」

煙草の火を消そうと、ネッドは化粧テーブルに置いてあるガラスの灰皿に歩み寄った。イヴは思わず身をすくめ、その様子をじっと見守った。陽気な気分が明確に伝わってくる。ネッドの表情や態度は知り尽くしているのでまちがいない。新しい煙草に火をつけ、ネッドが振り返った。細かく縮れたブロンドの髪の下で、細かい横じわの走る額が光った。

「イヴ、ドンジョン・ホテルで今日、あることを耳にはさんだよ」

「それで？」

「聞いた話じゃ、ローズ・パパは……」煙を吐きながら、顎で窓のほうを示した。「だいぶ耳

が遠いそうだ。とは言っても、カーテンを開けて大声でごきげんようと挨拶すれば、さすがに
……」

沈黙が流れた。

イヴの胃の中で船酔いが始まったときのような気持ち悪い不快感が広がった。目がかすんで、現実感が薄れていく。蒸し暑い部屋に煙草の煙が立ちこめ、息が詰まりそうだ。煙を透かして、ネッドの青い目がこっちを見つめている。自分のしゃべっている声が小さく遠く聞こえた。

「そんな卑劣なまねができるわけないわ」

「どうかな?」

「できっこないわよ! たとえあなたでも」

「そもそも、どこが卑劣なのかわからないね」ネッドは静かに言ってから、イヴを指差した。

「きみはなにか悪いことをしたのかい? してないだろう? 清廉潔白の身じゃないか」

「そうよ」

「もう一度言おう。きみは貞淑な女の模範だ。そしてぼくはまぎれもない悪役。鍵を持っていたにせよ、勝手にこの家へ入りこんだのだと誰もが思うだろう」鍵を掲げてみせた。「騒動を起こすのもぼくに決まっている。なのに、きみはなにをそんなに恐れているんだい?」

イヴは唇が乾ききっていた。目の前で進行していることのすべてがうつろに感じられ、光ははじけて散らばり、音は遠いかなたから聞こえてくるようだった。

「ぼくは下劣なろくでなしだ。たとえ殴られても文句は言えない――トビイ・ローズにそんな

根性があればの話だけどね。それに、きみだってこの悪党を必死で追いだそうとしたはずだ。そうだろう？　だから向かいの上品ぶった親切な友人たちは、きみの言い分をすんなり信じてくれるさ。心配するなって。ぼくはきみの話を否定するつもりはこれっぽっちもない。約束する。きみが本当にぼくのことが嫌いで、軽蔑してるんだったら、そしてローズ家のやつらがきみの言ってるような善良な連中なら、ぼくが騒いでやると軽く脅かしたくらいですくみあがる必要はないだろう？　さっさと大声を出して、助けを呼べばいいじゃないか」

「ネッド、無理よ。説明できないけれど……」

「なぜ？」

「あなたにはわからないからよ」

「だから、なぜ？」

イヴは言い知れぬ無力感にさいなまれ、両手を前に投げだした。世の習いというものを一言で説明できる人がいったいどこにいるの？

「これだけは言えるわ」目に涙が浮かんだが、声は静かだった。「わたし、あなたが今夜ここにいたことを誰かに知られるくらいなら、死んだほうがましよ」

ネッドはイヴをしばらくじっと見つめた。

「ふうん、そうかい」ネッドはくるりと背を向け、足早に窓へ近づいていった。

イヴは明かりを消さなければと思い、とっさに駆けだした。部屋着のサテンの紐がまたほどけて、まとわりつく分厚い裾に危うくつまずきそうになった。ネッドに向かってなにか叫んだのかどうか、あとで考えてもどうしても思い出せなかった。よろめきながら化粧テーブルのスツールにたどり着くと、頭上の電灯に手を伸ばしてスイッチを探りあてた。足もとがふらつき、部屋が暗くなったとたん安堵のあまり悲鳴をあげそうになった。

そのときのネッドがどういう心境だったにせよ、本気で向かいのサー・モーリス・ローズを呼ぶつもりだったかどうかは定かでない。しかし、どちらに転んでも結果は変わらなかっただろう。

ネッドは木製リングをカタカタいわせながら、ダマスク織のカーテンを勢いよく開けた。さらにその下のレースのカーテンを上げ、窓の外をのぞいた。が、やったのはそこまでだった。

通りの向こう側を、五十フィートと離れていないサー・モーリス・ローズの明かりがともった書斎を、ネッドはまっすぐ見つめていた。書斎の窓は二つとも床まである大きなフランス窓で、一階の玄関の真上にある錬鉄と石でできた小さなバルコニーに出られるようになっている。窓は半分開いていて、鎧戸は閉まっていない。カーテンも大きく開け放したままだ。

だが書斎の内部は、ほんの数分前にネッドがのぞいたときとは様子がちがっていた。

「ネッド！」イヴは声に恐怖をにじませた。

返事はない。

「ネッド！　どうしたの？」

ネッドは向かいの窓を指差した。それで充分だった。

二人の視界に入ったのは普通の大きさの四角い部屋で、壁には骨董品を陳列してあるガラス扉のついた風変わりな飾り棚が並んでいた。二つの窓を通して、室内はほぼ端から端まで見渡せた。本棚が二つほど、飾り棚のあいだにはさまれている。きゃしゃなデザインの金めっきやブロケードをあしらった家具が、白い壁とくすんだ灰色の絨毯によく映えている。ネッドがさっき見たときは机のランプしか点灯していなかったが、いまは天井の中央でシャンデリアが煌煌とともり、室内の光景は二人が正視するのをためらいそうなほど生々しく照らしだされていた。

左側の窓越しに、左端の壁にくっつけて置いてあるサー・モーリス・ローズの大きな机が見える。右側の窓からは、右端の壁にしつらえられた白大理石の暖炉がのぞいている。そして書斎の奥の壁、すなわち二人の正面の壁に、二階の廊下に面したドアがある。

そのドアを、誰かがそっと閉めようとするところだった。

ネッドもイヴも書斎からこっそり出ていく人影をたしかに見た。だがイヴはわずかな差でその人物の顔を見逃し、あとあとまで顔なき顔に悩まされるはめになった。一方、ネッドははっきりと目にした。

閉まりかけたドアの陰から手がにゅっと伸びていて、その距離からだとかなり小さく見えたが、茶色の手袋をはめていることだけはわかった。手はドア脇の電灯のスイッチに触れ、折り曲げた指が的確な動きでスイッチを押し下げた。シャンデリアがぱっと消えた。続いて、ノブではなく金属のハンドルがついた背の高い白いドアが音もなく閉まった。

室内の明かりは、緑色のガラス製シェードがついた事務用の卓上ランプだけとなり、それが左手の壁際にある大きな机と、その前の回転椅子に薄ぼんやりした光を投げかけていた。サー・モーリス・ローズはいつものように横顔をこちらに向けて椅子に腰かけていた。ただし、もう拡大鏡は手に持っていなかったし、二度と拡大鏡を持つことはできなくなっていた。

拡大鏡は机の吸い取り紙の上にあった。吸い取り紙はもちろんのこと、広い机全体に、砕け散ったなにかの破片が落ちていた。おびただしい量の不思議な破片だった。透明で、ピンクがかった色をして、ランプの光にきらきらと輝いている。薔薇色の雪さながらだ。破片には金もまじっているらしい。ほかにもいろいろまじっているようだが、どんな色なのかは判別できなかった。机にも壁にも血しぶきが飛び散っていたからである。

イヴは催眠術にかかったように呆然と立ちつくし、こみあげてくる吐き気をこらえながら、目の当たりにしている現実を必死で信じまいとしていた。どれくらいの時間そうしていたかは、あとで振り返っても思い出せなかった。

「ネッド、このままだとわたし……」

「しっ!」

サー・モーリス・ローズの頭はめった打ちにされていた。だが凶器らしきものは近くに見あたらなかった。もしも膝が椅子と机の隙間にはさまっていなかったら、身体は椅子からずり落ちていただろう。顎が胸にうずまるほど首を深くうなだれ、腕はだらんと下がっている。顔は絵の具で描いた仮面のように血みどろで、頬から鼻の下へと滴《しずく》が流れ落ち、ぴくりともしない頭は帽子をかぶっているように血でべっとりと濡れていた。

第四章

以前はウェストミンスターのクイーン・アンズ・ゲイトに住み、最近はラ・バンドレットのアンジュ街で暮らしていた勲爵士《ナイト》サー・モーリス・ローズは、こうして最期を迎えたのだった。当時は空疎な日々が続き、新聞種になりそうな出来事が不足していたため、イギリスの新聞はこぞってサー・モーリスの死を派手に書き立てた。それまでは叙任の経緯は言うまでもなく、どこの誰だか知っている者さえほとんどいなかったというのに、異常な殺され方をしたせいで状況はがらりと変わった。本人にまつわる事柄すべてが関心の的になったのである。その結果、ナイトの称号を授与されたのは数々の人道的活動によるものと世間に報じられた。サー・モーリスは貧民街の一掃や刑務所の改革、船員の待遇改善といった社会問題の解決に尽力していたのだ。

紳士録によれば、趣味は「骨董蒐集と人間性の探究」とのことだった。また、数年後にイギリスを破産寸前にまで追いこんだつむじ曲がり連中の一人でもあった。慈善活動に気前よく多額の寄付をする一方で、国民の生活改善にもっと予算を注ぎこめと政府をしつこくせっつき、自分自身は税金逃れのため海外へ居を移す手合いのことである。背が低くずんぐりして、口ひげと小さな顎ひげを生やしたこの老人は、だいぶ耳は遠いものの、快適で気ままな生活を送っていた。人柄については申し分なく、家庭内でも優しく快活なので尊敬されていた。早い話が、サー・モーリス・ローズは裏表のない立派な人物だったのである。

にもかかわらず、何者かが彼に殺意を抱き、頭を殴打するという残忍な方法で死に至らしめたのだ。まだ夜明けが遠い時刻、森閑とした通りを見下ろす窓辺で、イヴ・ニールとネッド・アトウッドは震えおののく子供のように立ちすくんでいた。

ランプの光にぎらぎらと浮かびあがる血の海を、イヴはこれ以上見ていることができなくなった。窓の脇へ引っこんで、恐ろしい光景から目をそむけた。

「ネッド、そこから離れて」

返事はなかった。

「ネッド、あの方はまさか……」

「そのまさかだろう、たぶん。ここからじゃ断言はできないが」

「怪我をしているだけかもしれないわ」

今度も返事はなかった。イヴよりもネッドのほうがショックは大きいようだった。だとしても無理ないだろう。イヴが見ていないものも見たのだから。ネッドは茶色の手袋をした人物の顔を目撃しているのだ。胸の荒々しい鼓動を聞きながら、まるで砂を飲まされているような激しい喉の渇きを覚えながら、ネッドは明かりのともった正面の部屋をじっと見つめていた。

「聞いてるの？　怪我をしているだけかもしれないわよ」

ネッドは咳払いしてから言った。「助けにいくつもりか？」

「そんなこと無理よ」イヴは声をひそめて言った。この状況の恐ろしさがわっと襲いかかってきた。「行きたくても無理よ」

「ああ――そうだ。行きたくもないしね」

「教えて。いったいなにが起きたの？」

ネッドは口を開きかけたが、すぐに閉じた。これはあまりに現実離れした信じがたい事態だ。言葉でなど説明できるはずがない。そこで無言のまま腕を上げ、凶器を勢いよく振り下ろすまねをした。ひそひそ声より少しでも大きな声を出すと、煙突の中にでもいるように大きく響いてしまい、二人はそのたびにはっと口をつぐんだ。ネッドがもう一度咳払いをはさんで言った。

「なにか遠くを見るものはないか？　双眼鏡とか、オペラグラスとか」

「どうして？」

「いいから早く。あるんだろう？」

双眼鏡――。イヴは窓の脇に立ったまま、硬くなって壁に寄りかかった。双眼鏡のことに頭を集中させようとした。双眼鏡といえば競馬。ロンシャン競馬場。ローズ家の人たちとロンシャン競馬場へ繰りだしたのはつい三週間前のことだ。鮮やかな色彩と鈍い蹄の音が記憶によみがえる。さんさんと輝く太陽のもと、合図のベルが鳴り渡って、色とりどりの勝負服を着た騎手が勢ぞろいし、白い柵の向こうを競争馬の集団が流れるように駆けていった。サー・モーリスは灰色のシルクハットをかぶって、双眼鏡を片時も目から離さなかった。ベン伯父さんはいつものように賭けては負けていた。

なぜネッドに双眼鏡が必要なのかは考えもしなければ気にもしないで、イヴは暗がりの中をよろよろと移動した。背の高い脚つきたんすの前まで来ると、一番上の抽斗から革ケースに入った双眼鏡を出し、ネッドの手に押しつけるようにして渡した。

サー・モーリスの書斎は天井の明かりが消えているため薄暗かったが、右側の窓に双眼鏡を向けて、小さな円盤状の調節つまみで焦点を合わせると、室内の一部が急にくっきりと目に飛びこんできた。

斜め向こうに右手の壁と暖炉が見える。暖炉は白大理石造りで、その上方の壁にかかっているのはナポレオン皇帝の肖像画を浮き彫りにした円形の青銅飾りだ。まだ八月なので暖炉は空っぽで、小さなタペストリーで覆われている。だが炉格子の脇の鉄具台には真鍮の握りがついた暖炉用具がそろっている。スコップと火ばさみ、それから火かき棒だ。

「さては、あの火かき棒で……」ネッドが言いかけた。

「火かき棒でどうしたの？」

「きみものぞいてごらん」

「いや！」

イヴは一瞬、面と向かって嘲笑を浴びせられるのではないかと思った。けれども場合が場合なので、ネッドもそこまで意地悪ではなかった。双眼鏡をケースにしまい始めた彼の顔は湿った紙のように蒼白で、手が震えていた。

「健全な家庭なんだろう？」ネッドは骨董品に囲まれて机に突っ伏している血まみれの死体の

ほうを顎でしゃくった。「きみはさっきそう言ったよな？　健全な家庭だと」

イヴは喉に固いものがつかえている気がして、息が詰まりそうだった。「誰なのか見たのね？」

「ああ、見た」

「強盗でしょう？　強盗が殴るところを見たんでしょう？」

「いや、犯行の場面は見ていない。茶色の手袋のやつめ、ぼくがのぞいたときはもう仕事を終えていた」

「じゃあ、なにを見たの？」

「茶色の手袋をはめた犯人が火かき棒を台に戻すところだ」

「強盗の顔、次に会ったら見分けられる？」

「その言葉はふさわしくないよ」

「どの言葉？」

「強盗」

向かいの薄暗い書斎で、再びドアが開いた。

だが今度はそっとではなく、意を決したように勢いよく開いた。戸口にぬっと現われたのは見まがいようもない、ヘレナ・ローズ夫人だった。

夫人はもともと動作や身振りが大きいので、弱い光の中でも、すぐそこに立っているのかと思うほど一挙一動がはっきりと見えた。考えていることまで伝わってくるようだった。彼女はドアを開けながら、なにか言っている。場の状況や唇の動きから推し量れば、それがどんな言葉かを察するのはいとも簡単だった。

「あなた、もうそろそろお休みにならないと」

ヘレナ——レディ・ローズとは誰も呼ばなかった——は中背のがっしりした体格で、朗らかそうな丸顔に、ボブスタイルの銀髪という風貌だ。派手な東洋風のガウンをはおり、両手を広い袖口にうずめ、スリッパの音を響かせながらきびきびと歩いている。戸口で立ち止まって、もう一度声をかける。中央のシャンデリアのスイッチを入れる。そのあと両腕で自分の身体を抱くようにして、背中を向けている夫のほうへ歩きだした。

近眼のせいで、夫がどういう状態かは近寄るまで気がつかなかった。ヘレナ夫人が右側の窓を通ったとき、影が通りに落ちてうごめいた。彼女の姿はいったん壁に隠れたあと、再び左側の窓に現われた。

結婚して三十年、ヘレナ・ローズは恐慌をきたした経験はほとんどなかった。それだけに飛びのいて悲鳴をあげたときの動転ぶりは尋常ではなかった。甲高い声は延々と続いて夜のしじまを突き破り、通りの隅々まで引き裂いた。近所の人々がいっぺんに飛び起きてしまいそうな勢いだった。

イヴは小声で言った。

「ネッド、帰って。早く!」

だが相手は動こうとしない。

イヴはネッドの腕をつかんだ。「ヘレナ夫人がわたしを呼びにくるわ！　いつもそうなの。すぐに警察も駆けつけて、三十分もしないうちにあたりは警官だらけになるわ。いますぐ帰らないと、わたしたちは一巻の終わりよ」恐怖がにじんだうめくような声で言い、ネッドの腕を揺さぶり続けた。「さっき言ったこと、まさか本気じゃないわよね？　窓から大声を出して、わたしたちが一緒にいるのを知らせる気なの？」

ネッドは両手を上げ、長く力強い指で目をこすった。肩からもがっくりと力が抜けている。

「ちがう、そんなつもりはなかった。あのときはどうかしてたんだ。すまなかった」

「じゃ、すぐに帰ってくれるわね？」

「ああ。イヴ、誓ってもいい、本当にそんなつもりは——」

「帽子はベッドの上よ。ほら、ここ」イヴは急いでベッドに歩み寄り、ベッドカバーの上を手探りした。「暗くしたままで出ていってもらうわよ。明かりはつけられないから」

「なぜだい？」

「イヴェットに気づかれるでしょう。新しく来たメイドのことよ」

中年で動作は遅いのに、手際がよくて器用なイヴェットの姿をイヴは思い浮かべた。よけいな口はいっさいきかないが、身振りの端々に物言いたげな感じを漂わせている。しかもどういうわけか、トビイ・ローズに対してまで奇妙な態度を取るのだ。イヴにはこのメイドが、あちこちで噂を振りまくうるさい世間の象徴のように思えてならなかった。ふと、もし自分が法廷の証言台に引きだされたら、どうなるだろうと考え、その場面を脳裏に思い描いた。

『サー・モーリス・ローズが殺されたとき、わたしはある男性と部屋にいました。もちろん、やましいことはなにもしていません』

いまの聞いた？　もちろんですってよ。もちろんだとさ。傍聴席からささやき声やくすくす笑いが起こり、やがて法廷内は笑いの渦となる。

イヴは物思いから覚め、ネッドに向かって言った。

「イヴェットは上の階で寝ているけれど、きっと目を覚ましているわ。ヘレナ夫人のあの声はご近所中に響き渡っているはずだもの」

悲鳴はまだ続いていた。いつまでこれに耐えられるだろう、とイヴは思った。やっと帽子が見つかり、ネッドに放った。

「なあ、イヴ、あのろくでなしに本気で惚れてるのか？」

「ろくでなし？」

「トビイ・ローズさ」

「そんなことを話している場合じゃないでしょう？」

「どんな場合だろうと、生きてるかぎりは恋愛について語るべきさ」

ネッドはまだ動こうとしない。イヴはもどかしさのあまり金切り声をあげたくなった。念力でネッドをドアへ押しやろうとするかのように、両手の拳を開いたり閉じたりしている。

通りをはさんだ向かいの部屋では、ようやくヘレナの悲鳴がやんでいた。その残響が鼓膜にわんわん響いている状態で、イヴは駆けつけてくる警官の靴音がしないかと耳を澄ました。窓の外をこっそりうかがうと、さっきとはちがう光景が目に映った。

書斎にはいま、ヘレナ・ローズのかたわらに二人立っている。彼女の可憐な娘ジャニスと、兄にあたるベンだ。彼らは光に目がくらんだかのようにおぼつかない足取りで部屋に入ってきた。ジャニスの赤毛とベン伯父さんの憂いに沈んだ表情が見て取れる。夜の静寂の中、切れ切れに聞こえてくる会話の断片が、声が大きくなるにつれ道のこちら側まで漂いだした。

ネッドの声でイヴは我に返った。

「しっかりしろ！　ヒステリーを起こしかけてるぞ。焦らないで落ち着け。向こうからこっちは見えないんだから心配するな。ぼくは裏口からこっそり出ていくよ」

「その前に鍵を返して」

ネッドはなんのことかなと言いたげに眉を上げたが、イヴは引き下がらなかった。

「とぼけたってだめよ。うちの玄関の鍵をあなたが持っている理由はないでしょう。返して！」

「いやだね。渡さない」

「さっきすまないと謝ったばかりじゃないの。少しでも道理がわかるなら、わたしをこんな目に遭わせて平気でいられるはず……」イヴはネッドのためらいを感じ取った。人に迷惑をかけたときにいつも見せる無念そうな表情が浮かんでいる。「そうだわ、もし返してくれたら――また会ってあげてもいいのよ」

「本当かい？」

「鍵を返して」

一秒後には、鍵のことなど放っておけばよかったと後悔し始めていた。ネッドが鍵をキーホルダーからはずす手つきがやけにもたついて見えたからだ。信じられないほど手間取っている。さっきはああ言ったけれど、彼とは二度と会うつもりはなかった。頭が混乱したせいで、なにか交換条件を持ちださなければと思いこんでしまったのだ。鍵が返ってくると、パジャマの胸ポケットにしまい、ネッドをドアへ急《せ》き立てた。

二階の廊下はしんとして、かなり暗かった。上の階でイヴェットが起きだしている気配はないようだ。廊下の突きあたりの窓はカーテンが開いていて、そこから射しこむ淡い光で階段へ手探りで進んでいくネッドがかろうじて見える。だが、彼に訊きたいことがまだひとつ残っていた。

イヴはこれまで、面倒な物事を極力避けてきた。いま感じている恐怖に近い不快感も早く払いのけてしまいたい。けれども、火かき棒でめった打ちにされ、白い壁にきゃしゃな金めっきの家具が並んだ安ぴかの部屋で死んでいるサー・モーリスの陰から、人間の顔らしきものが執拗に浮かんでくるのだ。今度ばかりは避けられないかもしれない。心にぴったりと張りついて、一生つきまとわれる気がしてきた。イヴは市庁舎の塔の大時計を思い浮かべた。警察署が入っている建物だ。警察署長のゴロン氏の顔も目に浮かぶ。灰色に曇った朝と、断頭台《ギロチン》も。

「ネッド、あれは強盗だったんでしょう?」

「妙だな」ネッド・アトウッドは唐突に言った。

「なんのこと?」

「この階段、のぼってきたときは真っ暗だったんだ。あそこの窓のカーテンはまちがいなく閉まってた」そう言って廊下の奥を指差した。じっくり思い返して、確信をさらに強めたようだ。「そうさ、階段で転びそうになったんだからね。そこの絨毯押さえの棒につまずいて。かすかでも明かりがあったら、つまずいたりはしなかったはずだ。いったいどういうことだ？」

「話をそらさないで。あれは強盗だったんでしょう？」

ネッドは大きく息を吸いこんだ。

「いいや、ちがうよ。きみもそれはわかってるはずだ」

「信じないわ、そんなこと。誰が信じるもんですか！」

「おい、落ち着けよ」ネッドはぴしゃりと言った。薄闇の中で彼の目が光っている。「よりによってこのぼくが弱い者の味方になろうとはね。だけどしかたないよな、きみのような女性を……」

「なんなの？」

「放っておくわけにはいかないってことさ」

二人の足もとで、曲線を描く急な階段が真っ黒な口を開けていた。ネッドは階段の手すりをもぎとらんばかりにがっちりとつかんだ。

「きみに話すべきかどうか迷ったんだ」拳を握りしめ、必死で平静を保とうとしている様子だ。「道徳なんてものにはこれっぽっちも興味がないし、きみの身持ちをうんぬんするつもりもない。ただ――これと似たような話が急に思い浮かんでね。初めて聞いたときは大笑いしたっけ。

ヴィクトリア女王時代の出来事なんだ」

「いったいなんの話？」

「知らないかな。いまから百年近く前の、ウィリアムなんとか卿が従僕に殺された事件にまつわる話なんだ」

「お向かいのサー・モーリスには従僕なんていないわ」

「なあ、そうやって揚げ足を取るのはやめてくれよ。膝の上に抱えてお尻をひっぱたくぞ。で、この話、どこかで耳にはさんだことは？」

「ないわ」

「従僕の犯行を、ある男が向かいの家の窓から目撃してたんだ。ところが、警察に名乗りでるわけにはいかなかった。そのとき彼がいたのは人妻の寝室だったからだ。やがて無実の人間が殺人容疑でつかまった。さあ、目撃者の男は果たしてどうしたか？

　もちろん、作り話だろうけどね。いわゆる寓話さ。その事件の場合、犯人の正体は疑う余地がなかった。それなのに長く語り継がれてきたのは、ヴィクトリア朝のお行儀のいい紳士淑女がお楽しみの真っ最中に窮地にはまったって部分を、世間が痛快だと感じたからだろうね。だけど今日の今日まで、そんなのは喜劇の中だけの話だと思ってたよ」

　少し間をおいてから続けた。

「現実に同じ立場になってみると、痛快でもなんでもないね。それどころの話じゃない」

「ネッド、誰だったの？　誰が殺したの？」

イヴは現在のことを尋ねているのに、ネッドは過去の話に没頭しているのか、質問が耳に入らなかったようだ。いや、たぶん聞こえないふりをしたのだろう。

「たしか、誰かがそれを下敷きに戯曲を書いてたな」

「ネッド、お願い！」

「いいから、聞けよ。重要なんだから」薄暗がりにネッドの顔が白く浮かびあがっている。「戯曲では論点を避けてたよ。その哀れな間男は警察に匿名の手紙を書いて、殺人犯を名指しするんだ。それで一件落着と考えたわけさ。だが当然、そうは問屋が卸さない。くだんの男女が窮地を脱するには、法廷で証言台に立って真犯人の正体を明かすしかなかった」

〝法廷〟という不吉な言葉が出ると、イヴは再びネッドの腕をつかんだ。ネッドはだいじょうぶだよと安心させてから、階段を一段下りたところでイヴを振り返った。ぼそぼそと交わされていた二人の押し問答は、のんびりかまえていた者が急にまごつくような差し迫った響きを帯び、どんどん低く険しくなっていった。

「心配いらないよ。きみが巻きこまれることはないから。ぼくに任せてくれ」

「犯人のことを警察に話すの？」

「いや、誰にもしゃべらない」

「でも、わたしにくらい話してもいいでしょう。誰のしわざなの？」

ネッドはイヴの手を振りほどいて、階段をもう一段下りた。後ろ向きに、左手を手すりにのせて。おぼろげに見える彼の白っぽい顔は歯だけが光って、徐々にイヴから遠ざかり、霧に吸いこまれていくようだった。

そのときイヴの脳裏を猛然と駆けめぐったのは、極度の緊張にさらされた状態だけがもたらす身の毛のよだつような疑惑だった。

「それはちがう」ネッドは否定した。こうやっていつもイヴの考えをいまいましいくらい正確に見抜くのだ。「だからそのことで悩む必要はないよ。きみが心配してる家族は誰もかかわってない」

「本当に？」

「ああ。誓ってもいい」

「じらして苦しめようという魂胆？」

ネッドは猫なで声を出した。

「その逆だよ。きみを大事に守ろうとしてるんだ。そうするだけの価値がある女だからね。きみを好きな男は誰だって同じ気持ちになるはずだ。しかし驚いたな！　きみはその年齢で、それなりに人生経験を積んできたわりには、うぶな幻想にとらわれやすいんだね。世の中をそこまで甘ったるい単純なものだと思いこんでる人間はほかにいないだろう。まあいい。そんなに言うなら話そう」そこで大きく息を吸う。「遅かれ早かれ、きみの耳にも入るだろうしね」

「お願い、早く！」

「ぼくらが最初に向かいの部屋をのぞいたときのこと……覚えてるかい？」

忘れようにも忘れられなかった。その場面がまぶたに焼きついている。ネッドの視線を感じながらイヴが思い浮かべたのは、左の壁際に置かれた大きな机の前で小さな顎ひげを生やしたサー・モーリスが拡大鏡を手にしている姿だった。これまで何度も見てきたのと同じサー・モーリス、まだ頭が血で染まっていないサー・モーリスだ。その光景はすぐにうごめく影に覆われ、輪郭がぼやけてゆがんだ。

「ぼくらが最初にのぞいたとき、あのじいさんのほかに誰かいると言ったろう？　誰なのかはわからなかったが」

「それで？」

「ところが、二度目のときは電灯がついてたから……」

イヴはネッドのあとから階段を一段下りた。彼を突き落とそうなどという気は毛頭なかった。いきなり警官の呼び子がぴりぴりと響き渡ったりしなかったら、決してそういうことは起こらなかったはずだ。

外の通りで呼び子がやかましく鳴り続け、それにまざって「殺しだ！」と叫ぶ声も聞こえてきた。音の届くかぎりの場所から警官が残らず呼び集められ、いもしない強盗の追跡劇がいまにも始まりそうな騒ぎだった。窓から飛びこんでくる生々しい音に、イヴはまたしても度を失った。心底震えあがって焦燥に駆られた。一刻も早くネッドを追いださなければ。急がないと大変なことになる。危険から逃れたい一心で、無意識に両手がネッドの肩に伸び、気がついたら押していた。

ネッドは叫ぶ間もなかった。階下を背にしていた彼は、左手を手すりに軽くのせ、かかとは踏み段からはみでているという危なっかしい姿勢だったので、手すりから手が浮いたとたんバランスを崩した。怒ったようなうめき声を漏らして一段下がり、ゆるんだ真鍮の絨毯押さえをまともに踏んづけた。イヴの目が、後ろ向きに倒れる直前の彼のぽかんとした表情をとらえた。

第五章

大人が一人、十六段の急な階段を一気に転げ落ちて、最後は壁に頭をしたたかに打ちつけたとなれば、家中に響くようなすさまじい音がしたはずだと誰もが思うだろう。

だが実際には、イヴの記憶にはごく小さな音しか残っていなかった。驚きのあまり呆然としていたせいだろうか。それとも、耳を聾《ろう》するほどの大きな音を予想していたせいだろうか。いずれにしろ、ネッドが転落してから、イヴがそばに駆けつけて息をはずませながらかがみこむまでは、ほんの一瞬のことだった。

イヴはネッドに危害を加えるつもりなどさらさらなかった。美しくて気だてがよく、上品でありながらねたまれそうなほど色気にあふれた女というのは、なにをやっても悪意がこもっていると誤解されがちだが、当の本人はそれにまったく気づいていなかった。自分がしょっちゅう世間で噂の種にされているのは知っていたが、なぜ放っておいてもらえないのか突きつめて考えたことはなかった。理由もなく身に降りかかってくるものとして受け止めていたのだ。

急に後ろめたさに襲われた。ネッド・アトウッドを殺してしまったにちがいないと思った。階段の下の玄関ホールは真っ暗だったので、イヴはネッドの身体に足を取られた。悪夢にふさわしい幕切れのように感じられた。ここで玄関のドアを開けて警官を呼び、悪夢をしめくくってもかまわない気がしてきた。そんなふうにあきらめかけていたので、死んだと思っていたネッドがもぞもぞと動きだしてしゃべったときは、ほっとするあまり泣きそうになった。

「ふざけるのはよせよ。どうして突き飛ばしたりしたんだ？」

安堵の波は嘔吐感のようにすっと引いた。

「起きあがれる？　怪我してるの？」

「いや、だいじょうぶ、どこも怪我はない。ちょっとぶつけただけだ。それより、いったいなんのまねだよ？」

「しーっ！」

ネッドは四つんばいだったらしく、その体勢からふらふらと立ちあがった。話し方はやや不明瞭ではあるが、普段とさほど変わらなかった。イヴは手を貸そうとかがみこんで、彼の顔と頭を両手で撫でた。血のぬるりとした感触に、はっと手を引っこめた。

「怪我してるわ！」

「大げさだな。軽く打っただけだよ。なんとなく変な感じだけどね。肩のあたりかな。それにしても派手に落ちたな。どうして押したりしたんだ？」

「顔に血が！　マッチを持ってない？　ライターでもいいわ。火をつけてみて」

やや間があった。「これは鼻血だよ。自分でわかる。でもおかしいな。鼻はぶつけてないはずなんだが。ま、とにかくたいしたことないさ。ライターがあったぞ、ほら」

ぽっと小さな炎がともった。ネッドがハンカチを探しているあいだ、イヴは受け取ったライターを掲げ持って、ネッドの頭部を調べた。髪が乱れ、ジャケットに埃がついているが、傷らしきものは見あたらない。鼻血はたしかに出ている。イヴは自分の手についた血を見て、ぞくりとした。ネッドは手早く鼻血を拭いてハンカチをポケットにしまうと、ひしゃげた帽子を拾いあげ、埃を払ってかぶった。

さっきからネッドは押し黙り、とまどっているような表情だった。得体の知れないものを味見するみたいにしきりと唇をなめ、首を振ったり肩の関節を動かしたりして具合を確かめていた。顔は青ざめている。青い目はなにかをまっすぐ見つめている。

「本当にだいじょうぶなの?」

「ああ、なんともないさ」ネッドはイヴの手からライターをひったくって火を消した。以前かんしゃくを起こしたときに見せた凶暴性がちらりと顔をのぞかせた。「でも変だな。頭がくらくらする。なあ、たったいまぼくを殺そうとしたきみに頼みがあるんだ。生きたままこの家から出してくれ」

そうよ、これは昔のネッド・アトウッドなんだわ。わたしを怖がらせに来た幽霊なのよ。イヴはしばらくそんなことを考えていた……

二人は静まりかえった家の中をそろそろと進み、台所にある裏口へたどり着いた。イヴがスプリング錠を開けた。ドアを出て低い石段をのぼると、高い石塀に囲まれた狭くて質素な庭がある。そこの裏門を抜ければ、カジノ大通りに通じる路地に出られるのだ。

水を打ったような静けさの中、裏口のドアが甲高くきしんだ。とたんに外の生暖かい空気が流れこみ、眠気を誘う湿った草と薔薇の香りを運んできた。屋根越しに見える遠くの空で、大きな灯台の放つ光線が二十秒ごとに明滅している。二人は庭へ上がる石段の手前でとっさに立ち止まった。通りに面した表玄関のほうが、がやがやと騒がしい。警察が到着したのだ。

イヴは鋭い口調でネッドに耳打ちした。

「待って、ネッド。話が途中だわ。さっきはなんて言いかけたの？　誰を見たの？」

「おやすみ」ネッドは静かに言うと、身をかがめてイヴに唇を重ねた。形だけのおざなりなキスだった。イヴはまた少し血がつくのがわかった。帽子に軽く手をやって背中を向けたネッドは、ふらつきながら石段をのぼり始めた。だが裏門に向かって庭を突っ切っていくときは、しっかりした足取りに戻っていた。

イヴの胸は不安でざわついた。いまにも喉から金切り声がほとばしりそうになった。ネッドを呼び止めたい気持ちをぐっとこらえ、黙って石段を駆けあがり、部屋着の紐がゆるむのもかまわず彼の後ろ姿に向かってちぎれんばかりに手を振ったが、気づいてはもらえなかった。そんなことをしていたせいで、このとき裏口のドアで小さく響いたカチッという音には全然気づかなかった。

ネッドが出ていきさえすれば危険はなくなる、とイヴは思っていた。誰かに見られやしないかという息詰まる恐怖から逃れ、ほっと一息つけるはずだと。

ところが、危険にはまだ続きがあった。正体のわからない深みから、とらえどころのない恐怖が這いのぼってくる気がした。ネッド・アトウッドと切っても切り離せない恐怖が。イヴが知っているネッドはいつもにやにやしているだらしない男だったのに、まるで魔法にでもかかったように超然とした礼儀正しい男に変わっていた。なんだか薄気味悪い。とりあえず朝まではなにも心配いらないだろうが、朝になったら……

イヴは大きく息を吸って、石段をそろそろと下りた。そしてドアに手を伸ばした瞬間、その場で凍りついた。ドアが閉まっている。内側からスプリング錠がかかってしまっている。

人間誰しも、特にこれといった理由もないのにすべてがまずい方向へ転がる日というのが必ずある。男より女のほうがそういう経験は多いだろう。最初は朝食を作っているときに目玉焼きがつぶれるといった、災いとまでは言えなくても女にとって腹立たしい出来事から始まる。次は客間でなにか壊してしまい、それから先は気の滅入ることばかりがどんどん重なっていくのだ。冬眠から突然目覚めた蛇に嚙まれたようなもので、家庭内のこまごました問題が一度に降りかかってくる。無生物にまでよこしまな悪魔が乗り移ったように思え始めると、たまりにたまった怒りはついに噴出し、「わたしがいったいなにをしたっていうの？」とやりきれない気分になるだろう。

いまのイヴはまさにそういう気分で、閉ざされたドアのノブを力まかせに引っ張っていた。

それにしても——

なぜドアは閉まったの？

風はそよとも吹いていなかった。夜気は思っていたより涼しいが、澄んだ星空と庭の木立の下には風になびいているものはひとつもない。

いいえ、そんなことはあとまわしよ。呪わしい星まわりで立て続けにひどい目に遭うと定められているなら、なぜこうなったかを考えてみたってしかたないわ。もう起きてしまったのだから。真っ先に考えなければいけないのは、家の中へ入る方法だ。ぐずぐずしてはいられない。警官が来たら見つかってしまう。

ドアを叩く？

つまり、イヴェットを起こすということ？　冷たく光る小さな黒い目と、真ん中でつながっているまばらな眉毛が思い浮かんだ。負けん気が強くて図太そうな顔。考えるだけで虫酸が走る。正直に言うと、思いあたる理由はひとつもないのにイヴェットが怖い。でも、じゃあどうやって家に入るの？　窓はだめ。一階の窓は毎晩施錠して、内側の鎧戸まで閉めてある。

思案に暮れて両手を額にあてがったが、血でねばついていたのですぐに手を離した。きっと部屋着も汚れているはずだ。確かめようと思ったが、暗くて見えなかった。脱いでしまおうと、あまり血がついていないほうの左手で部屋着の襟を持ちあげたとき、パジャマの胸ポケットにネッドから取り返した玄関の鍵が入っているのを思い出した。

無理よ！　表の通りには警官がうようよしているはずだから、玄関へまわるなんて無謀だわ！　頭の隅でそう叫ぶ声がしたが、別のところからは、だいじょうぶよ、石塀に囲まれていて通りからは見えないはずだわ、とささやく声も聞こえた。家の横をそっと抜けるのはわけないだろうから、音さえ立てなければ気づかれずに玄関から入れるのでは？

なかなかふんぎりがつかなかった。一秒ごとに不安がつのっていくので、こうなったらやってみるしかないと決心した。家の外壁にへばりつくようにして、肩で息をしながら慎重に進んだ。そして前庭へ出たとたん、トビイ・ローズと出くわした。

といっても、向こうには気づかれなかった。不幸中の幸いだ。

思ったとおり、ローズ家はイヴを呼びにきたのだ。パジャマの上に長いレインコートを引っかけ、靴を履いたトビイが、通りを渡ってミラマール荘の表門に手をかけようとするところだった。

通り沿いの石塀は九フィートくらいの高さがあり、アーチ形の入口には鉄格子の門扉がはまっている。背の高い街灯が落とす薄ぼんやりした光で、栗の木の枝が亡霊じみた緑色に輝き、その影がイヴの家の前庭に落ちている。門の外に立つトビイも街灯の光に照らしだされていた。

予想に反して、あたりは警官であふれてなどいなかった。それどころか、イヴが見つからずに済んだのは一人の警官のおかげだった。トビイが門のすぐ前まで来たとき、彼の背後でフランス語の怒鳴り声がとどろいた。

「待ちなさい、きみ！　なにをしてるんだ？　この家のイギリス人にいったいなんの用だね？　おい《アーン》、どうなんだ《アーン》？　え《アーン》？」

アーンという言葉がたたみかけるように高くなっていく。声の主が通りをこちらへやって来る重い足音が響いた。

トビイは振り向いて両手を広げ、フランス語で返事をした。流暢だがアクセントに嫌味な癖があって、イヴは前々からそれを、外国人に対する見栄と対抗心からわざとやっているのではないかと感じていた。

「ニールさんを呼ぼうとしているだけですよ！」トビイは声を張りあげて言い返し、門を叩いた。

「だめだめ、ムッシュー。家から出てもらっては困ります。ただちに戻ってください。早く、早く！」

「しかし、きみ――」

「家に戻ってください。勝手なことはしないように。さあ、急いで！」

トビイはさもうんざりしたような腹立たしげな身振りをした。そのあと明かりの下でくるりとこちらへ向き直った。鉄格子の隙間から、彼のふわふわした茶色の髪ときれいに刈りこんだ口ひげが見える。普段は人の良さそうな顔が、引きつって不快げにゆがんでいる。それだけ動揺が激しいのだろう。両手の拳を振りあげる姿を見れば、どうしようもなくつらい気持ちだというのは誰にでもわかる。少なくともイヴにはよくわかった。

「アンスペクトゥールさん」トビイは言った。英語でインスペクターにあたるこの呼称は、フランスでは警部ではなく平巡査を表わすことを心得ている口調だ。「母がどういう状態かはおわかりですよね。いま二階で半狂乱になっています」

「ええ、そうですな」警官が答える。

「その母がニールさんを呼んでほしいと言ってるんですよ。こういうときに母を力づけてあげられるのはニールさんだけなんです。それに、ぼくはどこかへ逃げようとしてるわけじゃない。

向かいの家へ来ただけです」そう言って、また門を叩き始めた。

「どこにも行ってはいけません、ムッシュー」

「おい、ぼくの父が死んだんだぞ」

「責められても困りますな」警官は突っぱねた。「殺人が起きたのは本官のせいではありませんので。それにしても、ラ・バンドレットで殺人とは！　ゴロン署長がなんとおっしゃるやら。カジノ大通りの自殺事件だけでも頭が痛いのに、今度はこんな事件まで！」やれやれとばかりに大きなどら声でつけ加えた。「おっと、また一人お出ましだ！」

　通りを渡ってくる小刻みな軽い足音で、警官の頭痛の種はまたひとつ増えた。登場したのは燃えるように赤いパジャマを着たジャニス・ローズ嬢だった。門の前にいる二人のもとへ急ぎ足で近づいてくる。長く垂らした豊かな赤毛の髪と真紅のパジャマが、青白い可憐な顔と対照的だ。二十三歳になるジャニスは小柄でふっくらとして、清楚な印象と、はつらつとした鼻っ柱の強い印象とをあわせ持っている。十八世紀風の容貌のせいで、たまにおしとやかに見えることもあるが、いまは茫然自失の体《てい》で、すぐにも泣きだしそうだった。

「どうしたの？」ジャニスは兄のトビイに訊いた。「イヴはどこ？　どうしてこんなところに立ってるの？」

「このわからず屋の警官が……」

「止められたからどうだって言うの？　わたしは引き下がらないわよ」

横にいる警官は英語がわかるらしかった。ジャニスが鉄格子のあいだから真っ暗な門の中をのぞきこみ、イヴのいるほうへ視線をまっすぐ注いだとき、またもや警官の呼び子が頭皮までぴりぴりさせる音で鳴り響いた。

「ほら、あなた方を呼んでますよ」警官がいかめしい口調で言った。「さあ、ムッシュー、それからマドモワゼルも、おとなしく家に帰ってください。なんでしたら、お送りしましょうか？」

イヴの視野に警官の姿がすっと入ってきた。トビイの腕をつかみ、マントの下でひねくりまわしていた白い硬質ゴムの警棒をすばやく抜いた。

「ムッシュー！」警官は声を荒げたあと、悲しげな口調で続けた。「お気の毒ですが、従っていただきます。私だってつらいんですよ。あなた方が変わり果てたお父上の姿を見てどんな気持ちかは、これでも充分察しているつもりです」

トビイは両手で顔を覆った。ジャニスはぱっと背を向け、自宅に向かって駆けだした。

「しかし命令は命令ですからな。さあ、戻りましょう」警官はいくぶん同情まじりだが、しらじらしい感じのするなだめ口調で言った。「もうしばらくの辛抱ですから。ほんの十五分かそこらですよ。警視が到着して、現場の指揮をとれば、必ずそのご婦人とお会いになれます。わかりましたね？　ですから、ひとまず家に戻って……」

「しかたない」トビイは気落ちした声で言った。

警官がトビイの腕から手を離した。トビイは立ち去る前にミラマール荘をもう一度ちらりと見やった。パジャマに長いレインコートというちぐはぐな恰好で、角張った顎をぐっと突きだし、唐突にしゃべりだす。礼儀作法など頭からきれいにぬぐい去られているようだ。彼の言葉は気持ちが高揚しているせいでやけに芝居がかって聞こえた。

「この世の誰よりも美しく崇高な人！」

「は？」と警官。

「ニールさんのことだ」トビイがミラマール荘を指差した。

「ほう」警官は首を伸ばして美女の宮殿を眺めた。

「とびきりすばらしい女性なんだ。どこを探したって彼女ほどの人はいない。思慮深く、気品に満ち、心優しい……」トビイはごくりと息をのんだ。つのる思いを懸命に抑えようとしているのが、イヴにもはっきりとわかった。彼はそのあと、赤く充血した目を門のほうへ向け、フランス語でつけ加えた。「電話をかけるのもだめなんですか？」

「上からの命令には電話のことまでは……」警官は少し間をおいてから続けた。「まあ、かまわんでしょう、電話くらいなら。おっと、そんなに走らなくても！」

また電話だ。

警官はまだそこにいて、門の中をのぞいているのだろうか。お願いだから早く立ち去って、とイヴは祈った。トビイから電話がかかってくる前に、電話機へたどり着かなければ。彼にあそこまで理想化されていたとは知らなかった。あんな大げさなことを言うなんて、ほっぺたをひっぱたいて目を覚ましてあげたい気分だ。そう思いつつも、これまでにはない不思議な胸のうずきを感じた。じれったさを覚える一方で、女心をくすぐられてもいた。相手のためなら喜んで犠牲になりたいという本能だろうか、今夜寝室で起きたことはなにがあってもトビイには知らせまいとあらためて心に誓うのだった。

　警官が門を開けて中へ首を突っこむと、イヴは息を殺した。だが警官はそれで満足したらしく、遠ざかっていく足音が街路に響いた。間もなく向かいの家でドアがバタンと閉まるのが聞こえた。イヴは姿勢を低くして、玄関へと小走りに進んだ。

　部屋着の前がはだけているのにぼんやりと気づいた。紐がまたゆるんだのだろう。だがそんなことにはかまっていられない。玄関まであと数歩だ。わずかな距離がまるで果てしない無限の空間のようで、いつ捕らえられて命を落とすかわからない敵陣をくぐり抜けている気分だった。ドアに鍵を差しこんでいるあいだも永遠のように長く感じられ、錠は押さえつけておかないと逃げだしそうだったし、鍵もしっかり握らないと横にずれて金属音が響きそうだった。

　ようやく中へ入り、むっとする暗闇に包まれて安堵した。ドアがくぐもった小さな音とともに閉まり、悪魔を閉めだしてくれた。よかった、助かった。誰にも見られていないはずだ。胸が早鐘を打っている。血がついた手のぬるぬるした感触を再び意識した。思考は重い車輪のようにのろのろと回転している。暗闇にうずくまって呼吸を整えながら、トビイと落ち着いて話せるよう気持ちを静めた。すると、二階で電話が鳴りだした。

　もう恐れることはなかった。だいじょうぶ、なにもかもうまく行くわ、と自分に言い聞かせた。うまく行くに決まっている。うまく行ってもらわないと困る。イヴは部屋着の襟をしっかりとかき合わせ、電話に出るために忍び足で二階へ上がっていった。

第六章

それからちょうど一週間が経過した九月一日月曜日の午後、アリスティード・ゴロン署長は友人のダーモット・キンロス博士とドンジョン・ホテルのカフェテラスにいた。

ゴロンは難しい顔つきだった。

「マダム・イヴ・ニールをサー・モーリス・ローズ殺しの容疑で逮捕することにしたよ」コーヒーをかきまぜながらゴロンは友人に打ち明けた。

「証拠はそろっているのか？」

「ああ、残念ながらね」

ダーモット・キンロスは寒気を覚えた。「死刑は免れないと……？」

ゴロンは考えこんだ。「いや」秤の目盛りでも調べるかのように、片目を半ば閉じてきっぱりと答えた。「それはありえんよ。麗しいきゃしゃな首がそういう運命をたどることはまずないと思うね」

「となると？」

「十五年の島送り程度かな。十年で済むかもしれん。いや、やり手の弁護士を頼んで、女の魅力を存分に振りまけば、五年だってありうる。五年の島送りなら向こうにしてみりゃ御《おん》の字だろう」

「それはどうかな。だいいち、当のニールさんは罪を認めているのか？」

ゴロンは急にそわそわしだした。「博士、実を言うと」コーヒーカップからスプーンを出して続ける。「悩ましいのはそこでね。あのべっぴんさんはまんまと逃げおおせたつもりでいる。自分が疑われているとは露《つゆ》いささかも考えていない。私からそれを言い渡さねばならんとは、気が滅入るよ……」


警察署長がこぼすのも無理はなかった。犯罪とは無縁に等しいラ・バンドレットで起きた今回の事件は、彼にとって大きな悩みの種だった。このゴロン署長、でっぷりと太った人当たりのいい朗らかな人物で、白いスパッツをつけ、胸のボタンホールに白い薔薇を挿した、なかなかの伊達者である。警察署長といっても、実際には警察らしい犯罪捜査を手がけたことはめったになく、もっぱら地元で開かれるさまざまな行事の音頭取りを務めてきた。だが抜け目のない鋭敏な男であることはまちがいない。


この界隈はゴロンの庭のようなものだった。じきに日が暮れる午後の日射しのもと、フォレ通りの白い路上では行き交う自動車や無蓋馬車がぴかぴか輝いていた。頭上にはドンジョン・ホテルの正面に取りつけられた黒とオレンジの縞模様の日よけが張りだし、カフェテラスを西日から守っている。まわりには小さなテーブルがいくつか並んでいるが、客はあまり多くない。ゴロンは向かい合って座っている友人を出目気味の目でじいっと見つめた。

「あのマダム・ニールはだいぶ動揺しているね。おびえきっている。ローズ家の人間とちょっと顔を合わせただけで、別人のようになるんだ。罪悪感にほかならないと思うがね。さっき言ったように、動かしがたい証拠がたっぷりそろっているから」

「それなのに、きみとしてはいまひとつ納得できないわけだな?」ダーモット・キンロス博士は流暢なフランス語で言った。

ゴロン署長は難しい顔つきになった。

「さすがは博士、鋭いね。実を言うと、そのとおりなんだ。どうも釈然としなくてね。それでこうしてお知恵を拝借しているわけだ」

ダーモット・キンロスはいつもの柔和な笑顔になった。

キンロス博士には人込みでも目を引く独特の風格がそなわっていて、個性的でおもしろそうな人物という感じを受けるが、なぜそうなのかを具体的に述べるのは難しい。あえて挙げるならば、外見ににじみでている包容力だろうか。この人は自分と同じ仲間だ、だからきっと理解してくれる、と相手に思わせるのかもしれない。

顔はよく日に焼け、穏やかな思慮深い表情をたたえ、研究者らしい細かいしわと、なにかに没頭している感じの黒っぽい目が印象的だった。目と同じ色の髪はふさふさして、白髪はまだない。特定の角度から見ないかぎり気づかないだろうが、顔の片側にアラスで受けた砲弾による傷を形成外科手術で治した痕がある。ユーモアのセンスは豊富だが、うわついたところはなく賢明だ。強靭さも持ち合わせているが、これは必要なとき以外は表に出ない。

いま、キンロスはウイスキー・ソーダを飲みながら紙巻き煙草をふかしている。のんびりと休日を過ごしている風情だが、実際にはこれまで休日らしい休日は取ったことのない男である。

「それで?」キンロスは続きを促した。

ゴロン署長は声をひそめた。

「二人が似合いの男女だってことには、きみも異存はないはずだ。マダム・イヴ・ニールとムッシュー……まわりからトビイと呼ばれているホレイショー・ローズだがね。まさしく理想の恋人同士と言えるだろう。経済的な余裕もあるし、心底愛し合ってるわけだからね」

「心底? そんな愛情は存在しないよ」キンロス博士は言った。「世の中はうまくできていて、AはたとえBと出会えなくても、Cと幸せになれるようにできているんだ」

ゴロン署長は遠慮がちに疑念を表わした。

「博士、本気でそう思ってるのかね?」

「思うもなにも、科学的根拠のある事実だよ」

「どうやら博士は」ゴロンはまだ疑わしげだ。「マダム・ニールに会ったことがないようだね」

「ああ、ないよ」ダーモット・キンロスはほほえんだ。「だがそのご婦人に会おうが会うまいが、科学的事実に変わりはない」

「なるほどね!」ゴロンはため息をついてから、本題に入った。「事件が起きたのは一週間前の晩だった。アンジュ街のボヌール荘に住むローズ家は、サー・モーリスと奥方、娘のジャニスに息子のトビイ、それから奥方の兄にあたるベンジャミン・フィリップスという面々で、ほかに住みこみの使用人が二人いる。

八時にサー・モーリスを除くローズ家の全員がマダム・ニールと観劇に出かけた。サー・モーリスは行きたくないと言ったそうだ。重要なので頭に入れておいてほしいんだが、サー・モーリスは日課にしている午後の散歩から戻ったあと、ずっと仏頂面だった。八時半にアルプ街の美術商ヴェイユ氏から電話があって、ようやく機嫌が直ったようだがね。サー・モーリスのコレクションにふさわしい貴重なお宝が手に入ったので、すぐにお宅へお持ちしましょうと連絡してきたんだ。美術商はさっそくボヌール荘を訪れることになった」

ゴロンはここで一息ついた。キンロス博士は煙草の煙をふっと吐き、それが暖かいゆるんだ空気の中で渦を巻いてのぼっていくのを見つめていた。

「そのお宝というのはどんなものだい？」博士は訊いた。

「かぎ煙草入れだ。なんでもナポレオン皇帝の愛用品だったとか」

署長は感服した様子で続けた。

「ヴェイユ氏から値段を聞かされたときは目玉が飛びでたよ。なんとまあ、驚いたね！　たかが趣味のためにそれほどの大金をはたくとは！　むろん、骨董としての値打ちを別にしても……」絶妙の間をおいてつけ加えた。「それはそうと、ナポレオン皇帝は本当にかぎ煙草なんぞをたしなんだのかな？」

キンロス博士はわははと笑った。

「ゴロン、イギリスの芝居に出てくるナポレオンを見たことはないのか？　どの俳優が演じても、決まって五分くらいはかぎ煙草入れをいじくりまわして、中身の粉を舞台にまき散らしながら台詞をしゃべるんだ。それこそ三語ごとにね。信頼できる回顧録にも、かの皇帝はいつも身体のあちこちにかぎ煙草の粉をくっつけていたと書かれている」

警察署長は眉をひそめた。

「ならば、その骨董品の来歴については特に怪しい点はなさそうだな。だが品物自体も実に高価なものでね！」ゴロンはコーヒーを飲みながら目玉をくるりと回した。「なんときみ、透明な薔薇色の瑪瑙《めのう》でできていて、縁取りは純金、おまけに小粒のダイヤモンドもちりばめてあるんだ。見ればわかるだろうが、ちょっと珍しい形をしている。それから、本物だと保証する鑑定書つきだ。

サー・モーリスは大喜びだった。ナポレオンの遺品には目がなかったとみえる。買うから品物は置いていけ、代金は朝になったら小切手で支払う、と言ったそうだ。よって代金は未払いで、ヴェイユ氏はかんかんだ。まあ、お怒りはごもっともだがね。

その晩、マダム・ニールはさっき言ったようにローズ家の者たちと観劇に出かけた。『ウォレン夫人の職業』というイギリスの芝居だ。アンジュ街に戻ってきたのは十一時で、すぐに家に入った。トビイ・ローズ青年が玄関まで送っていった。余談だが、あとで予審判事が、『ムッシュー、あなたはそこでおやすみのキスをしましたか？』と尋ねると、青年は置物よろしくしゃちほこばって、『ムッシュー、それはよけいなお世話です』とつっけんどんに答えたそうだよ。予審判事は二人が喧嘩でもしたんじゃないかと疑ったが、どうやらそういう事実はなかったらしい」

ここでゴロンは再びためらった。

「ローズ家の一行が帰宅すると、サー・モーリスが宝物を手に二階からいそいそと下りてきて、金の縁取りがついた小箱を家族にお披露目した。娘のジャニス嬢はきれいねと言ったが、それ以外の者はろくに見もしなかったらしい。ヘレナ夫人がとんでもない無駄遣いだと言ってあきれると、サー・モーリスはむすっとして、しばらく書斎にこもる、くつろげるのはあそこだけだからね、と言いながら二階へ戻っていった。ほかの者たちもめいめい寝室へ引きあげた。

だが、眠れない人間が二人いた」

ゴロンは前かがみになって、テーブルを指でとんとん叩いた。話に夢中だったので、コーヒーは冷めてしまっている。

「ムッシュー・ホレイショー、つまりトビイ青年が、夜中の一時に起きだしてマダム・ニールに電話したと認めているんだ。予審判事が、『ほう！　欲情に駆られたというわけですな？』と言ったところ、青年は血相を変えて、いかがわしい気持ちからではないと否定した。実際、そんな証拠はないからね。しかし状況から考えて、皆無だったとは言いきれまい。そうだろう？」

「どうかな」キンロス博士が答える。

「そうは思わないと？」

「まあ、当面それはどうでもいいだろう。先を続けてくれ」

「わかったよ！　トビイは階下へ行って電話をかけ、終わるとまた寝室に戻った。家の中は真っ暗で、物音ひとつしなかったそうだ。父親の書斎はドアの下から明かりが漏れていたが、邪魔したくないので声はかけなかったと言っている。

ちょうどその頃、ヘレナ夫人も眠れずにいた。夫がばか高いかぎ煙草入れを買ったせいでね。悩んだり怒ったりするほどではないが、軽い不安にとらわれて、なかなか寝つけなかったわけだ。深夜一時十五分、とうとう寝床を出た。この時刻は覚えておいてくれ。夫人は夫の書斎へ向かった。そろそろ休んだほうがいいと声をかけにいったんだが、本人の告白によれば、高価な薔薇色の瑪瑙に散財した夫に、ついでにやんわりと文句を言うつもりだったそうだ」

ゴロンはそのあと声を張りあげ、芝居がかった調子で鋭く言った。

「ところが、あにはからんや！」指をぱちんと鳴らす。「夫人が目にしたのは机の前で事切れている無残な夫の姿であった！

サー・モーリスは、部屋の反対側の暖炉用鉄具台に置いてあった火かき棒で頭をめった打ちにされていた。ちょうど壁際の机で、かぎ煙草入れの詳細を書き留めているところだったらしく、死体の前に便箋が一枚あった。しかもそれだけじゃない！　驚くなかれ、その瑪瑙のかぎ煙草入れは、故意か偶然か、犯人の一撃によって粉々に砕けてしまったんだ」

キンロス博士はひゅっと口笛を吹いた。

「老人の命を奪うだけでは飽きたらず、宝物まで壊さなければならなかったのか」ゴロンが言った。「それとも、ただの偶然なのか」

キンロス博士はますます混乱してきたという面持ちだ。

「人間の頭のような大きな目標をそれて、机の上のかぎ煙草入れを直撃するというのは、ありそうもないと思うがね。そうなると、当然……」

「なんだね、博士？」

「いや、なんでもない。続けてくれ」

ゴロンは腰を浮かせ、賢人の教えを一言も聞き漏らすまいとばかりにてのひらを耳に当て、ぎょろりとした目でキンロス博士の顔を見つめていた。が、先を促されたので椅子に深く座り直した。

「この犯罪は残忍で、無軌道で、一見すると頭のおかしい者のしわざに思われ……」警察署長が話しだす。

「ばかな！」キンロス博士はもどかしげに言った。「その逆だ。きわめて特徴的な犯罪だよ」

「特徴的？」

「ああ、そう言ってさしつかえないだろう。口をはさんで悪かった。続けてくれ」

「盗まれた物はなにもなく、外から押し入った形跡もない」ゴロンが話を再開した。「内部の事情に詳しい者の犯行にちがいない。火かき棒が暖炉の脇にあることを知っていたし、サー・モーリスは耳が遠いので、背後から近づいても気づかれないだろうと予想もできたわけだ。ローズ一家は幸せな家庭だった。フランス人と同様、楽しく暮らしていた。それだけに、当然ながら受けた衝撃ははかりしれない」

「それで？」

「死体を発見した直後、彼らはマダム・ニールに助けを求めることにした。一家そろって彼女を気に入っていたからね。報告によれば、トビイ青年とジャニス嬢がマダム・ニールを呼んでこようとしたそうだ。見張りに立っていた警官がそれに気づき、現場の指揮官が来るまで家から出ないようにと言って二人を止めた。ジャニス嬢はあとでもう一度家を抜けだしたそうだが、マダム・ニールには会えずじまいだったらしい。

やがて警視が到着し、事情聴取を始めた。ローズ家の者たちがマダム・ニールに会わせてくれと言ったので、警視は部下を一名、迎えにやった。その部下というのが、先に兄妹を引き止めた職務に忠実な巡査なんだ。運よく彼は明かりを持って出かけた。ニール家がローズ家の真向かいだってことは、たぶん話に聞いたか、新聞で読んだかして知ってるだろう？」

「ああ、知ってる」

「その巡査は――」ゴロンは太い肘をテーブルにつき、顔をきつくしかめて言った。「ニール家の門を開け、玄関へ通じる小道を歩いていった。すると玄関のすぐ前に……」

「なんだい？」ゴロンが言葉を切ると、博士は続きを促した。

「ピンクのサテンでできた紐だかベルトだかが落ちてたんだ。女性の化粧ガウンや部屋着の腰に巻くやつらしい。で、それに血のしみが少しだけついていた」

「なるほど」

再び短い沈黙になった。

「だが、くだんの巡査は機転の利く男でね。サテンの紐をポケットにしまって、なにくわぬ顔で呼び鈴を鳴らした。すぐにおびえた様子の女が二人出てきた。名前は――」ゴロンは小さな手帳を取りだし、目の前に掲げた。「メイドのイヴェット・ラトゥールと、料理人のセレスティーヌ・ブシェールだ。

この女たちは暗闇から小声で返事をした。そのあと口に人差し指を当てて、黙っているよう合図してから、巡査を一階の部屋へ通し、見たことを伝えた。

イヴェット・ラトゥールの話はこうだ。大きな物音で目が覚め、部屋から出てみると、マダム・ニールがこっそり家に入ってくるところだった。びっくりして――なかなか勝ち気そうな女だがね――料理人のセレスティーヌ・ブシェールを起こし、二人でそっと奥様の寝室へ下りていった。中をのぞきこむと、マダム・ニールは奥の浴室にいて、壁にはめこまれた鏡にその姿が映っていた。髪を振り乱して息を切らしながら、必死の形相で手や顔の血を洗い落とし、白いレースの部屋着についていた細かい血のしみをスポンジでぬぐい取っていたそうだ。部屋着の腰紐は見あたらなかった」

ゴロンはちらっと後ろを見た。

ドンジョン・ホテルのカフェテラスは次第に混雑してきた。フォレ通りの向こうの松林の奥で、沈みかけた夕陽が目を射るほどまばゆい光線を放っている。

キンロス博士の頭にどぎついくらい鮮明な像が浮かびあがった。こそこそとのぞき見する使用人たち、鏡が幾重にも映しだす取り乱した顔。それが意味するものは警察の領分である邪悪な闇だが、博士の領分である心の闇でもあった。この証言をどう解釈するかはひとまずおいて、話の続きを促すことにした。

「それで?」

「うむ、巡査はイヴェットとセレスティーヌにいまの話は決して口外しないよう言い含めてから、意を決して二階へ上がり、マダム・ニールの寝室をノックしたんだ」

「眠っていたのか?」

「いやいや、それどころか」ゴロンはあっぱれとでも言いたげな口調だ。「外出着に着替えているところだったよ。本人の説明によると、トビイ・ローズからの電話で目が覚め、悲劇を知らされたそうだ。むろん、数分前にかかってきた二度目の電話のことだがね。それまではなんの物音も聞かなかったと言っている。警官の呼び子にも、外の通りの騒ぎ声にも全然気づかなかったとね。全然だぞ!

しかし驚いたよ、博士。たいした演技力だ。サー・モーリスの訃報に涙を流すところなんぞ、かなり真に迫っていたよ! 口をぽかんと開けて、目を丸くしてな。純真なピンクの薔薇そのものだ。例の白い部屋着は衣裳だんすにかかっていた。隣の浴室では、彼女がせっせと哀れな老人の血を洗い流したせいで、鏡がまだ湯気で曇っていた」

キンロス博士は居心地悪そうに身動きした。

「で、巡査は? どういう策に出たんだ?」

「内心ほくそえみながら、真剣な顔つきで、ぜひとも向かいの家へ行って友人たちを慰めてほしいと頼んだんだ。自分もあとから行くと言い添えてな」

「つまり……？」

「そのとおり。部屋着をこっそり手に入れるためだ」

「それで？」

「メイドのイヴェットにこのことは絶対に黙っていろと念を押した。もし奥様から部屋着はどこかと訊かれたら、洗濯屋に出したと言うよう指示し、作り話をもっともらしくするため、すぐに別の衣類をまとめて洗濯屋に出させることにした。マダム・ニールに警戒される可能性は？　まずないだろう！　血のしみはもともとわずかな量だったし、本人はきれいにぬぐい取ったつもりでいるからね。むろん、薬品で検査すれば、そういうしみ跡も正確に検出できるわけだが、彼女にはそんなことまでわからんだろう。しかも博士、血のしみだけじゃない、部屋着にはほかにも興味深い点があったんだ」

「ほかにも？」

「そうだ」ゴロンはテーブルをせわしなく叩きながら言った。「巡査の目の前で部屋着を調べていたイヴェットが、レースに薔薇色の瑪瑙の細かい破片がくっついているのを見つけたんだ」

ゴロンはここでいったん切ったが、今度は話を盛りあげるためではなかった。それは実際、最大にして最強の手がかりだったのだ。

「砕けたかぎ煙草入れは辛抱強く作業して、一週間がかりで復元した。その結果、部屋着から見つかった破片がそこにぴったりはまることが判明したんだ。マダム・ニールが火かき棒で老人を殴り殺したときに飛び散ったんだよ。まったく、なんというむごたらしさ。だが決め手となる動かぬ証拠だ。これでマダム・ニールもおしまいだな。万事休すってことだよ」

沈黙が舞い降りた。しばらくしてキンロス博士がおもむろに言った。

「ニールさんは一連の事実について、どう釈明している？」

ゴロンはぎくりとしたようだった。

「失敬」キンロス博士はすぐに言い添えた。「忘れてたよ。彼女にはまだそれを伝えていないんだったね？」

「博士、この国ではね」ゴロンはもったいぶって言った。「勝負が決まらんうちから手の内を明かすのは賢いやり方とは見なされないんだ。むろん彼女は釈明を求められるだろう。だがそれは逮捕されたあと、予審判事の前へ引きだされてからだ」

キンロス博士はその場面を想像し、予審判事との対面はきわめて不愉快なものになるだろうと思った。審理の場では肉体的な拷問こそおこなわれないが、精神的な責め苦はいかなる形であれ、ほぼ全面的に合法とされている。尋問者をきっとにらみ返して、後悔しそうなことはいっさい言わずに通すという芸当は、よほどしぶとくて芯の強い女でないとできないだろう。

「きみのつかんだ証拠がニールさんの耳に入っていないのはたしかなんだね？」博士は訊いた。

「ああ、たしかだ」

「それはよかった。使用人のイヴェット・ラトゥールとセレスティーヌ・ブシェールはどうだろう？　二人がどこかで触れまわっていないかな」

「そのへんはぬかりない。料理人には心労を口実にしばらく暇を取らせてあるし、メイドのイヴェットのほうはしっかり者だから、秘密は厳守するはずだ」そう言ったあとにゴロンは考えこむ表情になった。「彼女はマダム・ニールをあまりよく思っていないようだしな」

「ほう」

「ひとつだけはっきりしていることがある。ローズ家は非の打ち所のない立派な家族で、いくらほめてもほめ足りないくらいだ。この悲劇にかなり動転してはいるが、われわれの質問には残らず答えてくれた。最初から最後まで――気丈にふるまっていたよ」ゴロンは〝気丈に〟の部分は英語で言った。「マダム・ニールに対してもそれまでどおり親切に接している……」

「親切だと不自然なわけでも？　一家は彼女が犯人だと疑っているのか？」

「それは断じてない！」

「となると、彼らは家の主が殺された理由をどうみているんだい？」

ゴロンは手をひらりと振った。「想像もつかんだろう。強盗か、おつむのいかれたやつのしわざか！」

「しかし、盗まれた物はなにもないんだろう？」

「ああ、持ち去られた物はな。だが瑪瑙のかぎ煙草入れ以外にもうひとつ、ぞんざいな扱いを受けた物がある。書斎のドアを入った左側のガラス張りの陳列棚に収められていたんだがね。やはり骨董品としても貴重なダイヤモンドとトルコ石の首飾りだ」

「それで？」

「あとになって、その首飾りが血痕の付着した状態で陳列棚の下に放りだされているのが見つかった。まさしく狂気の沙汰だよ！」

イギリスにおいて犯罪心理学の第一人者と言われているダーモット・キンロス博士は、ゴロンに興味津々の顔を向けた。

「便利な言葉ではあるがね」

「〝狂気〟だよ。じゃあ、その狂気に駆られた犯人はどうやって家に忍びこんだんだろうね？」

「運のいいことに」ゴロンが答える。「ローズ家もまだその点には気がつかないらしい」

「それなら、ニールさんはどうやって忍びこんだんだろう？」

ゴロンはため息をついた。

「それがとどめの一撃になりそうだな。アンジュ街の四軒の家は同じ業者が建てたもので、一軒の鍵があればほかの家のドアも全部開けられるんだ」

再びゴロンは大儀そうにテーブルへ身を乗りだした。

「めざといメイドのイヴェットが、マダム・ニールが着ていたパジャマの胸ポケットから玄関の鍵を見つけたよ。さあ、どうだ？　自宅の鍵をパジャマのポケットに入れて持ち歩いていたんだぞ。いったいなんの目的で？　きみなら筋の通った申し開きを考えつくかね？　これから寝ようとする人間が鍵をポケットにしまっておくのを自然な行動だと呼べるかね？　断じて無理だ。そういう行動を取った理由はひとつしか考えられない。マダム・ニールは向かいの家に侵入するため鍵が必要だったんだよ。このことは、殺人が起こった晩に彼女がボヌール荘へ行ったことを裏付ける決定打となる」

なるほど事態は明白だ。証拠はそろっている。

「しかし……彼女にどんな動機が?」キンロス博士は食い下がった。

ゴロンはそれについて話して聞かせた。

太陽は通りの先に見える松林の向こうに沈みかけていた。暮れなずむ空はまだピンクの夕焼けに染まっていて、あたりには濃厚な生暖かい空気が漂っている。フランスの日射しはスポットライトのようにまぶしい。二人とも目がくらんで、残像を追いだそうとまばたきした。ゴロンの額に玉の汗が浮いている。

キンロス博士は伸びあがって、煙草の吸い殻を脇にある石の手すりの向こうへ投げ捨てようとした。だが途中でぴたりと止まり、手が宙に浮いたままになった。

二人のいるテラス席は地面より二、三フィート高く、その下の砂利を敷いた庭にもテーブルが点々と配されていた。そのうちの手すりに近いテーブルに若い女性が一人で座っていて、頭の位置はちょうど二人の足もとだった。黒い服に黒い帽子というでたちは、色彩の華やかなラ・バンドレットではことさら地味に見え、そのせいで逆に目立っていた。彼女が顔を上げると、キンロス博士と目が合った。

きれいな娘だな、歳は二十二か三くらいだろう、と博士は思った。髪は明るい赤毛だ。太陽がそちらの方角から射して逆光になっていたため、まったく気づかなかったが、いつからそこにいたのだろう。テーブルにはカクテルが手つかずのまま置いてある。彼女の向こうに見えるフォレ通りでは、自動車のクラクションやエンジンの音が鳴り響き、それを無蓋馬車がほのぼのした蹄の音と鈴の音《ね》でのみこんでいく。なにごともなかったかのような、いかにものんびりした光景である。

その娘はやにわに勢いよく立ちあがった。腰が小さなオレンジ色のテーブルにぶつかり、グラスが受け皿で音を立てて倒れた。こぼれたカクテルがテーブルの上にさっと広がる。娘はハンドバッグと透かし柄のレースの手袋をつかむと、五フラン硬貨をテーブルに放ってくるりと背を向け、通りへ走り去った。キンロス博士は彼女の目つきを思い返しながら、後ろ姿を立ったまま見送った。

ゴロンが独り言のようにつぶやいた。

「これはしくじった。人目のある場所でこういう話はするべきじゃなかった。まずいことになったぞ」さらにこう続けた。「あれはジャニス・ローズ嬢だ」

第七章

「ジャニス、なにを言いだすの?」ヘレナ夫人は娘をなだめた。「さあさあ、落ち着きなさい」

ベン伯父さんは腰をかがめて、ティーワゴンのそばにうずくまっているスパニエル犬、〝チャールズ王〟の耳を掻いてやっていたが、ジャニスの話に驚き、困惑していることは顔にはっきりと書いてあった。

「ちゃんと落ち着いてるわ」と言い返すジャニスの声は低くて早口で、破裂寸前の興奮を押し殺しているようだった。手袋を脱ぎ捨てて、なおも言った。「夢を見ていたわけでも、臆測や空想や勝手な思いこみで言ってるわけでもないわ。本当に――」声がうわずった。目を合わさないよう、イヴのほうをすばやく横目でうかがってから続けた。「警察がイヴをつかまえに来るのよ!」

ヘレナ夫人は目をぱちくりさせた。

「いったいどうして?」

「お母さん、警察はイヴが犯人だと思ってるのよ!」

「なんてばかなことを。いいかげんにしなさい」ヘレナ夫人はため息をついて頭ごなしに否定したが、それでも動揺を隠せないのか黙りこんでしまった。

ありえない、そんなことはあるはずない、とイヴは内心で自分に言い聞かせていた。まさか警察に疑われるとは思ってもみなかった。

イヴの手がぎこちない動きでティーカップを置いた。ローズ家の住まいであるボヌール荘の客間は細長く広々としていて、堅い木材の床はていねいに磨きこんであった。表側の窓は通りに面し、裏側の窓には夕暮れ迫る大きな庭から涼しげな薄い木洩れ日が射しこんでいた。お茶のセットをのせたワゴンが置かれ、その横で毛がふさふさした金褐色のスパニエル犬が大きなつぶらな目でベン伯父さんを見あげている。そのベン伯父さんは中背でがっしりしていて、灰色の髪を短く刈りこみ、口数は少ないが、いつもにこやかな顔をしている。ヘレナ夫人は丸々と太った愛想のいい人で、絶えず息を切らし、ショートボブの銀髪がふっくらした薔薇色の顔によく映えているが、いまその顔には驚愕のあまりこわばった笑みが張りついている。

部屋にはあともう一人、ジャニスがいた。

ジャニスは気持ちを奮い起こそうとする面持ちで、イヴをまっすぐ見て言った。

「イヴ、聞いて――」悲しげに切りだしたあと、唇を湿らせた。口は大きめだが、かわいい顔立ちに似合っている。「もちろんわたしたち、あなたがやったなんてこれっぽっちも思ってないのよ」

申し訳なさそうな弁解がましい言い方だった。これ以上イヴを見ていられなくて、目をそらしてしまった。

「だけど、警察はどうしてまた――」ヘレナ夫人が言いかける。

「疑いを持ったのか――」ベン伯父さんがあとを引き取る。

「そもそも」ジャニスは暖炉の上の鏡にぴたりと視線を据えた。「あなたはあの晩、家から出なかったんでしょう？　血まみれで家に戻ったりはしていないんでしょう？　ポケットにうちの鍵を入れてたっていうのも嘘よね？　あなたの部屋着にあのかぎ煙草入れのきらきらした破片がくっついてたなんてこと、あるはずないわよね？　なにもかもまちがいでしょう？」

客間に流れていたなごやかな空気はいっぺんに壊れた。大きなスパニエル犬が餌をねだって哀れっぽく鼻を鳴らしている。ヘレナ・ローズは眼鏡ケースをのろのろと手探りし、中から縁なしの鼻眼鏡を出して鼻の上にのせた。口はぽかんと開けたままだった。

「ジャニス、おやめなさい！」ヘレナ夫人は娘を叱った。

「だって、いま言ったことは全部、警察署長がしゃべったことなのよ」ジャニスは口をとがらせた。ほかの者たちがなにか言おうとしたので、断固とした口調で言い張った。「はっきりとこの耳で聞いたんだから！」

伯父のベン・フィリップスは膝の上からパンくずを払い落とすと、うわのそらでスパニエル犬の耳を優しく掻いてやった。そのあとポケットから愛用のパイプを取りだした。心配げに額にしわを寄せ、穏やかな淡いブルーの目に狼狽の色を浮かべたが、すぐに恥じ入った表情に変わった。

「わたし、ドンジョン・ホテルにいたの」ジャニスが説明を始めた。「カクテルを飲もうと思って」

「まあ、ジャニス」ヘレナが反射的に言った。「年頃の娘がそんなところへ――」

「そうしたら、警察署長のゴロンさんが連れの男性と話してたの。博士と呼んでたわ。犯罪心理学の第一人者だとかいう話よ。イギリス人なの。ゴロンさんじゃなくて、一緒にいた博士のこと。前に新聞かなにかで顔を見た覚えがあるわ。で、ゴロンさんが言うには、イヴはあの晩、かぎ煙草入れの破片を身体にくっつけて、血まみれで自宅へ戻ったそうなの」

ジャニスは相変わらず皆の視線を避け、あらぬ方向を見ていた。ショックが引いて、今度は恐怖に襲われているのだろう。

「証人が二人いるのよ。イヴェットとセレスティーヌが実際に見たらしいの。警察はイヴの部屋着を手に入れたわ。そこに血痕が……」

イヴ・ニールは椅子の背にもたれたまま身体をこわばらせ、ジャニスのほうへうつろな目を向けていた。大笑いしたい気分だった。笑って笑って笑い続けて、頭の中の薄気味悪い騒音をかき消してしまいたかった。

殺人犯だと疑われている！　ショックというより、不思議でならない。そう、実際に不思議な話だ。でも〝かぎ煙草入れの破片〟が身体にくっついていたとかいう部分は、不思議だの奇妙だのと言って済ませられる問題ではないし、あまりに荒唐無稽でわけがわからない。なにかのまちがいに決まっている。でなければ、恨みを持った人間がわたしを袋小路に追いつめて、息の根を止めようとしているのよ。もちろん、警察を恐れる必要はひとかけらもないわ。わたしがあの気の毒な老人を殺したなんて、とんでもない言いがかり。でも誤解はすぐに解けるはずよ。いざとなれば、ネッド・アトウッドのことを持ちだして弁明すればいいし、彼もそれを真実だと認めてくれるわ。

人殺しなどしていないことは必ず証明できる。ただ、ネッドのことを打ち明けなければならないと思うと――

「そんなばかげた話、聞いたことないわ！」イヴはきっぱりと言った。「ちょっと待って。気持ちを落ち着けたいの」

「本当のことじゃないのね？」ジャニスが問いただす。

イヴは手で払いのけるしぐさをして答えた。

「ええ、もちろんちがうわ！　ただ――」

いきなり激しい迷いが生じ、声が震えだした。その震えは誰にでもわかるほど明白で、注釈のようになにかをはっきりと指し示していた。

「本当のわけないだろう」ベン伯父さんが厳然と言って咳払いした。

「本当のわけないわ！」ヘレナ夫人も同じ言葉を繰り返した。

「じゃあ、いまの〝ただ〟はなんなの？　なにを言おうとしたの？」ジャニスはあとに引かなかった。

「さあ――よくわからないわ」とイヴ。

「まちがいなくなにか言いかけたわ。なのに急に口をつぐんで、妙な目つきになって、なんだかいわくありげだった。あの〝ただ〟には重要な意味があるのよ」

イヴは焦りをつのらせた。どうしよう。なんて言えばいいの？

「警察の話は全部でたらめなんでしょう？」ジャニスの声が興奮を帯びていく。「でたらめと真実がまぜこぜなんてことはないはずよ。そうでしょう？」

「たしかに――」ベン伯父さんが咳払いをはさんで、さも言いにくそうに言った。「この子の意見もまんざら的はずれではないね」

三人の思いやりに満ちたまなざしに、イヴはがんじがらめになった。息もつけないほどだった。

現実感が戻りつつあったが、すべてがあやふやに感じられた。どれもこれも嘘と誤解だらけだった。もっと不快なことに、〝かぎ煙草入れの破片〟らしきものがじらすように、そして脅すように、ちらちらと執拗に脳裏をかすめた。しかも、いまの話には事実も多少含まれている。警察ならきっと裏付けを取るだろうから、否定しても無駄だ。

「訊きたいことがあるの」イヴは頼みの綱を手探りする思いで言った。「皆さんはこのわたしが……よりによってあの方に……危害を加えるような人間だと本気で思っているんですか？」

「とんでもない、思ってやしませんよ」ヘレナ夫人は励ましの口調で言った。近視の目に懇願の色が宿っている。「事実無根だとはっきり言ってちょうだい！　そうすれば、わたしたちは喜んで信じるわ」

「イヴ」ジャニスが静かに言った。「トビイと知り合う前はどういう暮らしをしていたの？」

イヴがこの一家から過去について穿鑿《せんさく》されたのは初めてだった。

「なんですか、ジャニス！」ヘレナ夫人ははらはらしながら娘をたしなめた。

ジャニスは母親には目もくれず、静かにイヴのもとへ歩み寄り、向かい合う低い布張りの椅子に腰かけた。気持ちが高ぶっているせいで、赤毛の人の特徴である透きとおるように白い肌が不気味な青みを帯び、大きな鳶色《とびいろ》の目はイヴにひたと据えられていた。思慕と嫌悪感が同居しているまなざしだった。

「責めてるだなんて思わないで！」ジャニスは二十三という年齢に似つかわしい荒削りな威厳を放っていた。「それどころか、逆にあなたを尊敬してるの。前からずっとよ。警察署長の話がたまたま耳に入ったりしなければ、さっきみたいなことは絶対に訊かなかったわ。つまりなにが言いたいかというと、ひょっとしたらあなたにはパパを傷つける動機があったのかもしれないってこと。故意にやったとは言ってないわよ。そんな人じゃないと信じてるもの。でも、なにかの事情からせっぱ詰まって……」

ベン伯父さんが咳払いを差しはさんだ。

「早まってはいけないわ。みんな、もっと気持ちにゆとりを持たないと」ヘレナ夫人が口をはさんだ。「もちろんトビイとモーリスにすれば、そんなことは言っていられないでしょうけど——とにかくジャニス、少しは口を慎みなさい！」

ジャニスは耳を貸さなかった。

「前にアトウッドという人と結婚してたんでしょう？」

「ええ、そうよ」イヴは答えた。

「その人がラ・バンドレットに舞い戻ってきたことはご存じよね？」

イヴは唇を湿らせた。「戻ってきたの？」

「ええ。ちょうど一週間前、ドンジョン・ホテルの奥のバーでべらべらしゃべってたわ。イヴはいまもぼくを愛してるだの、婚約者の家族に洗いざらいしゃべってでもイヴを取り返してみせるだの、それはたいした鼻息で」

イヴは身じろぎもせず座っていた。心臓が一瞬止まったかと思ったが、そのあとに暴走が始まって爆音のようなリズムをとどろかせた。ネッドのあまりにひどい仕打ちに言葉を失った。

ジャニスは母親を振り向いた。

「あのときのこと覚えてる？　パパが――殺された日の晩のこと」

ヘレナ夫人はぎゅっと目をつむった。

「散歩から帰ってきたときのパパ、なんだか様子が変だったでしょう？」ジャニスは先を続けた。「不機嫌そうに黙りこくって、すごくいらいらしてたわよね？　みんなそろってお芝居に行くはずだったのに、わけも言わず急にやめると言いだすし。そのあと美術商からかぎ煙草入れのことで電話が来て、やっと機嫌が直ったらしいけど。それに、わたしたちがお芝居に出かける前、兄さんになにか言ってなかった？　あのあと兄さんまで様子がおかしくなったでしょう？」

「それがどうしたんだね？」ベン伯父さんがパイプの火皿をつぶさに調べながら言った。

「ただの思い過ごしよ」とヘレナ夫人は言ったが、夫が亡くなった晩のことを思い出して目に涙を浮かべた。ふくよかな顔からは笑みが消え、血の気も引いていた。「トビイがあの晩ふさぎこんでいたのは、お芝居が――『ウォレン夫人の職業』が売春婦の話だったからよ」

イヴは背筋をこわばらせた。

「パパはよく午後の散歩で、ドンジョン・ホテルの裏手にある動物園へ行ってたわ。もしかしたら、そのアトウッドという人があとを追いかけて、話をしたのかも……」

ジャニスは語尾を濁し、イヴに向かってうなずきかけた。

「だからパパはあんなふうに血相を変えて帰ってきたのよ。そのあと兄さんになにか言ったけど、兄さんは信じようとしなかった。もちろん、全部推測でしかないわ。でも、兄さんはあの晩寝つけなくて、夜中の一時にイヴに電話したでしょう？ あのときにパパから言われたことを伝えたんじゃないかしら。それでイヴがパパに文句を言いに……」

「待ってちょうだい」イヴの声は妙に落ち着いていた。

乱れた息を整えてから、再び口を開いた。

「これまで皆さんは、わたしの品性に疑いを持ってらしたの？」

「とんでもない！」ヘレナ夫人は慌てて鼻眼鏡をはずした。「イヴ、あなたみたいなすばらしい方はほかにいやしませんよ！ あらやだ、どうしてこういうときにかぎってハンカチが見つからないのかしら。わたしたちはただ、ジャニスが血痕がどうのと言い立てたときに、あなたがはっきり否定してくれないものだから……」

「そうだな」ベン伯父さんが横から言う。

「それだけではないはずです」イヴは引き下がらなかった。「この際はっきりうかがっておきますわ。なぜこんなあてこすりやほのめかしをおっしゃるのか、いままでわたしのことを心の底ではどう思っていらしたのか、正直に話してください。『ウォレン夫人の職業』はとりもなおさず〝ニール夫人の職業〟だとおっしゃりたいんじゃありません？　そうでしょう？」

　ヘレナ夫人は愕然としていた。

「まさかそんな！　ちがいますよ！」

「では、なんですの？　自分が世間でどう噂されているか、少なくとも以前どう噂されていたかは、よく知っています。もちろん根も葉もない作り話ですが、あんまりしつこく言われたら、こちらもいいかげんやけを起こしたくなりますわ」

「それじゃ、殺人についてはどうなの？」ジャニスが静かに口をはさんだ。

　もともと率直な性格のジャニスは、生意気盛りのはねっかえり娘はもう卒業していた。以前は世慣れたふりをして、年齢相応のふるまい方を鼻で笑っていたが、いまは持ち前の純真さを取り戻していた。低い椅子に両腕で膝を抱えるようにして腰かけ、つややかなまぶたをぱちぱちさせている。唇もどこかあどけない感じだ。

「ひょっとして、わたしたちがあなたを理想化しすぎたばかりに……」

　ジャニスは今度もしまいまで言わず、残りは身振りでごまかした。イヴはこの家族にいまも親愛の情を抱いていたが、自分がますます難しい立場に追いやられていくのを感じ取った。

「アトウッドという人をまだ愛してるの？」ジャニスが尋ねた。

「いいえ！」

「この一週間、なにか知っていながらだんまりを決めこんでたの？　わたしたちに隠してることがあるんじゃない？」

「ないわ。ただ――」

「そういえば」ベン伯父さんがつぶやいた。「ちょっと神経質になっていたようだね。まあ、われわれもみんなそうなんだが」彼はポケットから出した折りたたみナイフでパイプの火皿の内側をこそぎ落としていたが、急に顔を上げ、思案げなしかめ面を妹のヘレナに向けた。「覚えてるかね？」

「なにを？」

「私が車を運転していたときのことだよ。いつもの茶色の革手袋をはめた手が、はずみでイヴに軽く触れただろう？　そうしたら、彼女はとたんに気を失いかけた。まあ、あまりきれいな手袋でなかったのは認めるが」

イヴは両手で目を覆った。

「イヴ、あなたの噂を真に受ける人なんていませんよ」ヘレナ夫人は穏やかに言った。「でも、それとこれとは話が別なの」夫人は心持ちあえいだ。「ジャニスの質問にまだ答えてなかったわね。どうなの？　あの晩、家から出たというのは本当なの？」

「ええ」イヴは認めた。

「身体に血がついていたの？」

「ええ、少し」

窓から射す残照に染まった大きな客間は、深い沈黙に包まれた。前脚のあいだに耳を垂らして眠たげにうずくまっているスパニエル犬が、木の床をかりかりひっかきながら、小さく鼻を鳴らしているが、それ以外の物音はいっさい聞こえない。ベン伯父さんがナイフでパイプの火皿を削る小気味よい音さえやんでしまった。喪中の三人――黒を着た二人の女と灰色を着た一人の男は、度合いはさまざまだが、そろって驚愕と猜疑心を顔に浮かべ、イヴをじっと見つめていた。

「そんな目で見ないでください！」イヴは悲鳴をあげそうになった。「ちがうんです。サー・モーリスには指一本触れていません。あの方のことは心から慕っていました。これはとんでもない濡れ衣ですわ。わたしからすれば、どうしても抜けだせない恐ろしい誤解の迷路です」

ジャニスは唇まで青ざめた。「あの晩、うちへ来たの？」

「いいえ。嘘じゃないわ！」

「じゃあ、どうしてうちの鍵がパジャマのポケットに入ってたの？」

「あれはお宅のではなくて、わたしの家の鍵よ。この家とはなんの関係もないわ！　あの晩に起こったことをすぐに話してしまえたら、どんなによかったか。この一週間ずっと、話そうかどうか迷い続けていたの。どうしても勇気が湧かなくて」

「まあ、どうして？」ヘレナ夫人が訊いた。

これから打ち明けることは味もそっけもない、ねじれた運命の皮肉ないたずらでしかないと、イヴには話す前からわかっていた。それでも聞いた人はおもしろがるだろう。イヴの運命を操っているのがひねくれた神々だとしたら、腹を抱えて大笑いするにちがいない。イヴの一語一語に浴びせられる耳障りな笑い声が、いまから聞こえてくるようだった。

「なかなか言いだせなかったのは、あのときわたしの寝室にはネッド・アトウッドがいたからなんです」

第八章

アリスティード・ゴロン警察署長とダーモット・キンロス博士は、恰幅のいいゴロンには速すぎる歩調でアンジュ街へやって来た。

「まったく、ついてないな！」ゴロンはかっかしながら言った。「なんと運の悪い！　ジャニス嬢はまっすぐマダム・ニールのところへ知らせにいくはずだ」

「そうだろうね」博士は相槌を打った。

ゴロン署長は太りじしの体型がよけい目立つ山高帽子をかぶり、籐のステッキを握りしめていた。大股で歩くキンロス博士と並んで、ゲートルを巻いた足でどたどた歩きながら、憤然としゃべり続けている。

「きみがマダム・ニールとじかに会って、その印象をありのままに教えてくれるとは実にありがたいよ。ただし手早く済ませないと。予審判事はさぞやご立腹あそばすだろうな。さっき電話したときは留守だったがね。事態を知れば、彼がどういう手段に出るかはわかっている。即刻サラダかごを差し向けるにちがいないから、マダム・ニールは今夜ヴァイオリンの中で寝ることになる」

キンロス博士はきょとんとした。

「サラダかご？　ヴァイオリン？」

「すまん、うっかりした！　サラダかごというのは、ええと……」ゴロンは適当な言葉が思い浮かばないので身振り手振りで伝えようとしたが、うまく行かなかった。

「囚人護送車《ブラックマリア》のことかな？」キンロスは当てずっぽうで言ってみた。

「そう、それだ！　英語ではブラックマリアと呼ぶんだったな。それから、ヴァイオリンはきみの国で言うブタ箱やリュウ・シ・ジョウのことだ」

「留置場だろう？　〝チ〟の発音は難しいからね」

「メモしておこう」ゴロンは小ぶりの手帳を取りだした。「自分で言うのもなんだが、これでも英語はけっこう得意なんだ。ローズ家の人たちと話すときも必ず英語を使うことにしている」

「ああ、きみは英語がすこぶる達者だよ。ただし、頼むから〝事情聴取《インタビュー》〟を〝性交渉《インターコース》〟と言いまちがえたりしないでくれよ」

ゴロンは首をかしげた。「似たような意味だろう？」

「全然ちがうよ。だが……」

キンロス博士は歩道の真ん中で立ち止まり、あたりを見まわした。閑散とした静かな街路は、薄暮にくるまれて田舎道のようにのどかな風情だ。住宅の庭と歩道とを隔てる灰色の塀に、葉の茂った栗の木が影を落としている。

いまのキンロス博士をロンドンにいる知人が見ても、おそらく本人だとはわからないだろう。

ゆったりとしたスーツに、見栄えはしないが涼しそうな帽子という休暇用の服装なので、なおさらだ。ラ・バンドレットに滞在してから疲労はだいぶ軽減した。脇目もふらず仕事に打ちこんできた状態からギアが一段階ゆるんで、余裕が生まれたように感じられた。おかげで目の輝きは一段と増し、明るい光の下でしかわからない形成外科手術の痕がある浅黒い顔も生気にあふれている。要するに、友人のゴロンから殺人事件について詳しく聞かされるまではいたってくつろいだ気分だったのだ。

キンロス博士は眉をしかめて訊いた。

「ニールさんの家はどっちだ？」

「こっちだ」ゴロンはステッキで左側にそびえる灰色の塀を軽く突いた。「よって、道をはさんだ向かいの家がローズ邸のボヌール荘ということになる」

キンロス博士は振り返ってボヌール荘を見た。

それは赤黒い瓦屋根と白い壁の角張った家で、落ち着いたたたずまいだった。一階の窓は高い塀で見えない。二階には各部屋に二つずつ、合計六つの窓が並んでいる。キンロスとゴロンは中央の二つの窓を見あげた。床まで切ってあるフランス窓は二階ではその二つだけで、窓からは凝った装飾の手すりがついたバルコニーへ出られる。灰色の鋼鉄の鎧戸はぴったり閉じてある。

「あの書斎の内部を見せてもらえないかな。興味をそそられる」キンロス博士が言った。

「いいとも、かまわんよ」そう答えたあとゴロンはイヴの家を振り返り見て、さっきより緊張の高まった声で言った。「だが、先にマダム・ニールに会うだろう?」

　キンロスはそれを聞き流して尋ねた。

「サー・モーリスはあの書斎のカーテンを夜でも開けっぱなしにしていたのか?」

「どうもそうらしい。いまの時期はまだ暑いからね」

「となると、犯人にすれば綱渡りだったわけだな」

「綱渡り?」

「人に見られる危険がある。通りのこっち側にある家なら、どこからでも見えただろう」

「いや、その心配はなかったと思うね」

「なぜだい?」

　ゴロンは仕立てのいいスーツに包まれた肩をすくめた。

「この町はそろそろ季節はずれになる。住人のいる家はもうわずかしかない。ほら、見てのとおり街路全体がひっそりとしているだろう?」

「それで?」

「マダム・ニールの家の両隣もすでに空き家になっていた。徹底的に調べあげたから、まちがいない。つまり、犯行を目撃する可能性のある人物は当のマダム・ニールだけなんだ。それに、まずありえないことだが、マダム・ニールが犯人でないと仮定してもだよ、彼女が目撃証人になりうる見込みはきわめて低い。夜は必ず窓のカーテンをぴったり閉じる習慣で、その徹底ぶりたるや病的なほどだったらしい」

キンロス博士は帽子のつばを額まで下ろして言った。「きみの挙げた証拠はどうも気に入らないな」

「ほほう」

「たとえば、ニールさんの犯行動機とやらは根拠がきわめて薄弱だよ。説明しよう」

だが、話はそこで打ち切られた。ゴロンが興味津々で傾聴しようと、まわりに誰もいないのを確かめるため左右を見まわしたところ、歩道をカジノ大通りのほうから大股で近づいてくる人物が目に入ったのである。ゴロンはキンロス博士の腕を引っ張って、イヴの家の門へ入り、扉を閉めた。

「さてさて、トビイ・ローズくんの登場だ」ゴロンは声をひそめて言った。「あの張り切った歩き方からすると、マダム・ニールに会いにいくとみてまちがいない。先を越されたら、彼女との会見はうまく行かなくなるぞ」

「しかし――」

「頼むから立ち止まらないでくれ。わざわざ見るほどの人物じゃないから。ありふれた普通の男だよ。早く前へ進んで、呼び鈴を鳴らすんだ」ゴロンが急《せ》かす。

実際には呼び鈴を鳴らす必要はなかった。玄関へ続く二段の石段に足をかけるが早いか、二人の鼻先でいきなりドアが開いたのだ。

向こうも目の前に人がいたので同じくらい驚いたようだった。薄暗い玄関から、しぼりだすような甲高い声が聞こえてきた。女が二人、戸口に立っていた。一人はドアのノブに手をかけたままだ。

こっちの女がイヴェット・ラトゥールだな、とキンロス博士は踏んだ。どっしりとしたいかつい体格で、髪は黒っぽい。ごつごつした顔立ちだが、おびえきっていて、いまにも玄関ホールの奥へ吸いこまれてしまいそうだった。最初に浮かんだのは驚きの表情だったが、すぐに小さな黒い目がずるそうに光り、最後は少しずつ無表情に変わっていった。だがゴロン署長が生え際のあたりまで大きく眉をつりあげたのは、もう一人の二十代とおぼしき女性を見たせいだった。

「おや」ゴロンは帽子を脱いで、節をつけて言った。「いやはや、これはこれは」声が次第にうつろな響きを帯びる。

「どうも失礼しました」イヴェットは詫びた。

「いえいえ」

「これは妹です。ちょうど帰るところなんです」イヴェットはすらすらと言った。

「さようなら、姉さん」

「気をつけてお帰りよ」イヴェットは心からの愛情がこもった口調で言った。「元気でね。母さんによろしく」

若い女はドアからすばやく出てきた。

血のつながった姉妹だというのは一目でわかるが、イヴェットとは似ても似つかなかった。妹のほうはほっそりした体型で、服装のセンスが抜群によく、取り澄ました感じがする。一言で表わすなら、あかぬけた女だった。フランス人女性特有の物怖じしないあっけらかんとした態度で、口を突きだして笑い、二人の男を大きな黒い目で値踏みするように見た。つんとしてよそよそしいのに、どこか厚かましさを感じさせる。足取りも軽やかに石段を下りてくると、香水（少々つけすぎでは？）があたりにふわりと香った。

「これはどうも、マドモワゼル・プルー」ゴロンはていねいに挨拶した。

「さようなら、ムッシュー」女も礼儀正しく言って会釈し、門のほうへ小道を去っていった。

「マダム・ニールに会いたいんだが」ゴロン署長はイヴェットに告げた。

「それでしたらゴロンさん、お向かいの家をお訪ねくださいさい。奥様はローズ家のお茶によばれてますんで」

「わかった、ありがとう」

「どういたしまして、ムッシュー」

イヴェットはまじめくさった顔つきを崩さなかった。だが、ドアを閉める直前に謎めいた表情がちらりとよぎるのを、キンロス博士は見逃さなかった。あれはあざけりの表情だろうか。

ゴロン署長は閉まったドアを見つめたまま、帽子をかぶるのも忘れてステッキの握りで歯をこつこつ叩いていた。「ふうむ！　きみ、あくまで直感なんだが――」小声で言った。

「なんだい？」

「いまのちょっとした出来事には重大な意味がありそうだぞ。どんな意味なのかはわからんがね」

「私も同じ感想を持ったよ」キンロス博士は言った。「あの二人、絶対になにかたくらんでる。そういう匂いがした。仕事柄、日頃から直感は鍛えているからね。まあ、しかし、それ以上の推測は慎んだほうがいいだろう」

「いまの女を知ってるのか?」

「マドモワゼル・プルーのことか? ああ、知ってるとも」

「彼女は……?」

「堅気の女だよ。知りたいのはそれだろう?」ゴロンは急にくすくす笑いだした。「やれやれ。イギリス人は決まってそれを真っ先に訊きたがるんだな」そう言いながらも、首をかしげてもう一度考え直していた。「うむ、私の知ってるかぎりじゃ、彼女はまともな女だね。アルプ街で花屋をやってる。そういえば、ヴェイユの骨董屋とわりと近いな」

「ヴェイユというのはサー・モーリスにかぎ煙草入れを売った美術商だね?」

「そうだ。代金は未払いだがね」ここでゴロンは再び考えこむ。「いや、そのことに特に意味はないだろう」渋面を作ってみせ、ぼやくように続けた。「プルー嬢がなんの用でここへ来たのか気にはなるが、いまはそんなことを議論している場合じゃない。妹が姉を訪ねちゃいかんという決まりはないしな。それより、われわれはマダム・ニールに会いに来たんだ。早いところ道を渡って、マダム・ニールがどう釈明するか拝聴しようじゃないか」

二人はさっそく向かいの家へ行った。

ボヌール荘の前庭は煉瓦塀に囲まれた芝生の美しい庭だった。玄関のドアは閉まっていたが、その右脇のフランス窓は大きく開け放たれていた。すでに六時をまわっているので、庭は影に覆われ、窓から見える客間も薄暗かった。しかし室内には電流のようにぴりぴりした感情が充満していた。ゴロンが門扉を開くと、客間で響いている女性の声が聞こえてきた。英語で話す若い女性の声だった。ダーモット・キンロス博士の頭に、ジャニス・ローズのはつらつとした姿がまざまざと思い浮かんだ。

「話を続けて――」その声が急き立てた。

「無理よ――できないわ」やや間があって別の女性が答えた。

「そんな目をしないで！　続きを聞かせてよ。ちょうどトビイも帰ってきたことだし」

「どうしたんだい？」今度は太い男性の声だ。とまどいがはっきりと伝わってくる。

「ああ、トビイ、あなたには話さなければとずっと思っていたの」

「今日はさんざんな一日だったよ。銀行の仕事なんかご婦人方には興味がないだろうけどね。老いぼれ支店長がいいかげんなことばかりやってくれるせいで、こっちはきりきり舞いだ。お遊びにつきあう気分じゃないよ」

「お遊び？」ジャニスが訊き返した。

「ああ、そうだよ！　ぼくのことはほっといてもらえないかな？」

「あのね、兄さん」ジャニスが言う。「パパが殺された晩、イヴは家を出ていて、戻ったときには血だらけだったのよ。しかもうちの鍵を持ってたの。レースの部屋着には瑪瑙《めのう》のかぎ煙草入れの破片までついてたそうよ」

ゴロンはキンロスを無言で手招きすると、固い芝生の上を音もなく横切り、近いほうの窓から室内をのぞきこんだ。

細長い客間にはたくさんの家具がごたごたと並んでいた。床はぴかぴかに磨きあげられて空よりも明るく、薄青色の湖のようだった。使い慣らされた心地よい雰囲気が漂い、愛用の灰皿や手回り品があちこちに置いてある。ティーワゴンのかたわらで、金褐色のスパニエル犬がうたた寝している。黄褐色の粗布を張った安楽椅子や、白い大理石の暖炉、サイドテーブルに飾られている青と濃いピンクの鉢植えのアスターが、ほの暗い室内でぼうっと浮かびあがっている。だが黒っぽい服を着た人たちは影と一体化して見え、顔だけが生きて動いている唯一のしるしだった。

さっきのゴロンの話から、ヘレナ・ローズと、ワゴンの横で空のパイプをくわえて座っているベンジャミン・フィリップスは、キンロス博士にも簡単に見分けられた。ジャニスは低い椅子に窓を背にして座っているので顔が見えない。イヴ・ニールの姿もトビイ・ローズにさえぎられてまったく見えなかった。トビイのほうは地味な灰色のスーツを着て、腕には律儀に黒の喪章を巻き、暖炉のそばに立っていた。やや締まらない表情で、片手を額の前にかざしている。

トビイはもの問いたげな視線をジャニスから母親へ移し、再びジャニスに戻した。小さな口ひげも怪訝そうに震えた。やがて甲高い声が口から飛びだした。

「おい、いったいなんの話をしてるんだ?」

「イヴに説明してもらうんですよ、トビイ」ヘレナ夫人がためらいがちに口をはさんだ。

「説明？」

「ええ、そうよ。前のご主人、ネッド・アトウッドのことでね」

「えっ？」トビイが目を丸くした。

ただでさえわけがわからないうえ、唐突にそんなことを言われれば、トビイがぎょっとするのも無理はないだろう。一瞬の静寂に続き、トビイの放った驚きの声が夕暮れの庭へと漂いだした。抑えた短い声だったが、勘の鋭い者が聞けば、嫉妬でどろどろしているのが察せられただろう。

「いいですか、母さん」トビイは唇をなめて言った。「その男はもうイヴとはすっぱり別れたんですよ」

「でもイヴの話だと、それをきちんとわきまえるような人じゃないのよ」ジャニスが横から言った。「ラ・バンドレットに戻ってきたわ」

「ああ、ぼくも噂で聞いた」トビイは抑揚のない声で言うと、目を覆っていた手を下ろし、彼にしては荒っぽい身振りをした。「だから、それがどうしたっていうんだ。早く肝心な……」

「パパがああいうことになった晩、そのアトウッド氏がイヴの家に侵入したらしいの」ジャニスが言った。

「侵入？」

「あそこに住んでたときの鍵を返さないで、ずっと持ってたみたい。イヴがパジャマ姿でいる時間に二階の寝室へ忍びこんだそうよ」

トビイは凍りついた。

薄暗がりで確認できる範囲では、彼は無表情のようだった。一歩後ろに下がって暖炉にぶつかり、そのまましばらく呆然としていた。やがて我に返ると、イヴのほうを見ようとしたが、気が変わったのか途中で視線をそらした。

「それで？」かすれ声で促した。

「話すのはわたしじゃなくて、イヴよ」ジャニスが言った。「彼女からじかに聞いて。さあイヴ、続きをお願い！　黙ってると兄さんを心配させるだけだわ。さっきまでと同じつもりで気兼ねなく話してちょうだい。兄さんがいることは忘れて」

ラ・バンドレット警察のアリスティード・ゴロン署長は、喉の奥で低くうなった。大きく息を吸ってから、のっぺりした丸顔に愛嬌たっぷりの笑顔を浮かべると、背筋を伸ばして帽子を脱いだ。そして磨きあげた堅木の床に靴音を響かせながら、きびきびした足取りで客間へ入っていった。

「私がいることも忘れてくださってけっこうですよ、マダム・ニール」ゴロン署長は言った。

第九章

十分後、ゴロンは椅子にかけて身を乗りだし、獲物をねらう猫のように用心深くイヴの供述を聞いていた。事情聴取を開始したときの彼は気取って仰々しく英語で話していたが、興奮するにつれ複雑な長い言いまわしでつっかえるようになると、あっさりフランス語に切り替えた。

「マダム、それで?」ゴロン署長は指でつつくようなまねをしてイヴを促した。「その先はどうなったんです?」

「これ以上なにを話せとおっしゃるの?」イヴの声が高くなる。

「アトウッド氏は持っていた鍵であなたの家に侵入し、二階の寝室へ忍びこんだ。そして……」署長は咳払いをひとつはさんだ。「あなたに迫ろうとしたんですね?」

「ええ」

「いやがるあなたに無理やり、ということですな?」

「もちろんですわ!」

「わかりました!」ゴロン氏はおもねる口調で続けた。「それからどうしました?」

「わたしは彼に言いました。少しは節度をわきまえたらどうか、向かいの部屋でサー・モーリスが起きているから大きな声を出さないでほしい、と」

「それで?」

「彼はいきなり窓に近づきました。サー・モーリスが本当に書斎にいるかどうか確かめるつもりで。だから急いで電気を消して——」

「あなたが?」

「そうですわ」

ゴロンは眉をひそめた。「マダム、私が鈍いのかもしれんが、その行為はアトウッド氏の気勢をそぐうえでは逆効果だと思いますがね」

「サー・モーリスに見られたくなかったんです!」

ゴロンはその言葉に考えこんだ。

「ということは、アトウッド氏を……拒絶したのは、人目を気にしたからなんですか?」

「ちがいます! そうじゃありません!」

細長い客間に夕闇が迫ってきた。ローズ家の人々は立っている者も座っている者も蠟人形のようだった。顔はほとんど無表情か、感情が読み取れないあいまいな表情だ。トビイは暖炉の脇に突っ立ったまま、無意識にありもしない火に手をかざしている。

ゴロン署長は居丈高に脅しつけるようなことはなく、さっきからずっと困惑げな面持ちだった。男として、フランス人として、この込み入った事情を公明正大に解釈しようという気概を持って取り組んでいた。

「アトウッド氏を怖いと感じましたか?」

「ええ、とても」

「にもかかわらず、すぐそこにいるサー・モーリスに助けを求めようとはしなかった」

「できなかったんです！」

「ほう、なるほど。サー・モーリスはそのときどうしていました？」

「椅子に座っていました」イヴは脳裏に恐ろしいほど鮮明に焼きついている光景を思い起こした。「机に向かって、拡大鏡でなにかを調べている様子でした。部屋には――」

「なんです？」

「もう一人、誰かいました」と続けるつもりだったが、それが意味することを考えると、ローズ家の人たちの前で言いだす勇気が湧かず、言葉が喉の奥につかえた。再び頭の中で、拡大鏡を手に独り言をつぶやいている老人の姿と、その背後へ忍び寄る人影を想像した。

「かぎ煙草入れがありました」その場しのぎに弱々しい声で言った。「サー・モーリスが眺めていたのはそれです」

「何時頃のことですか？」

「さあ――覚えていませんわ」

「それから？」

「ネッドが近寄ってきたので、必死に押しのけて、お願いだから騒がないで、メイドたちが目を覚ますから、と言いました」イヴは嘘偽りのない真実を話していたが、〝メイドたち〟の部分で聞き手たちの顔つきが急に変わった。「どうかしまして？　おわかりでしょう？　メイドたちにも知られたくなかったんです。そうしたら、ちょうどそのとき電話がかかってきました」

「ほう！」ゴロンは満足げに言った。「ならば、時刻はたやすく推定できそうですな」そのあとトビイを振り返って訊いた。「あなたがニールさんに電話をかけたのは一時きっかりでしたね？」

トビイはうなずいたが、そんなことにかまっている余裕はないらしく、イヴに無遠慮に尋ねた。

「じゃあ、ぼくらが電話で話してるあいだも、そいつは寝室にいたんだね？」

「黙っていてごめんなさい！　あなたにはどうしても知られたくなかったの」

ジャニスは椅子に座ったまま微動だにせず言った。「そうよね、隠しておくつもりだったのよね」

「あのとき、きみの横にはあいつが立って……」トビイがつぶやく。「それとも二人で並んで座ってたのか？　ひょっとして……」トビイは妄想を振り払うしぐさをした。「しかも、きみの声はなにごともないかのように落ち着き払っていた。さも寝ていたところを電話で起こされたという感じで、ぼくのことしか眼中にないみたいに……」

「話を続けてもらえませんか？」ゴロンが割って入った。

「電話のあと、ネッドに出ていってとはっきり言い渡しました。なのに、わたしに過ちを犯させたくないとか言って、その場を動こうとしないんです」

「過ちというのは？」

「トビイとの結婚のことです。しかも、窓から向かいのサー・モーリスを呼んで、自分がわたしの寝室にいるところを見せれば、世間はきっと誤解するだろうなんて言いだしました。ネッドはいったんそういうことを思いつくと、見境がつかなくなるんです。彼が窓に近づいたので、わたしも急いで駆け寄りました。ところが、窓からのぞくと……」

イヴは無言で左右のてのひらを上へ向けた。場の雰囲気に敏感な者は誰もがそうだろうが、ダーモット・キンロス博士とアリスティード・ゴロン署長も、この一瞬の沈黙は不吉な前兆なのだと察知した。

静寂の中に室内の細かい物音があふれだした。ヘレナ夫人は胸に手を当てて軽く咳をした。ベン伯父さんはパイプに煙草の葉をていねいに詰め終えると、マッチを擦った。しゅっという小さな音が話し声のように漏れ、マッチ棒の先から炎が上がった。ジャニスは依然としてぴくりとも動かず、事の重大さが少しずつのみこめてきたのか、無邪気そうな鳶色《とびいろ》の目を大きく見開いた。だが真っ先に言葉を発したのはトビイだった。

「きみは窓からのぞいたのかい？」

イヴは大きくうなずいた。

「それはいつ？」

「直後よ……」

なんの直後かは言うまでもなかった。すぐにあちこちから小さなささやき声が返ってきた。待ち伏せしている敵に気づかれるのを警戒して、あるいは幽霊を呼び覚ましてしまわないか心配して、声をひそめているかのようだった。

「なにか――見たわけじゃないでしょう？」とヘレナ夫人。

「誰かいたの？」ジャニスは単刀直入に訊いた。

「なにか気づいたことは？」ベン伯父さんもぼそぼそと話しかけた。

キンロス博士は目立たないよう静かに隅の椅子に座り、頬杖をついてイヴから片時も目を離さずにいたが、頭の中では彼女のとぎれがちで説得力に乏しい話の裏にどんな意味がひそんでいるのか、必死に探りあてようとしていた。

精神分析に基づいて、イヴの気質についてはこんなふうに見立てた。〝想像力に富む一方、暗示にかかりやすい。優しい性格で、お人好しすぎるほど寛容。親切にしてくれた相手には忠誠を尽くそうとする。よって、やむにやまれぬ事情であれば、殺人を犯す可能性はなきにしもあらず〟キンロスはこの診断結果になぜかいたたまれない気持ちになった。精神科医としてこれまで二十年間、私情をはさむことのないよう心のまわりに堅牢な壁を張りめぐらしてきたというのに、それをも突き抜ける鋭い感情の揺れを感じたのだった。

黄褐色の布を張った大きな安楽椅子に腰かけているイヴを、キンロスはじっと観察した。椅子の肘掛けをつかんだり放したりしている指、繊細な顔立ちと引き結んだ唇、小刻みに脈打っている首の細い血管。額の小さなしわから、この難局を切り抜けようと死に物狂いになっているのがわかる。灰色の目がトビイからジャニスへ、さらにヘレナ夫人とベン伯父さんのほうへ動き、最後はまたトビイに戻った。

「嘘をつこうとしているぞ」キンロス博士は内心でつぶやいた。

「いいえ！」イヴはローズ家の者たちにきっぱりと言った。固い決心に身をこわばらせている。「わたしたち、誰も見なかったし、なにも気づかなかったわ」

「〝わたしたち〟ね！」トビイが暖炉の上をてのひらで叩いた。「〝わたしたち、誰も見なかった〟か！」

ゴロン署長がひとにらみでトビイを黙らせた。

「しかし、マダム」ゴロンは不穏な空気を漂わせて穏やかに言った。「なにも見えなかったというのはありえんですからな。サー・モーリスの死体は目に入ったんでしょう？」

「ええ」

「はっきりと？」

「ええ」

「ではうかがいますが」かしこまった口調で続けた。「なぜそれが殺人の起こった〝直後〟だとわかったんです？」

「わかったわけではなくて——」イヴは一瞬黙りこんだあとに答えた。灰色の目をゴロンにまっすぐ向け、胸をゆっくりと上下させている。「きっとそうだろうと思っただけですわ」

「では先をどうぞ」ゴロン署長はひと呼吸おいてから、宙で指をぱっとはじいてみせた。

「ヘレナさんが書斎に入ってきて、悲鳴をあげました。わたしはもう一度ネッドに出ていってと言いました。今度は本気で」

「おやおや、それまでは本気ではなかったと?」

「いいえ! もちろん本気でしたわ! 彼が今度ばかりは従うしかないとあきらめるくらい強い口調で、という意味です。出ていく前に鍵を返してもらい、パジャマのポケットに入れました。そのあとですが、階段を下りるときに彼は……」考えてみれば、なんともおかしな出来事だ。さぞかし変な話に聞こえるだろう。そう思いながら続きを話した。「途中でつまずいて、階段から落ちてしまったんです。鼻を打ったようですわ」

「鼻を?」ゴロンがおうむ返しに訊いた。

「ええ、鼻血が出ていました。駆け寄って、彼を起こそうとしましたから、そのときに手や着ているものに血がついたんです。皆さんが騒ぎ立てている血はネッド・アトウッドの血なんです」

「本当ですか、マダム?」

「お疑いになるならネッドに訊いてください。わたしがこういう抜き差しならない状況に陥っていると知ったら、事実を事実と認めるくらいのことはしてくれるはずです。その程度の良心は持ち合わせているはずですわ」

「果たして認めるでしょうかね、マダム?」

イヴは力強くうなずいた。そして、まわりにいる者たちを哀願のまなざしでちらりと見た。ダーモット・キンロス博士は、この女性に判断力を鈍らされているのを自覚した。不可解で、いまいましいことだった。こんな気持ちになったのは生まれて初めてだ。それでも理性は冷静に働いて、イヴ・ニールの話は真実だと結論づけていた――ただし、さっき言いかけてためらった箇所を除いてだが。

「アトウッド氏ですがね」ゴロン署長が質問を続けた。「階段を踏みはずして、鼻をぶつけたとおっしゃったが、ほかに怪我はなかったんですか?」

「ほかに? どういうことでしょう?」

「たとえば――頭を打ったりはしませんでしたか?」

イヴは眉をひそめた。「さあ、はっきりとはわかりませんけれど、ほかに怪我をしていてもおかしくありませんわ。高くて急な階段ですし、すさまじい勢いで転げ落ちましたから。どんなふうだったかは暗くて見えませんでしたが、あの血は鼻血にまちがいありません」

期待どおりの返答だったのか、ゴロン署長はうっすら笑みを浮かべた。

「マダム、続きをどうぞ」

「わたしはあの人を裏口へ連れていって……」

「なぜ裏口へ?」

「表の通りは警官でいっぱいでした。それで裏口を使うことにしたんです。ところが、ネッドが出ていったあとで厄介なことが起こりました。裏口のドアはスプリング錠がついているのですが、わたしが外に出ているあいだに風でドアが閉まって、開けられなくなってしまったんです」

やや間があってから、ローズ家の者たちはいぶかしげに顔を見合わせた。やがてヘレナ夫人がいくぶん息をはずませて、軽くいさめる口ぶりで言った。

「ねえ、それは勘ちがいじゃなくて？　風でドアが閉まったというのは本当？　あなた、あの晩のこと覚えてないの？」

「一晩中、風はそよとも吹かなかったのよ」ジャニスも横から言った。「劇場でそのことをみんなで話題にしなかった？」

「ええ――そうね。そうだったわ」とイヴ。

「だったら、なぜ？」ヘレナ夫人がとがめるように訊いた。

「わたしもおかしいなとは思いましたが、あのときはてっきり風のせいかと。でも、あとになって筋の通った説明を探したとき、ふと気づいたんです。あれは人間のしわざかもしれない、誰かがわざとドアを閉めたのかもしれないって」

「ほう、いったい誰が？」ゴロン署長が尋ねた。

「メイドのイヴェットですわ」イヴは手をきつく握りしめ、決まり悪そうに座ったまま身体を揺らした。「あの人がそこまでわたしを嫌う理由はわかりませんけれど」

ゴロンの眉がさらにつりあがった。

「待ってください、マダム。つまり、イヴェット・ラトゥールがあなたを家から閉めだしたというんですか？」

「そうではないかと疑っているだけです。確信があるわけではありません。現実になにが起こったのか、わたしなりに真剣に考えて突きとめようとしているんです」

「それはわれわれも同じですよ、マダム。興味をそそられる話ばかりですな。先をうかがいましょう。あなたは裏庭にいたんですね？」

「いたくていたわけじゃありませんわ。いま話したように閉めだされて、家に入れなかったんです」

「入れない？　そんなばかな！　ドアをノックするなり呼び鈴を鳴らすなり、いくらでも方法はあったんじゃないですか？」

「どちらもメイドが目を覚ましてしまいます。それだけは避けたかったんです。イヴェットを起こすなんて、とんでもないことですわ……」

「しかし、イヴェットはすでに起きていて、なんらかの理由からあなたを閉めだしたんでしょう？　いや、まあ、落ち着いて」ゴロン署長は同情のこもる声でつけ加えた。「べつに引っかけようというんじゃないんです。鎌をかけるつもりはありませんよ。ただ……なんというか、その……事実を正確に把握したいだけでしてな」

「わたしの話は全部事実です！」

「ほう？　では続きを」

「パジャマのポケットに鍵が入っていたのを思い出したので、そっと玄関へまわって、やっと家に入ることができました。その途中で部屋着の紐を落としたんだと思います。どこだったかはわかりませんけれど。ないと気づいたのは、たしか——洗面台で手を洗っているときでした」

「なるほど！」

「警察は紐も見つけたんでしょう?」

「はい、マダム。紐の話が出たついでに、ひとつ教えてもらえませんかね。ささいなことですが、いまうかがった話では説明のつかない点があるんですよ。あなたのレースの部屋着にくっついていた瑪瑙《めのう》の破片のことです」

イヴは静かに言った。

「それについてはまったく身に覚えがないんです。本当のことですから、信じていただくしかありませんわ」イヴは両手を目に押しあてた。それから手を離し、どんな相手も胸を打たれるにちがいない真摯な態度で言った。「破片のことは今日初めて知りました。あの晩、家に入った時点ではそんなものはついていなかったと思います。さっきも申しましたとおり、血を洗い流そうと部屋着を脱いだのですから、見落とすはずありませんわ。誰かがあとでつけたとしか考えられません」

「誰かがつけた?」ゴロンの口調は質問というより独り言のようだった。

イヴはこわばった笑顔で一人一人の顔を用心深く見やった。

「まさか、本気でわたしを殺人犯だと疑っているわけじゃないでしょう?」

「マダム、率直に言わせてもらえば、さほどとっぴな考えではないと思いますがね」

「まあ……わたしは自分の話が初めから終わりまで真実だと証明できるんですよ」

「ほう、どうやって?」と訊いてから、ゴロン署長は爪をきれいに手入れした指で椅子の脇の小さなテーブルを叩いた。

イヴはほかの者たちに目で訴えかけた。

「いままで黙っていてごめんなさい。ネッドがわたしの部屋にいたことをどうしても知られたくなかったものだから」

「気持ちはよくわかるわ」ジャニスは気の抜けた調子で言った。

「でも――」イヴは両手を広げた。「これはいくらなんでもひどすぎます。ばかばかしくてお話になりませんわ。夜中に叩き起こされて、名前も聞いたことのない人を殺したかどで逮捕されるようなものです。自分の話を裏付けられるからいいようなものの、もしそうでなかったら、きっと怖くて震えあがっていたでしょう」

「何度も同じことをうかがって恐縮ですがね、マダム」とゴロン署長。「どうやって裏付けるつもりですか?」

「もちろん、ネッド・アトウッドに証言してもらうんですわ」

「なるほどね」

ゴロン署長はやけにもったいぶっていた。ジャケットの襟を持ちあげ、ボタンホールに挿した白薔薇の香りを嗅いだ。視線は床の一点にじっと注がれていた。小さく肩をすくめてみせたが、顔には苦虫を嚙みつぶしたような表情が浮かんでいた。

「マダム、あなたがこの一週間黙っていたのは、どうごまかそうか策を練っていたからではないですか?」

「策なんて練るわけありませんわ。こんなことは今日初めて聞かされたんですもの。わたしが話したことはすべて真実です」

ゴロン署長は視線を上げた。

「この一週間にアトウッド氏と会ったんでしょう?」

「いいえ、会っていません」

「イヴ、まだその人のことが好きなの?」ジャニスが低い声で尋ねた。「いまでも愛してるの?」

「そんなわけないでしょう」ヘレナ夫人がなだめ口調で割って入った。

「ありがとうございます」イヴはそう言ったあとトビイを見た。「あなたにも言葉にしないと信じてもらえないのかしら。あんな男、大嫌いだわ。虫酸が走るくらい。ここまで誰かを毛嫌いしたのは初めてよ。もう顔も見たくないわ」

「もう見ることはないでしょうな」ゴロンは穏やかに言った。

全員が一斉に振り向いた。うつむいて床に視線を落としていたゴロン署長が、再び顔を上げた。

「アトウッド氏がたとえ証言したくてもできない状態にあることは、先刻承知のはずですね、マダム?」ゴロンの口調が険しくなる。「アトウッド氏が脳挫傷《のうざしょう》でドンジョン・ホテルで寝たきりになっているのを、ちゃんとご存じなんでしょう?」

イヴが深く腰かけていた椅子から上体を起こして立ちあがるまで、ゆうに十秒はかかっただろうか。彼女はゴロン署長を見つめ返した。彼女が黒いスカートをはき、灰色のシルクのブラウスを着ていることに、キンロス博士はいま初めて気づいた。無彩色の服装に映えて、ほんのり薔薇色が差す白い肌とぱっちりとした灰色の目がたとえようもなく美しい。だがキンロスはイヴについて神経の一本一本、思考の一片一片まで察知できる気がした。彼女の心情にたったいま変化が起きたことも敏感に感じ取っていた。

キンロスの推測はこうだった。ついさっきまでイヴは自分に向けられた非難を取るに足らない皮肉な冗談ととらえていた。ところが、実際にはそうではなかったと突然悟った。この状況がどんな事態につながるのか気づいたのだ。信じられないことだが、それが目の前の現実なのだと。ゴロン署長の落ち着き払った態度や控えめな言葉遣いからイヴが読み取ったのは、差し迫った危険、絶体絶命の窮地だった。

「脳挫傷……」イヴはつぶやいた。

ゴロン署長がうなずく。

「一週間前の深夜一時半頃のことです」ゴロンは詳しく話し始めた。「アトウッド氏はドンジョン・ホテルまで歩いて戻りました。そして部屋へ上がろうとエレベーターに乗ったところで、倒れてしまったのです」

イヴはこめかみを指で押さえた。

「うちから出ていったあとです。暗かったから気づかなかったけれど、頭をぶつけたんだわ。あのとき、階段……」少ししてからつけ加えた。「かわいそうなネッド！」

トビイ・ローズが拳骨を暖炉にどんと打ちつけた。

ゴロン署長のいかめしい顔つきに皮肉な笑みが交じった。

「あいにくですが、アトウッド氏は見つかったときにまだ意識があって、こう言ってるんです。道路で車にはねられて転倒し、歩道の縁石に頭をぶつけたとね。その言葉を最後に意識不明に陥りました」

それからゴロンは念を押すように人差し指を振り立てた。

「もうおわかりでしょう。アトウッド氏はおそらく証言をおこなうことはできません。快復の見込みはほとんどない深刻な容態でしてね」

第十章

　ゴロン署長はにわかにとまどいを見せた。

「このことはあなたには伏せておくべきだったかな。うむ、軽率な発言と言わざるをえない。いつもは容疑者にここまで手の内を明かしたりはしないんですがね。それも逮捕前に……」

「逮捕？」イヴは息をのんだ。

「マダム、当然ながら覚悟していただかなければ」

　室内はにわかに色めき立って、ほかの者たちもさすがにもうフランス語で話している余裕はなくなった。

「そうはいきませんよ」ヘレナ夫人が涙を浮かべ、興奮に声を震わせた。挑戦的に下唇を突きだしている。「イギリス国民に対して、そのような行為は許されないはずです。生前、夫のモーリスは領事と懇意にしていました。それにイヴは――」

「でも、イヴの話には腑に落ちない点もあるわ」ジャニスは当惑しながら必死の口調で言った。「かぎ煙草入れの破片のことよ。だいいち、アトウッドさんのことがそんなに怖かったのなら、どうして助けを呼ばなかったのかしら。わたしだったら絶対に大声を出したわ」

　トビイは不機嫌そうに暖炉の炉格子を蹴っていた。

ベン伯父さんはなにも言わなかった。普段から寡黙で、車を修理したり、木を削って模型の船を作ったり、壁紙を張ったりといった細工仕事に本領を発揮する男なのだ。相変わらずワゴンの脇でパイプをくゆらせながら、ときおりイヴにかすかな励ましの笑みを向けていたが、目は心配そうに曇り、頭は小刻みに揺れていた。

「いいですか」ゴロン署長は英語で話し始めた。「マダム・ニールの逮捕に関してですが……」

「ああ、ちょっと」キンロス博士が口をはさんだ。

その声に一同はぎょっとした。

キンロス博士は隅の暗がりに、それもピアノの陰に座っていたので、誰もそちらへ注意を向けず、彼がいることさえ忘れていたのだった。いま初めて、イヴは彼のほうをまっすぐ見つめた。一瞬、キンロスは激しい動揺と過剰な自意識に襲われた。それはかつて、顔が半分ないまま生きていかねばならないのかと絶望した時期に味わった懐かしい感情だった。言ってみれば、暗黒時代の置き土産だ。この世で最悪の苦しみは心の苦しみだと悟り、精神科医の道を志そうと決心した日々の形見でもある。

ゴロン署長は勢いよく立ちあがった。

「おっと、しまった！」芝居がかった調子で言った。「失念していた。すまん、博士。非礼を心からお詫びする。なにしろ興奮していたもので……」

そこでゴロンは腕をさっと大きく振った。

「紹介しましょう、イギリスから来た友人のキンロス博士です。博士、この方々がさっき話したローズ家の皆さんだ。そちらがヘレナ夫人、そのお兄さん、娘さん、息子さん。それから、こちらがマダム・ニール。では皆さんご一緒に、どうも初めまして。けっこう、けっこう。これでよしと」

トビイ・ローズは愕然としていた。

「イギリス人なのですか？」

「ええ」キンロス博士は笑顔で答えた。「イギリス人です。しかし、ご心配は無用ですので」

「ゴロン署長の部下だとばかり思ってましたよ」トビイは不平がましく言った。「まいったなあ！　こっちはそういうこととは知らずに話してたんですよ」一同をすばやく見まわした。

「かなり本音の部分までね！」

「あら、べつにかまわないじゃないの」ジャニスが言った。

「大変申し訳ありませんでした」キンロス博士は詫びた。「弁解がましいようですが、こんなふうに突然お邪魔したのにはわけがありまして……」

「私が頼んで来てもらったんですよ」ゴロン署長が代わりに説明した。「この人はロンドンのウィンポール街で開業している名医でしてね。しかもそれだけじゃない、警察の捜査に協力して、私の知っているだけでも凶悪犯を三人もつかまえています。一度は上着のボタンをかけちがえていたことから、別のときは話し方から、その人物が犯人だと看破したんです。いわゆる心理的な手がかりというやつですよ。それでこうしてご足労願ったわけでして――」

キンロス博士はイヴをじっと見て言った。

「わが友人のゴロン署長は、ニールさんに不利になる証拠について信憑性を疑っているんですよ」

「おいおい、博士！」署長は非難めいた口調で言った。

「そのとおりだろう？」

「必ずしもそうではないよ」ゴロンは皮肉っぽくつけ加えた。「ましてや、いまとなってはね」

「署長のことは別にして、私がここへうかがったのはなにかのお役に立ちたかったからなんです。実を言いますと、亡くなったこちらのご主人とは以前お目にかかったことがあるんですよ」

「まあ、モーリスをご存じですの？」ヘレナ夫人はキンロス博士を見つめ返した。

「ええ。昔のことですが、私は一時期、刑務所の仕事に携わっていましたのでね。お宅のご主人は刑務所の改善に強い関心をお持ちでした」

ヘレナ夫人は首を振り動かした。予期せぬ客の訪問にうろたえながらも、急いで椅子から立ち、歓迎の挨拶をしようとした。けれども、この一週間の緊張は並大抵のものではなかったのだろう。そのうえ亡き夫の名前を聞かされて、再び熱い涙がこみあげてきた。

「あれは関心の域を超えていましたわ」ヘレナ夫人は思い出を語った。「主人は刑務所の人たちを、受刑者という意味ですが、それはよく調べあげて、一人一人を知り抜いておりました。といっても相手は主人を知りませんでしたのよ。主人は受刑者たちを陰から支えておりましたので」そのあと急に腹立たしげな口調に変わった。「いやですわ、ついよけいなおしゃべりを。いまさらこんなことを考えてもなんにもなりませんのにねえ」

「キンロス先生」ジャニスは小さいがよく通る声で言った。

「はい？」

「警察は本当にイヴを逮捕するんですか？」

「そうでないといいんですがね」博士は静かに答えた。

「なぜでしょう？」

「もしそんなことになったら、私は旧友のゴロンさんと袂《たもと》を分かたなければなりませんからね」

「イヴの話をどうお思いになりました？　気に入る気に入らないは抜きにして、真実だと信じていらっしゃいます？」

「ええ、信じていますよ」

ゴロン署長は見るからにむっとした顔つきだったが、なにも言わなかった。キンロス博士の温厚な人柄が伝わったのか、皆の緊張がいくぶんゆるみ、自然と和らいだ気持ちになったようだ。

「いつまでこんな話を続けるんですか？」トビイがしびれを切らして言った。「遺族のぼくらにとってどんなに酷なことか、少しは考えてもらいたいですね」

「ごもっともです」キンロス博士は言った。「しかし、これはニールさんにとってもきわめて酷な状況だとはお思いになりませんか？」

「うちは赤の他人がいる前で内輪の事情をさらしているんですよ！」

「それは申し訳ありませんでした。では、私は帰ります」

トビイはいまにも地団駄を踏みそうだった。「べつに帰ってくれとは言ってないでしょう」いつもは朗らかな顔を疑念と憤懣《ふんまん》にゆがめ、食ってかかった。「なにもかも唐突すぎると言ってるんです。仕事を終えて帰宅するなり、この騒ぎですからね。青天の霹靂《へきれき》とはまさにこのことだ。少しはこっちの身にもなってもらいたいですね。それはそうと、偶然にもあなたに会ったことのある男を知っていますよ。あなたは……もしや……?」

キンロス博士は慎重にイヴの様子をうかがった。

彼女は誰かの支えを必要としていた。恐怖と不安を抱えたまま、両手をきつく握り合わせて椅子の脇に立ち、トビイが自分のほうを見てくれるのを待っている。トビイの励ましの言葉こそ、いまの彼女がなによりも望んでいるものだということは、心理学者でなくてもわかるはずだ。それなのにトビイはいっこうに声をかけようとしない。キンロス博士の胸にどす黒い怒りが渦巻いた。

「率直な意見をお聞きになりたいですか?」博士は尋ねた。

本心としては聞きたくないだろうが、トビイは肯定の身振りをした。

「では、申しあげます」キンロスはほほえんだ。「あなたは腹をくくるべきです」

「腹をくくる?」

「はい。ニールさんはあなた以外の男と一緒だったんですか? それとも殺人を犯したんですか? どちらか一方を選んでください。両方は無理だったはずですから」

トビイは口を開いたが、すぐに閉じた。

キンロス博士は一同を一人ずつ順に見てから、トビイに話しかけたときと同じよく響く太い声で、噛んで含めるように言った。

「お忘れのようですから念を押しましょう。皆さんはトビイ・ローズさんから電話があったとき、彼女の寝室にアトウッド氏がいたとはけしからん、許せない、などと言っておきながら、部屋着にかぎ煙草入れの破片がついていた理由を納得できるよう説明しろと責め立てる。そんな両天秤をかけるようなまねは、ニールさんの友人として見苦しくはないですか？

ですからローズさん、どちらか一方を選んでください。もしニールさんがお父上を殺そうとこの家に忍びこんでいたならば――動機らしきものはひとかけらも見あたりませんがね――アトウッド氏はニールさんの寝室には来ていなかったことになります。つまり彼女はあなたを裏切ってなどいないのですから、そのことであなたが憤慨するいわれはないわけです。一方、もしアトウッド氏がニールさんの寝室にいたとすれば、彼女はこの家でお父上を殺せるはずなどありません」そこで一拍おき、こうしめくくった。「さあ、どちらを選ぶんですか？」

キンロス博士のおごそかで切れ味鋭い弁舌に、トビイはとげ針を突き刺されたかのようにぎくりとした。ほかの者たちも、なるほど言われてみればそのとおりだと得心した顔つきだった。

「博士」ゴロン署長は落ち着いた声できっぱりと言った。「ちょっと二人きりで話せないかね？」

「いいとも」

「奥さん、恐縮ですが」ゴロン署長はヘレナ夫人を振り返って、一段と大きな声で言った。

「キンロス博士と内々で話したいので、少しのあいだ廊下をお借りしてよろしいですかな?」

ゴロンは返事も待たず博士の腕をつかみ、生徒を連れた教師よろしく部屋をのしのしと横切った。ドアを開けると、先に出るようキンロスを身振りで促し、一同に軽くお辞儀をしてから退出した。

廊下は真っ暗闇に近かった。ゴロンが電灯のスイッチを入れると、床に灰色のタイルを張ったアーチ形の玄関が照らしだされ、その奥に赤い絨毯が敷いてある石段も見えた。ゴロンは荒い息づかいで、帽子とステッキを帽子掛けに置いた。さっきまでは苦労しながらも英語で話していたが、客間のドアが閉まっているのを確かめると、キンロスに向かってフランス語で憤然とがなりだした。

「博士、ひどいじゃないか」

「申し訳ない」

「率直に言うが、裏切られた気分だよ。きみを連れてきたのは協力してもらうためなんだぞ。それをなんだね、あれは? いったいどういうつもりなのか、理由を聞かせてもらおうじゃないか」

「あのご婦人は無罪だよ」

ゴロン署長はせかせかした足取りで廊下を行ったり来たりしていたが、ときおり立ち止まってはキンロス博士をフランス人特有の謎めいた目つきでにらんでいた。

「それは論理的に導きだした結論かね? それとも感情で言っているだけかね?」ゴロンはし

かつめらしく訊いた。

キンロスの返事はなかった。

「いいかね、私が知っているきみは、科学的事実のみに基づいて物事を判断する人間だ。きみも自分でそう言っていただろう？　イヴ・ニールがどれだけ魅力的だろうと、科学的事実は揺るがない。だいたいにして、あれは札付きの性悪女だぞ」

「いや、私は――」

ゴロンは哀れみの目で友人を見た。

「なあ、博士、私は名探偵ではないよ。ああ、ちがうとも！　しかしな、危険に関してはこう見えても詳しいんだ。どんな種類の危険であれ、三キロ離れた暗闇からでも嗅ぎ分けられる」

キンロス博士はゴロン署長とにらみ合った。「名誉にかけて言うが、彼女が犯人だとは思わない」真剣そのものの口調で言い返した。

「あんな話を信じるのかね？」

「どこがおかしいのか教えてくれよ」

「博士！　本気で訊いているのか？」

「もちろん。アトウッドという男は階段から落ちたときに頭を打ったにちがいない。イヴ・ニールの語った様子は充分その裏付けになる。医師としての所見を述べるならば、外傷は見あたらないのに鼻血が出ているというのは、典型的な症状だ。アトウッドはまさか重傷だとは思わずに起きあがり、ホテルへ歩いて戻った。そして、そこで倒れてしまった。これは脳挫傷《のうざしょう》には

かった。

博士に〝よくあること〟と断言されて、ゴロンはじっと考えこんだが、反駁《はんばく》しようとはしな

「そうなると、アトウッド本人の供述と食いちがってしまうぞ」

「べつに不思議ではないだろう？　彼は思っていた以上に重傷だと気づいた。薄れる意識の中、別れた妻とのアンジュ街での出来事は世間に決して知られてはならないと考えた。むろん、そのときはまさかイヴ・ニールに殺人の嫌疑がかけられるとは思ってもいなかった。当然だよ、予想がつくはずがない。だから彼は、車にはねられたという適当な口実をとっさにこしらえたんだ」

ゴロン署長は顔をしかめた。

「尋ねるまでもないことだが、例の部屋着と腰紐に付着していた血液がサー・モーリスのものかどうかは確認してあるんだろうね？」キンロスは訊いた。

「もちろんだ。両方とも同じ血液型だったよ」

「どの型だ？」

「O型だ」

ダーモット・キンロス博士は眉を上げた。「それだけでは確証にならないな。一番多い血液型なんだから。ヨーロッパでは四一パーセントの人がO型だよ。アトウッドの血液型も調べてあるのか？」

「まだに決まってるだろう！　マダム・ニールの話はここへ来て初めて聞いたんだぞ」

「じゃ、これから調べるんだね。もし別の型だったら、彼女の話は嘘だということになる」

「おお、そうか！」

「しかし反対に同じO型だったら、彼女の話が真実であることの証になる。決定的なものではないがね。いずれにせよ、あのご婦人を連行して容赦なく責めさいなむ前に、裏付け捜査に万全を期するのが公平というものじゃないか？」

ゴロン署長はまたもやせわしげに歩きまわった。

「私の考えはこうだ」ゴロンは強気の姿勢で言った。「マダム・ニールはアトウッド氏が交通事故で負傷したことを聞きつけ、それをうまい具合に盛りこんだ話をでっちあげたんだろう。いいか、肝心なのはここだ。アトウッド氏はあの女にのぼせあがってるわけだから、意識を取り戻せば彼女の話を肯定することは誰だって容易に推測できる」

ゴロンの話にも一理あるな、とキンロスは内心でしぶしぶ認めた。自分の見解は絶対に正しいと信じきっていたが、ひょっとしたらそうではないのか？　イヴ・ニールの魅力に引きつけられているのは事実だ。あの美しい姿がまぶたの裏に焼きついている。

それでも、判断力や直感力まで惑わされることは断じてないと確信していた。物的証拠よりも人間が本能的に導きだした論理のほうが勝ることもあるのだ。たとえ集中砲火の中であろうと、自分がこの不可解なたくらみと戦わなかったら、彼女は殺人犯に仕立てあげられてしまう。

「動機は？　動機とおぼしきものがひとつでも見つかっているのか？」キンロス博士は尋ねた。

「ふん、動機なんかくそくらえだ！」

「どうしたんだ、きみらしくもない。彼女にサー・モーリスを亡き者にする理由があるなら教えてくれよ」

「それはもう話しただろう？」ゴロン署長は言い返した。「まあ、ただの臆測だと言われればそれまでだが、理屈は通ってるんでね。サー・モーリスはあの日の午後、殺される前、イヴ・ニールについてはなはだしく破廉恥な噂を耳にして――」

「どんな噂かな？」

「おいおい、私に訊かれたってわからんよ」

「だったら、どうしてそんなことを？」

「まあ、黙って聞いてくれ！　家族の者たちも言っていたように、老人は帰宅したとき様子がおかしかった。そして息子のトビイとなにやら話し合い、その晩は二人とも気持ちが高ぶっていた。深夜一時、トビイはイヴ・ニールに電話をかけ、父親から聞かされた話を伝えた。取り乱したイヴ・ニールはサー・モーリスに直談判するためここへ乗りこんできたが、話し合いがこじれて争いになり……」

「待った！　きみも両天秤をかけるつもりか？」キンロス博士が途中でさえぎった。

ゴロンは目をしばたたいて博士を見た。

「なんだって？」

「いいかいゴロン、そんなことは起こるはずないんだ。争いどころか話し合いすらなかった。

二人はその晩じかに顔を合わせてはいないんだからね。きみのご高説によると、殺人犯は耳の遠いサー・モーリスの背後からそっと忍び寄り、かぎ煙草入れにうっとりと見入っていた老人をいきなり殴りつけた。そういうことだったね？」

ゴロンはためらいがちに答えた。「ああ、つまり……」

「そうか！　で、その殺人犯はイヴ・ニールだと言うんだね？　では訊くが、なぜそんなことをしたんだろう？　サー・モーリスに秘密を握られたからか？　しかし、その秘密はすでにトビイ・ローズの耳にも入っていたはずだ。電話で彼女に知らせたのはトビイなんだからね」

「まあ、それはそうだが……」

「たとえばの話、私が真夜中にきみに電話して、〝なあ、予審判事がきみはドイツのスパイだから処刑すると言っていたよ〟と伝えたとしよう。その場合、きみは口封じのために予審判事を殺しにいくか？　もう秘密は私にも漏れているというのに？　それと同じことだよ！　たとえ個人の評判にかかわる重大な秘密だったとしても、イヴ・ニールがこっそり道を渡って、婚約者の父親を問答無用で殴り殺すなんてことをやるわけないだろう？」

「女というのはわからんからな」ゴロンはまじめくさって言った。

「いくらなんでも、そこまで無茶なことはしないだろう」

ゴロンは歩調をゆるめ、廊下の幅を測ろうとでもするようにゆっくりと歩きまわっている。頭を垂れ、いきり立っている様子だ。何度も口を開きかけてはつぐんでいたが、とうとう両手を広げて言いつのった。

「証拠を無視しろと言うのかね、証拠を！」

「怪しい点があれば当然だろう？」

「まあ、ないとは言えないが」ゴロンは不承不承認めた。

「それでも彼女を逮捕するつもりか？」

ゴロンはあっけにとられて言った。「当たり前だ！　予審判事から命令が下れば選択の余地はない。もっとも――」目でせせら笑った。「わが親友の名医が数時間以内に彼女の無実を証明できるなら、話はまたちがってくるだろうがな。事件について、きみなりの仮説はあるのかね？」

「ああ、仮説なら」

「どんな？」

再びキンロス博士はゴロン署長の目をまっすぐ見た。

「今回の殺人は、〝愉快なローズ家〟の者がやったとにらんでいる」

第十一章

ラ・バンドレット警察の署長ともなれば、ちょっとやそっとのことでは驚かないが、これにはさすがに仰天した。目をひんむいてキンロス博士をしばらく見つめてから、そんな世迷言にはわざわざ言葉を返す気にはなれんとばかりに、黙ったまま客間の閉じたドアをもの問いたげに指差した。

「そうとも」キンロス博士は答えた。「あそこにいる誰かだよ」

ゴロン署長は気を取り直した。

「おっほん、きみはたしか、犯行現場の部屋を見たいと言っていたね。ついて来たまえ、案内しよう。ただしそこへ行くまでは、いっさい口をきかないように！」沈黙を求める大仰な身振りを添えて言った。

それからゴロンは身をひるがえし、先に立って階段をのぼり始めた。低い声でぶつぶつ言っているのがキンロスの耳にも届いた。

二階の廊下も真っ暗だった。ゴロンは明かりをつけてから、ちょうど正面にある書斎のドアを手振りで示した。白く塗られた背の高いドアだった。謎に通じる入口、いや、恐怖に通じる入口になるのかもしれない。キンロスは気持ちを奮い起こし、金属のハンドルを握って押し開けた。

ドアの向こうは薄暮に包まれてぼんやりとかすんでいた。これほど書斎にふさわしい絨毯を敷いてあるのは、フランスの家ではきわめて珍しかった。かなり分厚い絨毯なので、ドアの下側とぴったり接していて、開け閉めするたびにこすれ合うためそこだけけばだっている。キンロス博士はその事実を頭に刻みつけながら、ドアの左側へ腕を伸ばして照明のスイッチを手探りした。

スイッチは上下に二つ並んでいた。上のスイッチを入れると、机の上で緑色のガラスのシェードつきランプがぱっと光を放った。下のスイッチを入れると、天井の真ん中から吊り下がっているシャンデリアに明かりがともり、きらめくプリズムの集合体がまるでガラスの城のようになった。

四角い部屋を囲む羽目板張りのつやつやした白い壁を、キンロスはぐるりと見渡した。ドアの正面には二つのフランス窓があり、いまはどちらも鋼鉄の鎧戸が閉まっている。左手の壁には重厚な趣漂う白い大理石の暖炉がしつらえられている。反対側の右手には、机が壁にくっつけて置かれ、その前の回転椅子がわずかに引きだされている。部屋の中央ではきんきらした小さな丸テーブルのまわりに、きんきらしたブロケード張りのきゃしゃな椅子が数脚配され、それが地味な灰色の絨毯に映えてひときわ華やかだ。周囲の壁面は本棚を二つほどはさんでガラス張りの骨董品陳列棚に埋め尽くされ、シャンデリアの光がガラスに反射している。こういう場合でなかったら、キンロスの好奇心は骨董品に吸い寄せられていただろう。

室内はむっとして息苦しく、洗剤に似た刺激臭が残っていた。それが死の匂いのように感じられた。

ダーモット・キンロス博士は机に近づいた。

思ったとおり、机の上は洗剤で徹底的に掃除してあった。さび茶色になった古い血痕が、サー・モーリス・ローズが死ぬ直前まで使っていた吸い取り紙の台と大ぶりの便箋にほんの少し散っているだけだった。

粉々に壊されたというかぎ煙草入れは影も形もなかった。緑色のランプが照らす吸い取り紙に、拡大鏡、宝石鑑定用ルーペ、そしてペンやインクなどの筆記用具が散らばっていた。キンロス博士は便箋を見やった。かたわらに持ち主の手から落ちた金の万年筆が転がっている。

便箋には達者な飾り文字で、〝時計型のかぎ煙草入れ　ナポレオン一世遺品〟と見出しが大きく書かれ、その下に小さいきちょうめんな筆跡で説明文が続いていた。

『このかぎ煙草入れは一八一一年三月二十日にナポレオンの子息、ローマ王の生誕を祝って、義父にあたるオーストリア皇帝よりボナパルトに贈られたものである。大きさは直径二インチ四分の一。側は純金製。竜頭《りゅうず》の心棒も純金製。文字盤は数字と針に小粒のダイヤモンドがはめこまれ、中央にはナポレオン・ボナパルトの名前を示す〝N〟の文字が――』

文章はここで途切れ、飛び散った血痕が二つ残っている。

キンロス博士は短く口笛を吹いた。「これは途方もなく貴重な物だったにちがいない」

「当たり前だよ」ゴロン署長はがなった。「そのことはもう話しただろう?」

「無残に叩きつぶされてしまったわけか」

「ああ、そうとも」ゴロンは指差して続けた。「珍しい形をしていることも話したはずだ。その書き付けからわかるとおり、見た目は時計そっくりだったんだ」

「どんな時計だろう？」

「普通の懐中時計だよ！」ゴロン署長は自分の懐中時計を引っ張りだすと、キンロスに向かって掲げた。「現に、家族もサー・モーリスに初めて見せられたときは時計だと思ったそうだ。懐中時計みたいに蓋が開くようになっていてね。見てくれ、机の表面に傷がついてるだろう？殺人者の手もとが狂って、そこに命中したんだ」

キンロス博士は便箋を置いた。

ゴロン署長が怪訝そうにじっと見守る横で、キンロスは振り返って部屋の向こう端に顔を向け、大理石の暖炉の脇にある鉄具台を眺めた。暖炉の上の壁にはナポレオン皇帝の横顔を浮き彫りにした円形の青銅飾りがかかっていた。鉄具台には凶器となった火かき棒は見あたらない。博士は距離を目測した。頭の中で形になりつつあるいくつもの考えがさかんにぶつかり合い、そこから少なくともひとつ、ゴロン署長から聞いた証拠と矛盾する事柄が浮かびあがってきた。

「ちょっと教えてほしいんだが」キンロスは尋ねた。「ローズ家で視力の弱い者はいるかな？」

「まいったね、これは！」ゴロン署長は語気を強め、あきれたように両手を投げだした。「ローズ家か！　あくまでローズ家にこだわる気だな。なあ、博士」ゴロンは押し殺した声で言った。「ここにはわれわれだけだ。誰にも聞かれる心配はない。あの老人を殺したのは家族の一員だとそこまで強く確信する理由を話してくれんか？」

「質問に答えてもらうのが先だよ。この家族に目の悪い者はいるのか？」

「さあな。私にはわからん」

「簡単に探りだせるだろう？」

「わかったぞ！」ゴロンは声をあげたあと黙りこみ、目を細めた。「さてはこう考えたんだな？　火かき棒を振りまわした犯人は、人間の頭みたいな大きな的さえはずすくらいだから、極度の近眼にちがいない。そうなんだろう？」

「まあね」

キンロス博士は室内をぶらぶらと歩きまわって、ガラスの陳列棚をのぞきこんだ。そこに並んでいる骨董品は、異彩を放つ孤高のものもあれば、群れをなすかのようにそろいの小さな銅板の名札をつけているものもあった。キンロスは宝石に関する知識なら多少は持ち合わせていたが、あいにくと骨董品については不案内だった。それでも、このコレクションが玉石混淆で、ただのがらくたも多いが、希少価値の高い逸品もまざっているであろうことは容易に見て取れた。

磁器あり、扇子あり、聖遺物箱あり。ほかには風変わりな時計が二つばかりと、刀架に複数収められたトレドの細身の長剣などがあった。また、凝った作りの装飾品に囲まれてだいぶ見劣りするみすぼらしいケースがあり、昔のニューゲイト監獄が取り壊された際に放出された記念品がうやうやしく飾られていた。本棚のほうは、キンロスが見たかぎりではほとんどが宝石鑑定に関する専門書だった。

「まだなにか？」ゴロン署長が訊く。

「たしか、もうひとつ手がかりらしきものがあるという話だったね」キンロスは言った。「なにも盗まれてはいなかったが、ダイヤモンドとトルコ石の首飾りが陳列棚から出されて、血痕が少し付着した状態で棚の下の床に転がっていたんだろう？」

ゴロンはうなずくと、ドアのすぐ左側にある、ふくらんだ形をしたガラス張りの棚をぽんと叩いてみせた。ほかの陳列棚と同様、鍵はかかっていなかった。ゴロンが指で軽く触れただけで、正面の扉がすっと開いた。内部の棚もすべてガラス製だった。その中央で、見えやすいよう斜めに傾けられた濃紺のビロード台に堂々と鎮座しているのが、問題の首飾りだった。シャンデリアのプリズムが振りまく強い光を受け、万華鏡のようなきらめきを放っている。

「きれいに拭いて、もとの場所へ戻しておいたよ」ゴロン署長は言った。「言い伝えによると、この首飾りは王妃マリー・アントワネットのお気に入りだったランブイエ夫人が愛用していたもので、ラ・フォルス監獄の外にいた群衆に刺殺されたときも身につけていたそうだ。サー・モーリスがそんな気味の悪いものを好んでいたとはね」

「蓼《たで》食う虫も好き好きというだろう？　そういう人間だっているよ」

ゴロンは含み笑いして言った。「そいつの横にあるのをちょっと見てくれ」

キンロス博士は視線を首飾りの左へずらした。「これはオルゴールかな？　小さな車輪がついているね」

「そう、まさしく車輪つきオルゴールだ。この手のものはガラスの棚に置かないほうがいいと思うね。事件のあった翌日、死んだサー・モーリスがまだ椅子に腰かけている横で室内を捜査したときの話だが、警視がこの棚の扉を開けたら手がオルゴールにぶつかったんだ。はずみでオルゴールは床に落ち……」

ゴロンはもう一度オルゴールを指差した。木製で、重厚感にあふれ、側面に張られた黒ずんだブリキに絵が描かれている。だいぶ色あせてはいるが、アメリカの南北戦争を題材にした絵柄だとわかった。

「横倒しになったかと思うと、『ジョン・ブラウンの死体』を高らかに歌いだしたんだ。どんな曲かは知ってるだろう?」ゴロン署長は二小節ほど口笛で吹いて聴かせた。「効果は絶大だったよ。トビイ・ローズが怒って飛んできて、父親のコレクションには金輪際手を触れるなとのたまった。伯父のベンジャミンさんによれば、このオルゴールは最近誰かが鳴らしたにちがいないとのことだった。なぜかというと、彼は機械いじりがお手の物で、たまたま数日前にオルゴールを修理したが、そのときにねじをいっぱいに巻いておいたにもかかわらず、床に落ちたあと一、二小節で鳴りやんでしまったんだ。しかしなあ、そんなささいなことまで取り沙汰する必要があるんだろうか?」

「あると思うよ。前にも言ったようにこれは特徴的な犯罪だからね」

「ふむ!」ゴロンは気をつけの姿勢になった。「そうだったな。ついでに特徴的だと呼ぶ理由も聞かせてもらえると大変ありがたいんだがね」

「家庭内の犯罪だからだよ。平穏な家庭で起こりがちな、くつろぎとぬくもりに満ちた炉辺の殺人といったところだな」

ゴロンはもどかしげな手つきで額をさすった。ヒントが転がっていないか探すかのようにあたりをすばやく見渡してから、キンロスに尋ねた。

「博士、本気で言ってるのかね？」

キンロス博士は中央のテーブルの端に腰かけ、横で分けた豊かな黒っぽい髪を指で梳《す》いた。集中力を高めようとしているらしかったが、黒い目に険しさはみじんも表われていなかった。

「火かき棒で殴れば一発でも致命傷になるだろうに、被害者はそれを九発も食らっている。その状態を見て、きみはこう言うだろう。〝なんという残忍さ。常軌を逸している。頭のおかしい人間のしわざにちがいない〟とね。よって、物静かな家族にそんなむごたらしいことをやれるはずがないと決めつけてしまう。

しかしね、それは犯罪史と矛盾するんだ。少なくともアングロ・サクソンの場合はね。ここの一家はイギリス人だから。どういうことかというと、一般にアングロ・サクソンの殺人者は冷酷かつ明確な動機を持っていて、ここまで残虐な犯行はめったにやらないんだ。やる必要がないだろう？　できるだけ速やかに手際よく殺し、目的を果たす。やるべきことはそれだけだ。

一方、家庭内では一緒に暮らしていくために感情を抑えなければならないこともある。それが積もり積もれば、いずれは我慢の限界を超えて突如爆発し、通常は考えられないような暴力にも結びつきかねない。家庭内における感情のもつれは、理性を奪い去ってしまうほど強力な動機を引き起こしうるんだ。

例を挙げよう。信心深い家庭で大事に育てられた女性が、家族の仲がぎくしゃくしていたこと以外に取り立てて理由もなく、継母と父親を次々に手斧で殺害したと聞いたら、そんなのは嘘八百だと言いきれるかい？　それまで妻と口論ひとつしたことのなかった中年の保険外交員が、火かき棒で妻の頭を叩きつぶしたというのはどうだ？　十六歳のおとなしい少女が、継母に腹が立ったという理由で腹ちがいの幼い弟の喉をかき切った事件もあるぞ。信じられないだろう？　どれもたいした動機には思えないだろう？　だが現実にそういう事件は起きているんだ」

「凶暴な人間なら不思議はないだろう」とゴロン署長。

「ところがきみ、われわれとなんら変わらないごく普通の人間なんだ。で、イヴ・ニールのことだが……」

「ほう！　やっとそこへ来たか」

「あのご婦人はね」キンロス博士はゴロン署長の目をまっすぐ見て続けた。「なにか見ているはずなんだ。なにかは私に訊かないでくれ。とにかく、彼女はこの家の誰かが犯人だと知っている」

「だったら、なぜそいつを名指ししないんだ？」

「誰なのかはっきりとは知らないんだろう」

ゴロンは皮肉っぽい笑みを浮かべ、かぶりを振った。

「博士、その意見はさすがに買えないな。それから、きみの唱える心理学はあまり信用する気になれん」

キンロス博士は黄色いメリーランド煙草を箱ごと取りだした。煙草に火をつけてから、ライターをぱちんと閉じ、ゴロン署長をじっと見た。その目つきにゴロンは不安で心がざわめくのを感じた。博士は笑顔だったが、ちっとも嬉しそうには見えず、そこからうかがえるのはなんらかの理論を実証できたという満足感だけだった。博士は煙草を深く吸いこんで、明るい光の下に煙を吐きだした。

「きみから聞いた関係者の証言で、明らかになったことがひとつある」キンロスは催眠術師のような低い抑揚のない声で言った。「ローズ家の一人は、まちがいなくつまらない見え透いた嘘をついている」いったん切って続けた。「どういう嘘なのか教えるから、事件全体をもう一度考え直してみないか？」

ゴロン署長は唇をなめた。

だがゴロンが返事をする前に、ちょうどキンロスが説明しようと指差していた廊下側のドアが突然開いた。現われたのはジャニス・ローズだった。手を目の前にかざし、おそるおそる室内をのぞきこんだ。

彼女にとって、この書斎はいまも見るに堪えない場所なのだ。子供じみたすばしこい視線が机の前の誰もいない回転椅子へ飛んだ。異様な洗剤の匂いに気づいたのだろう、身体がさっと緊張した。それでも静かに室内へ入り、ドアを閉めた。こちらを向いて背景の白いドアに黒い服をくっきりと浮かびあがらせながら、キンロス博士に英語で話しかけた。

「お二人とも、どこへ行かれたのかと思いましたわ」とがめるように言った。「廊下に出たら、いつの間にかふっと――」消えたことを身振りで表わした。

「で、お嬢さん、なにか？」ゴロン署長が用件を促した。

ジャニスはそれを無視して、キンロス博士のほうを向いたままだった。言おうかどうか迷っている様子で、しばらく黙って博士の顔色を探っていたが、再び口を開いたときは若者らしく単刀直入に切りだした。

「わたしたち、イヴに対してつらくあたっていたとお感じになりました？」

キンロスはジャニス嬢にほほえみかけた。

「彼女を毅然とかばっていたあなたは立派でしたよ、ジャニスさん。それにひきかえ、あなたのお兄さんは――」キンロスは感情を表わすまいとしたが、無意識のうちに火が出そうなほど顔がほてり、歯をきつく食いしばっていた。怒りに駆られると決まってこうなるのだ。

「あなたは兄のことをわかっていらっしゃらないのよ」ジャニスは足をどんと踏み鳴らした。

「そうかもしれません」

「トビイはイヴを真剣に愛しています。それに、品行方正さをなによりも重んじるきまじめな性格なんです」

「サンクタ・シンプリシタス！」

「それは〝神聖なる単純さ〟という意味でしょう？」ジャニスはキンロスをまっすぐ見て尋ね

た。いつもの物怖じしない態度を必死に保とうとしていたが、長くは持たなかった。「細かいことをあるだこうだ言うつもりはありません。でも、わたしたち家族の気持ちも少しは考えていただきたいんです。父は——」回転椅子を指差した。

「父は死にました」ジャニスは続けた。「わたしたち家族はそのことで頭がいっぱいなんです。そういうときに、もしあなたが嫌疑をかけられたら、知らんぷりできます？　遺族の心情を考えれば、〝ただの言いがかりだ、放っておこう。わざわざ釈明などするものか〟などと言って済ますわけにはいかないでしょう？　そんなの思いやりに欠けますわ」

客観的に見れば、至極もっともな意見だと認めざるをえなかった。キンロス博士はジャニスにほほえみかけた。温かい励ましのこもった笑顔だった。

「それでわたし、うかがいたいことがあるんです」ジャニスは続けた。「でも、この話はほかの人の耳には入れたくないので、内緒にしていただけますか？」

「もちろんですとも！」ゴロン署長がすばやく口をはさみ、キンロスより先に返事をした。「えっと、マダム・ニールはいまどこに？」

ジャニスは顔を曇らせた。

「兄と二人きりで話しています。母とベン伯父さんが気を利かして席をはずしたんです。わたしがうかがいたいのはイヴのことではなくて、実は——」そこで口ごもり、深呼吸してからキンロスをまっすぐ見て続けた。「さっき先生はうちの母と、父が刑務所の問題に興味を持っていたことを話題になさったでしょう？」

刑務所の問題という言葉が、なぜかキンロスには醜悪に感じられた。

「ええ、それで?」博士は促した。

「あれを聞いていて、思いあたったことがあるんです。覚えてらっしゃるでしょうが、みんなも言っていたとおり、事件のあった日の午後は父の様子が普段とちがっていました。散歩から帰ったときの態度がなんだか変でしたし、急に観劇には行かないと言いだすし、幽霊みたいに青ざめてぶるぶる震えていたんです。それで、先生と母の会話を聞いているうちに、父が前にもあんなふうになったことを急に思い出したんです」

「ほう?」

「八年ほど前のことですが、フィニステールという愛想が良くて口先のうまい老人が父に商談を持ちかけて、お金をだまし取ろうとしたんです。詳しいことはわかりません。わたしはまだ子供でしたし、商売のことにはあまり興味がなかったので。いまもそれは同じです。でも、あのときの騒動はいまでもはっきりと覚えています」

耳に手を当てて注意深く聞き入っていたゴロン署長は、面食らった顔つきだった。

「おもしろそうな話ではありますが、事件といったいどういう……」署長が口をはさむ。

「これから話しますので、どうか待ってください！」ジャニスはキンロス博士に向かって懇願した。「父は人と会っても顔をすぐに忘れてしまうたちでしたが、思いがけないときにふっと思い出すことがありました。そのフィニステールという男と話しているときも——詐欺だとはまだ疑っていなかったと思いますが——彼が本当は誰なのか突然思い出したんです。

フィニステールは本名をマコンクリンという受刑者でした。服役中に仮釈放されると、そのまま刑務所に戻らず行方をくらましていました。じかに会ったことはなかったので、向こうは父の顔に見覚えがなかったのですが、父のほうはその事件に興味を持っていたこともあって、マコンクリンの外見を知っていたんでしょう。そうしたら、本人が目の前にひょっこり現われたというわけなんです。

フィニステールと名乗るマコンクリンは正体を見破られたと気づいたとたん、どうか警察には突きださないでくれと父に泣きつきました。金は返す、妻子に免じて見逃してくれ、刑務所へ送り返さないでくれるならなんでもする、と言って。母が言うには、父は真っ青になって二階へ上がり、気分が悪かったのか、しばらくバスルームから出てこなかったそうです。父がそこまで動揺したのは、犯罪者を刑務所に閉じこめるのが大嫌いだったからです。でもだからといって、悪人を野放しにしていいと思っていたわけではありません。許しがたい非道なことをしたら、たとえ家族の者でも刑務所へ送りこんだでしょう」

ジャニスはここで言葉を切った。

早口で休みなくしゃべり続けたせいで、唇が乾いたのだろう。骨董品陳列棚の陰に父親の姿を探すかのように室内を見まわしてから、続きを語った。

「結局、父はフィニステールにこう言いました。〝二十四時間の猶予を与えるから、そのあいだにどこへでも逃げるがいい。ただしそれを過ぎたら、おまえが逃げていようがいまいが、現在どういう名前でどういう暮らしをしているかをすべてロンドン警視庁に通報する〟そして、実際そのとおりにしました。フィニステールはつかまって、獄中で死にました。母の話では、父はそれから数日間というもの、食事がまったくといっていいほど喉を通らなかったそうです。内心ではその男が嫌いではなかったんですね」

ジャニスは信念のこもった真剣な声で言い添えた。

「陰口をきいたり告げ口をしたりする女は嫌いです。わたしはそういう陰険な女とはちがいます。意地悪を言っているように聞こえたとしても、そんなつもりはこれっぽっちもありません。どうしても頭に浮かんでしまうので、言わずにはいられないだけなんです」再びキンロス博士の目をまっすぐ見た。「イヴは刑務所に入っていたことがあると思いますか?」

第十二章

階下の客間には、イヴとトビイしかいなかった。明かりは鮮やかな黄色のシェードがついたフロアスタンドだけで、しかも部屋の遠い隅にある。相手の顔を見たくない二人にはありがたかった。

イヴはさっきからハンドバッグを探していたが、頭の中がごちゃごちゃしているせいでまだ見つからない。あてもなく歩きまわって、同じところばかり探してしまうのだ。偶然ドアのほうへ行きかけると、トビイが飛んできて目の前に立ちはだかった。

「帰る気じゃないだろうね？」差し迫った口調だった。

「バッグはどこかしら」イヴはうわのそらで答えた。「もう帰らなくては。ドアの前をあけてくださらない？」

「まだ話し合いが済んでないだろう」

「なんの話し合い？」

「警察は――」

「ええ、そうよ、警察はもうじきわたしを逮捕するわ。だからうちに帰って、身の回り品をまとめておいたほうがいいでしょう？　それくらいのことは警察も許してくれると思うの」

トビイは迷いを浮かべ、片手を上げて額をこすった。正義は貫かれるべきだ。たとえ自己の感情を犠牲にしようとも。そう決心し、殉教者か英雄気取りで顎をぐっと突きだしたが、それがどんなに自意識過剰の思いあがった態度に見えるかにはまるで気づいていない。

「言っておくが、ぼくはきみの味方だよ。それだけは片時も忘れないでほしい」

「まあ、心強いわ」

皮肉だとも知らず、トビイは床を見つめたまま真剣に考えこんだ。

「なにがあろうと、絶対にきみを逮捕させるわけにはいかない。そんなことになったら一大事だ。もっとも、警察がどこまで本気なのかは怪しいけどね。ただのこけおどしかもしれないよ。いずれにせよ、今夜にもイギリス領事のところへ相談に行かなくては。きみが逮捕されたりしたら――うちの銀行が困ったことになる」

「どうして銀行が?」

「きみは事態がよくわかっていないようだね。いいかい、フックソン銀行はイギリス屈指の伝統ある由緒正しい銀行だ。世間の信頼を裏切るようなことは絶対に許されないんだ。それはこれまでにもさんざん言ってきただろう?　だから打てる手は打って、なんとしても体面を保たなくては」

イヴは感情を押し殺して訊いた。

「トビイ、あなたはわたしがお父様を殺したと考えてるの?」

のっぺりとしたトビイの顔に突然狡猾そうな表情がよぎったので、イヴはぎくりとした。これまでの彼からは想像もできなかった本性の一端を垣間見《かいまみ》た思いだった。

「きみは誰も殺してなんかいない」トビイは浮かない顔で答えた。「なにもかもきみのところのメイドが仕組んだことだ。そうにちがいない。あの女は——」

「なんなの、トビイ？　うちのメイドがどうしたの？」

「いや、なんでもない」トビイは息を深々と吸いこんだ。「それより、なんだかやりきれないよ」愚痴っぽい口調に変わった。「ぼくらは仲良くやっていたし、万事順調だったじゃないか。それなのに、どうしてまたアトウッドになんかなびいたんだい？」

「本気でそんなことを信じてるの？」

トビイは苦悶の色を浮かべた。

「だったら、代わりになにを信じればいいのか教えてもらいたいな。さあ、正直に話してくれよ。ぼくはね、ジャニスからしょっちゅう考え方が古くさいとからかわれるが、本当はそうじゃないんだ。なんて寛大なんだろうと我ながら感心するくらいだよ。出会う前のきみがどんな暮らしをしていたか、ぼくにはまったくわからない。だからこの際はっきり知っておきたいんだ。そのうえできみを許し、きれいさっぱり水に流そうじゃないか」

イヴは立ち止まり、トビイを無言で見つめた。

「ああ、いまいましい！」トビイはいきり立った。「男には理想ってものがあるんだよ、理想が！　結婚しようと思う相手に、自分の理想に沿った生き方を望むのは当然じゃないか」

イヴはようやくハンドバッグを見つけた。目につきやすいテーブルに、はっきり見える状態で置いてあった。そのあたりは何度も探しまわったのに、なぜ気づかなかったのか不思議でならなかった。手に取って蓋を開け、なにげなく中をのぞいた。そのあとドアに向かって歩きだした。

「そこをどいてちょうだい。帰りたいの」

「だめだよ、まだ。いま外へ出ていったら、警官と鉢合わせするかもしれないだろう？　新聞記者の連中が手ぐすね引いて待ってる可能性もある。いまのきみはなにをしゃべりだすかわからないからね」

「フックソン銀行に迷惑がかかると言いたいの？」

「なあ、つまらないことにこだわるのはよさないか？　いいかいイヴ、こういうときはもっと現実的に考えないといけないんだよ。女の人にはわからないだろうけどね」

「もう夕食の時間だわ」

「だけどぼくは――うん、これだけはきちんと言っておこう。本当はフックソン銀行のことなんかどうでもいいんだ。もっと大事なことについて、どうしても確信がほしい。ぼくはきみに対して誠実に接してきた。だからきみもぼくに対して誠実でいてくれるね？　アトウッドとよりを戻したわけではないんだろう？」

「ちがうわ」

「信じられないな」

「だったら、同じ質問を何度も繰り返すことないでしょう？　早くそこをどいてくださらな

本心なら」トビイは憤然として横柄に腕組みをした。「それがきみの
い？」

「ああ、わかったよ、いいだろう」トビイは片側に寄って道をあけたが、用心深くてみみっちい慇懃無礼な態度で、顎をつんと上に向けている。イヴはためらった。トビイを愛していたし、こういう場合でなかったら、納得してくれるまでじっくり話をしただろう。でもいまは無理だ。トビイからめらめらと燃えあがりそうな苦悩が伝わってきたが、イヴはそれを払いのけ、彼の前を小走りに通り過ぎて廊下へ出た。後ろでドアが閉まった。

玄関ホールの明るい光に、一瞬目がくらんだ。目が慣れると、ベン伯父さんが咳払いしながら近づいてくるのが見えた。

「おや、お帰りかな？」ベン伯父さんは言った。

（この人もなの？　この人もわたしを信じてくれないの？　ああ、神様！」イヴは内心すがる思いだった。）

ベン伯父さんは人目を避けて同情の言葉をかけに来たとでもいうように、どこか気恥ずかしげだった。片方の手で白髪交じりの頭をかき、もう片方の手でくしゃくしゃの封筒らしきものをもてあそんでいる。

「そうそう、忘れるところだった」急いでつけ加えた。「あなたに手紙が来ていたよ」

「わたしに？」

ベン伯父さんは玄関のほうへうなずいてみせた。「十分ほど前、郵便受けに入っているのを見つけてね。誰かが直接届けに来たようだ。あなた宛《あて》だから渡しておこう」穏やかな薄青色の目がイヴにまっすぐ向けられた。「大事な手紙かもしれないよ」

イヴは大事かどうかなどどうでもよかったので、封筒の宛名を一瞥《いちべつ》しただけでハンドバッグに無造作に突っこんだ。ベン伯父さんは空のパイプをくわえ、耳障りな音で吸っていた。話を切りだす勇気を振りしぼろうとしているらしい。

「私はこの家ではあまり役に立たない人間だが――」彼はだしぬけに言った。「あなたの味方だからね」

「ありがとうございます」

「いついかなるときでもだ」ベン伯父さんはそう言ってイヴの腕に触れようとした。イヴがはっと身をすくめると、ベン伯父さんは顔面を殴られたかのように唖然とした。「どうかしたのかね?」

「いいえ、ごめんなさい!」

「あの手袋のときもそうだったね」

「手袋?」

「ほら」ベン伯父さんは再び穏やかなまなざしを向けた。「私が車を運転したときにはめていた茶色の手袋だよ。あのときはなぜあんなにびっくりしたんだね? ずっと気になっていたんだよ」

イヴは背を向けて走り去った。

通りに出ると、あたりは暗くなっていた。春に比べて、九月の夕べはすがすがしく柔らかだ。栗の木立のあいだで街灯が青白く輝いている。ボヌール荘の部屋が息苦しかったので、外の空気がなおさら自由で軽やかに感じられた。だが自由な世界というのはそう長くは続かない気がした。

茶色の手袋。茶色の手袋。茶色の手袋。

門から出て、塀の陰で立ち止まった。一人きりになりたかった。いっそ箱の中にでも閉じこもってしまいたい。遠回しな言い方や探るような目つきから逃れて、闇の奥深く潜りたい。ばかなわたし、と内心でつぶやいた。どうして本当のことを言わなかったの？　見たままを話せばよかったのに。あの家にいる茶色の手袋をはめていた人間は、実は邪悪きわまりない偽善者だと言ってしまえばよかったのに。でも、できなかった。言葉が出てこなかった。なぜだろう。ローズ家への遠慮？　よけいなことを言ったら、あの人たちに邪険にされるのではないかと恐れているの？　それとも、トビイへの義理立て？　欠点はあるけれど、正直でまっすぐな心の人だから――

いいえ、あの一家にはなんの義理もないわ。そうでしょう、イヴ・ニール？　ひとかけらもないはずよ、いまとなってはもう。

悲しいふりをしたそら涙を流す人間には胸が悪くなるほど嫌悪感を覚える。もちろんローズ家全員が悪いわけじゃない。一人を除けば、みんなわたしと同じようにショックを受け、不安においのいている。でもあの中の一人だけは、お茶でもいれるように冷然と殺人を犯しておいて、わたしを槍玉に挙げたのだ。

しかも、よくよく考えるとこれが一番腹立たしいのだが、ローズ家の人たちはわたしを娼婦もどきの女だと半分疑いながら、それでも温かく迎え入れる寛大な心の持ち主だとばかりに恩着せがましい態度を取る。非難するほどのことではないかもしれないし、あの人たちだって動転しているのだから、大目に見るべきだとはわかっているけれど、ああいうおためごかしにはどうしても我慢ならない。

でも、いまはそれどころじゃないんだわ。

わたしは本当に刑務所行きなの？

こんなことになるなんて、信じられない！

今日、偶然にせよ意図的にせよ、ほっとした気持ちにさせてくれた人は二人だけだった。一人は厄介者で放蕩児のネッド・アトウッド。親切の押し売りなどせず、倒れる前にわたしをかばおうと嘘をついてくれた。もう一人はさっき会ったばかりの博士。名前は忘れてしまったし、どんな外見だったかもはっきりとは思い出せないけれど、表情はよく覚えている。黒く光る目に、偽善を憎む強い意思をたたえていた。博士の鋭い声がローズ家の客間に響き渡ると、まるで知恵の剣をふるったかのように、ごまかしは泡と消え、化けの皮は鮮やかに引きはがされた。

ただし、ネッド・アトウッドがありのままの真実を話していようと、警察がそれを信じるかどうかは別の問題だ。

ネッドは怪我をして意識不明に陥っている。「快復の見込みはほとんどない」という話だった。自分の窮地に気を取られて、ネッドのことをすっかり忘れていた。ローズ家に気兼ねしないで、思いきってネッドに会いにいけば、突破口が見つかるだろうか？　いまの彼には電話をかけることも、手紙を書くことも――

そうだわ、手紙といえば――

アンジュ街の涼しい木陰に立ったまま、イヴはハンドバッグを開けて、しわだらけの封筒を見つめた。

それからしっかりした歩調で通りを渡り、自宅の門に近い街灯の下で立ち止まった。よく調べると、灰色の封筒は封がされていて、表側にイヴの名前がフランス風の書体で小さく書かれていた。郵便局を通さずに、宛名の人物の家とはちがうよその家の郵便受けに入れていったものだ。見たところ普通の封筒で、不審な点はなかったし、不吉な感じもしなかった。にもかかわらず、イヴの胸は鈍く荒々しい鼓動を刻み、開封するときは喉のあたりに熱い緊張がこみあげた。中に入っていたのは、フランス語で書かれた短い手紙だった。署名はない。

『いまの窮地を脱するために役立つ情報がほしければ、今夜十時以降にアルプ街十七番地を訪ねてください。ドアは開いています。ご自由に中へどうぞ』

頭上で木の葉がさらさらと鳴り、その影が灰色の便箋の上で踊った。

イヴは顔を上げた。目の前の自宅では、暇を取っている料理人の代わりにメイドのイヴェットが夕食を用意して待っているはずだ。イヴは手紙を折りたたんでハンドバッグにしまった。呼び鈴に手を触れようとしたとたん内側からドアが開き、イヴェットが相変わらずにこりともしないで現われた。

「奥様、夕食の支度ができてますよ。三十分も前から」

「ほしくないわ」

「いけませんよ、召しあがらないと。しっかり体力をつけておきませんとね」

「なぜ？」

イヴはイヴェットの横をかすめるようにして中へ入り、時計や鏡で飾られた、広くはないがきらびやかな玄関ホールを通り抜けた。階段の下まで行くと、すばやく振り返ってメイドを見た。この家にイヴェットと二人きりでいることをこれほど強く意識したのは初めてだった。

「答えて。なぜなの？」イヴは同じ質問を繰り返した。

「あら、だって奥様」衝突をかわそうとするつもりか、意外にもイヴェットは愛想良く答えた。目をぱっちりと開けて、レスラー顔負けの筋骨たくましい手を腰に当てている。「元気で暮らすには誰だって体力が必要ですからねえ」

「サー・モーリスが亡くなった晩、わたしを家から閉めだしたのはなぜ？」

時計の音が耳に響いてくるほどの静寂。

「は？」

「聞こえたはずよ」

「聞こえましたけど、なにをおっしゃってるのかさっぱり」

「警官にわたしのことをなんて告げ口したの?」イヴは詰問した。心臓が締めつけられるように感じられ、頬がほてってくるのがわかった。

「は?」

「わたしの白いレースの部屋着がクリーニングから戻ってこないのはなぜ?」

「奥様、そんなことわたしに訊かれたってわかりませんよ! いつまでたっても戻ってこないってことはたまにあるんです。それより奥様、夕食はいつ召しあがるんです?」

勝負がつかないまま対決は途中で打ち切られ、サー・モーリス・ローズが集めていた磁器の皿のように砕け散った。

「いらないと言ったでしょう」イヴは階段の一段目に足をかけながら言った。「もう寝室へ上がるわ」

「サンドイッチでもお持ちしましょうか?」

「そうね。コーヒーもお願い」

「はい、奥様。今夜はまたお出かけになるんですか?」

「ええ、たぶん。まだわからないけれど」

イヴは階段を駆けあがった。

寝室に入ると、ダマスク織のカーテンが下りて、化粧テーブルの上の明かりが点灯していた。

イヴはドアを閉めた。息が乱れていた。胸にぽっかりと大きな穴があいてしまったようで、心臓の鼓動も弱々しい。膝はがくがくと震え、頭から血が引いて顔だけがやけにほてっている。安楽椅子にくずおれるように座り、なんとか気持ちを落ち着けようとした。

アルプ街十七番地。アルプ街十七番地。アルプ街十七番地。

寝室には時計がなかった。そっと廊下に出て、客用の寝室へ時計を取りにいった。かちこち鳴る音が時限爆弾のようで怖くなった。時計を寝室のたんすに置いてから、浴室へ手と顔を洗いにいった。戻ったときには、サイドテーブルの上にサンドイッチの皿とコーヒーの入ったポットがきちんと並べてあった。サンドイッチには手をつけなかったが、コーヒーは飲んだ。煙草を立て続けにふかしながら時計をにらんでいると、針は八時半から九時、そして九時半へと這うようにじりじり動き、十時に迫ろうとした。

前に一度、パリで殺人事件の裁判を傍聴したことがあった。おもしろそうだから見物しようとネッドに誘われたのだ。実際に見てなにより驚いたのは、怒声が激しく飛び交っていたことだった。検事はもちろんのこと、胸当てをつけて平たい帽子をかぶった判事たちまでもが、被告に向かって本当のことを白状しろとよってたかって怒鳴りつけていたのだ。

そのときは外国の不愉快な茶番劇くらいにしか思わなかった。けれどもいまの状況だと、垢じみた顔のみすぼらしい男が黒く汚れた爪の指で被告席の手すりをつかみ、検事や判事に金切り声でわめき返していた姿は、イヴにとって笑い事ではなくなってきた。被告の男が入廷するとき、ドアで二つの錠ががちゃんと鳴って、向こうの通路からクレオソートの匂いが流れこんできた。その匂いは鮮明な記憶としてよみがえり、これから起こることを暗示しているかのようだった。そんな空想に浸っていたせいで、イヴは下の通りの騒ぎに気づかなかった。

だが玄関の呼び鈴の音には気づいた。

階下からつぶやくような低い声が聞こえてきた。続いて絨毯を敷いた階段にくぐもった足音が響いた。イヴェットだ。普段とは打って変わって足早にのぼってくる。彼女は寝室のドアをノックして、かしこまった態度で入ってきた。

「奥様、警察の方が大勢おみえですよ」任務をうまく果たしたと言わんばかりの満足感あふれる口調で、さも嬉しそうだった。イヴは緊張で口が渇いた。「すぐに下りていらっしゃると伝えましょうか？」

イヴェットの声は言い終わったあともイヴの耳にわんわん響いていた。

「表の客間にお通しして」イヴは気がつくとそう答えていた。「すぐ行くわ」

「はい、奥様」

ドアが閉まるなり、イヴはぱっと立ちあがった。衣裳だんすから毛皮の短いストールを出して、肩にしっかりと巻きつけた。ハンドバッグの中にお金があるのを確かめると、電気を消して静かに廊下へ出た。

ゆるんでいる絨毯押さえを踏まないよう気をつけ、階段を音もなく軽やかに駆け下りた。イヴェットの行動をひとつひとつ予想し、時間を見積もる。さっきと同じ低い話し声が、いまは表の客間から聞こえてくる。細く開いたドアの隙間から、警官を手振りで椅子へ案内するイヴエットの後ろ姿が見える。警官の目と口ひげが片方ずつ視界に入ったが、向こうからはこちらが見えなかったはずだ。二秒後、イヴは暗いダイニングルームからもっと暗い台所へ移動した。

先日と同様、裏口のドアのスプリング錠をはずした。今回は外に出てからドアをぴったりと閉じた。夜露に濡れた裏庭へ通じる踏み段を上がると、灯台の光が頭上の空を駆け抜けた。小走りに裏門を出て、路地へ入った。そして三分後には――近所の庭に鎖でつながれている気の立った犬に吠えられたときはひやりとしたが――堂々と横たわる薄暗いカジノ大通りでタクシーを呼んでいた。

「アルプ街十七番地へ」イヴは運転手に告げた。

第十三章

「ここなの？」

「そうですよ、マダム。アルプ街十七番地です」運転手が答える。

「個人のお宅？」

「いや、店です。花屋ですよ」

どうやらラ・バンドレットの中ではさびれた場所らしく、海岸の遊歩道や道路が目と鼻の先だった。ラ・バンドレットにとっての収入源、いわば金づるであるイギリス人避暑客たちは、この地区を忌み嫌っている。自国のウェストン・スーパー・メアやペイントン、またはフォークストンといった海岸地帯を思い起こさせるのがその理由で、実際に似通っている。

あたりには灰色の狭い路地が複雑に入り組んでいた。日中は土産物屋の派手なのぼり旗がひしめいて、子供用の砂遊び道具や風車が店先に所狭しと並び、黄色い看板を掲げた写真店だの家族向けの飲食店だのが軒を連ねて大いににぎわう。けれども夜は、とりわけ秋が近づくと、通りから灯が消えてひっそりと静まりかえる。イヴを乗せたタクシーは、背の高い家々のあいだを縫う曲がりくねった道にのみこまれていった。やがて明かりの消えた一軒の店の前でタクシーが停まると、イヴは急に降りるのが怖くなった。

座ったまま半開きのドアに手をかけ、メーター・ランプの弱い光に照らされた運転手の顔を見つめた。

「花屋？」

「ええ、まちがいないですよ」運転手は薄暗いショーウインドーに白いエナメル塗料で描かれた文字を指差し、声に出して読んだ。「〈天国の園〉〝特選生花そろえております〟とありますからね。もう閉まってるようですが」と親切につけ加えた。

「そうね」

「別のところへ行きますか？」

「いえ、ここでいいわ」イヴは車の外に出たものの、その場でぐずぐずしていた。「オーナーは誰なのか、ご存じ？」

「ああ、店の所有者ってことですね」運転手は少しのあいだ考えこんだ。「さあ、誰だろうな。わかりませんね。店をやってる人のことはよく知ってますがね。マドモワゼル・ラトゥールですよ。みんなからプルーさんと呼ばれてます。品のいい若い娘さんでしてね」

「ラトゥール？」

「そうです。おや、気分でも悪いんですか？」

「いいえ。その方にイヴェット・ラトゥールという名前のお姉さんか伯母さんはいないかしら？」

運転手はイヴをまじまじと見た。

「まいったな、それは無理な注文ってもんですよ！　あいにくとそこまでは知りませんね。知ってるのは、きれいできちんとしたお嬢さんがやってる、きれいできちんとした店だってことだけですよ」薄暗がりで、運転手の目に好奇心がありありと浮かんでいるのがわかった。「マダム、なんだったらここで待ってましょうか？」

「いいえ。あ、でも、やっぱり待っててもらおうかしら」

イヴはほかにも訊きたいことがあったが、やめておいた。さっと身をひるがえし、花屋に向かって足早に歩道を横切っていった。

イヴの後ろ姿を見送りながら、運転手のマルセル老人は能天気にこんなことを考えていた。こりゃ、驚いた！　たいしたべっぴんさんだな。どこから見てもありゃイギリス人だぞ。てことは、もしかするとプルーさんがあのべっぴんさんの彼氏とねんごろになっちまって、それで仕返しに来たのかもしれんな。だとすると、早いとこ逃げたほうがいいんじゃないか？　巻き添えを食うのはごめんだからな。硫酸のぶっかけ合いにでもなったらえらいことだ。いや、よく考えてみたら、イギリス人はそういうことはやらんだろう。わりと短気ではあるがな。前に酔っ払った亭主に向かって文句を言い散らかしてる奥方がいたっけ。よし、なんだかおもしろくなりそうだから、こっちの身に危険が及ばないなら、ひとつ高みの見物といくか。それに、八フラン四十サンチームの運賃をまだ払ってもらってないしな。

だが、イヴの考えていることはそれほど単純ではなかった。

店のドアの前で足を止めた。横にあるきれいに磨かれたガラスのショーウインドーをのぞいたが、中の様子はほとんどわからなかった。暗い屋根の上に月が半分顔をのぞかせていたが、その光がガラスに反射しているせいで奥が見えにくいのだ。

『今夜十時以降に……ドアは開いています。ご自由に中へどうぞ』

ノブを回すと、ドアが開いた。ぐっと押し開け、頭上でベルが鳴るのを予想して身構えた。だがなんの音もしなかった。しんとして真っ暗だった。これからどうなるのか不安でたまらなかったが、外でタクシーが待ってくれているのだからと自分を励まし、ドアを大きく開け放ったまま中へ入った。

まだなにも起こらない……

ひんやりとして湿り気のある、かぐわしい香りに包まれた。大きな店ではないようだ。右手の窓のそばに、布の覆いをかけた鳥かごが低い天井から鎖で吊るしてある。床まで射しこんでいる月光が、花で飾り立てた部屋をおぼろに照らし、葬式用の花輪の影を一方の壁に投げかけている。

水で薄めたのかと思うほど湿った花の香りが混ざり合う中、イヴはカウンターとレジの横を通り過ぎていった。すると、前方に黄色い光が一筋見えた。奥の部屋に通じる入口に仕切りのカーテンが下がっていて、その裾から光が床に漏れていたのだ。と、そのとき、カーテンの向こうから若い女性のはずむような声が飛んできた。

「どなた?」フランス語だった。

イヴは前に進んで、カーテンを引き開けた。

目の前の光景を一言で表わすならば、〝家庭的〟という言葉がふさわしかった。家庭的な雰囲気が泉のようにこんこんと湧きでている感じだった。そこは居心地のよさそうな小さな居間で、壁紙のデザインはあまりぱっとしないが、飾り気のないぬくもりを醸していた。

暖炉の上には鏡を取り囲むようにして小さな木の棚がいくつも並び、炉格子の中ではフランス人が弾丸と呼ぶ丸い石炭があかあかと燃えている。センターテーブルにはシェードの裾に房飾りのついた卓上ランプが置かれ、人形が座っているソファもある。ピアノの上へ目を向けると、壁にフレーム入りの家族写真がかかっていた。

卓上ランプのそばの安楽椅子に、プルー嬢がくつろいだ様子で座っていた。イヴにとっては初対面の相手だったが、ゴロン署長やキンロス博士なら彼女の顔に見覚えがあると気づいただろう。あかぬけた趣味のいい服を着て、しかもよく似合っている。おっとりとした大きな黒い目がイヴを下から見あげた。かたわらのテーブルに裁縫用バスケットが置いてある。プルー嬢はちょうどピンクのガーターベルトの縫い目をつくろい終え、あまった糸を歯で切り離そうとしているところだった。その姿は温かみのある光景にひときわ濃いくつろぎの色を添えていた。

プルー嬢と向かい合う椅子に、トビイ・ローズが座っていた。

裁縫道具とガーターベルトを置くと、プルー嬢は立ちあがってイヴを迎えた。

「あら、マダム!」歯切れのいい口調だった。「手紙が届いたんですね? よかったわ。さあ、どうぞお入りになって」

　長い沈黙がおりた。

　我ながら嘆かわしいことに、イヴはなによりもまずトビイを面と向かってあざ笑いたくなった。だがこれは笑い事ではない。笑って済ますわけにはいかない事態だ。

　トビイは座った姿勢で硬直していた。まるで蛇ににらまれた蛙のようにイヴを見つめ返し、視線をそらせなくなっていた。顔がだんだん鈍い赤に染まり、いまにも破裂しそうな色に変わった。彼がいま考えていることは、誰にでも容易に読み取れるはずだ。顔のしわ一本一本に痛痛しいほどくっきりと表われているのだから。そんな彼の姿を見て、かわいそうだと思わない者はどこにもいないだろう。

　イヴは内心でつぶやいた。いまの自分はきっと、いつ取り乱すかわからない状態でしょうね。でもまだ早いわ。もう少し我慢して。

「あなたが――あの手紙を書いたの？」イヴは無意識にそう訊いていた。

「ごめんなさいね、マダム」プルーは気遣わしげな笑みを浮かべ、すまなそうに答えた。「でも、こうするしかなかったんです」

　プルーはトビイに近寄って、おざなりな感じで額にキスした。

「もうずいぶん長いおつきあいなのに、トビイったらなかなかわたしの気持ちをわかってくれないんです。だからあなたとお目にかかって、じかにお話ししなければと思って。かまいません？」

「ええ」イヴは答えた。「ぜひともうかがいたいわ」

プルーの愛らしい顔に落ち着きが戻り、自信がみなぎった。

「マダム、初めに断っておきますが、わたしはいかがわしい商売の女ではありません。まっとうな家で生まれ育った堅気の娘です」そう言ってピアノの上の家族写真を指差した。「あそこに写っているのは父と母、それから伯父のアルセーヌに姉のイヴェットです。わたし、ときどき無性に心細くなって……どんな女でも人間らしい扱いを受けるのが当然じゃありませんこと?」

イヴはトビイを見やった。

トビイは立ちあがりかけて、また腰を下ろした。

「マダム、これだけは言わせてください」プルーは続けた。「わたしはローズさんが交際を真剣に考えていて、結婚してくれるものとばかり思っていました。そうに決まっていると無邪気に信じていたんです。それなのに、突然あなたと婚約してしまうなんて! ひどい、ひどすぎる。絶対にいやです!」次第に辛辣な非難がましい口調になっていく。「あなたの意見をぜひうかがいたいわ。そんなのまちがっていると思いません? 不公平でしょう? 恥ずべき行為なんじゃありません?」

プルーはいらだたしげに肩をすくめ、なおもまくし立てた。

「そういう男っているんですね! 姉のイヴェットはかんかんに怒ってますわ。この結婚はなにがなんでも壊して、トビイをわたしのもとへ帰らせてみせると意気込んでいるんです」

「それは本当？」イヴはいろいろなことがいっぺんに腑に落ちた。

「でも、わたしはそんなこと望んでいません。逃げる相手をしつこく追いかけまわすなんて、まっぴらごめんです！　トビイに冷たくされたところで、世の中には男がほかにいくらでもいるんですから。ただし、いままでわたしの時間と心をいたずらにもてあそんだことについては償っていただきたいの。当然でしょう？」

　トビイがようやく口をきいた。

「きみはイヴに手紙を……」うつろな声だった。

　プルーはうわべの笑みを向けただけで、トビイの言葉はあからさまに無視した。大事な交渉相手はイヴなのだ。

「きちんと慰謝料を払ってほしいって彼にお願いしたんです。そうすれば、あとくされなく別れられるからって。彼には幸せになってもらいたいし、心から結婚を祝福したいもの。ところがこの人は、懐具合が苦しいと言ってはぐらかしてばかり」

　それをどんなにいまいましく思っているかは、目つきが明確に物語っていた。

「そんな矢先、お父様がお亡くなりになりました。本当にお気の毒だったわ」表情からすると、本心から出た言葉らしい。「だから一週間ほどは、この人に会ってもお悔やみを言うだけで、なるべくそっとしておいてあげたんです。彼のほうも、自分は長男だから、父の遺産が入れば悪いようにはしないと言ってくれました。それなのに、どうでしょう！　昨日になって急に、父の事業は財政状態がひどくて、お金はほとんど残ってないなんて言いだすんです。しかも、この近所のヴェイユさんという美術商から、壊れたかぎ煙草入れの代金をしつこく請求されているんだとか。その金額が七十五万フランだと聞いたときは自分の耳を疑いましたわ」

「その手紙は……」トビイがまた言いかける。

それでもプルーはイヴのほうを向いたままだ。

「ええ、わたしが書きました。イヴェット姉さんには黙って。わたしの一存でやったことです」

「どうしてわたしに手紙を？」イヴは尋ねた。

「訊かないとおわかりになりませんの、マダム？」

「ええ、わからないわ」

「敏感な方なら、ぴんと来てもよさそうなものなのに」プルーは口をとがらせ、つっけんどんに言った。それからトビイのかたわらへ行き、彼の髪を撫でた。「わたし、この人がいとおしくてたまらないんです」

当の紳士は弾かれたように立ちあがった。

「それに、正直言ってわたしにはお金がありません」プルーはバレリーナのように爪先立ちでバランスを取りながら、暖炉の上の鏡に映る自分を満足そうに眺めた。「だから、こんなふうにおしゃれしてるのは、身分不相応だとお思いでしょうね」

「本当におしゃれね」

「ねえマダム、あなたはお金持ちなんでしょう？　世間の人たちがみんなそう言ってますわ。敏感で、心が繊細な方なら、くどくど説明しなくても察してくださるんじゃないかしら？」

「さあ、わたしにはよく……」

「あなたはわたしの大切なトビイと結婚したいんでしょう？　さんざんもてあそばれたあげく、おもちゃみたいに捨てられたら、こっちはたまりませんわ。あんまりみじめです。もちろん、わたしは一人でも立派に生きていけますし、他人の邪魔をするつもりはさらさらありません。でもこういう事情ですから、現実的に対処したほうがいいと思うんです。つまり、マダムがわたしに対してそれ相応の償いを約束してくださるなら、問題はきれいさっぱり片付くんです」

またしても長い沈黙になった。

「なにがおかしいんですの？」プルーがさっきとはがらりと変わって、イヴをとげとげしい口調で責めた。

「あら、ごめんなさい。でも笑ったわけじゃないのよ。嘘じゃないわ。座ってもいいかしら？」

「ええ、もちろんです。失礼しました。わたしったら椅子も勧めないで。さあ、ここへどうぞ。トビイのお気に入りの椅子なんです」

ここに来ているのを婚約者に見つかって、やましいやら恥ずかしいやらで真っ赤になっていたトビイは、もう普段の顔色に戻っていた。さっきまでは動揺のあまり十五ラウンドを戦い終えたボクサーみたいに目がどんよりと曇り、思わず背中を叩いて、しっかりしろと励ましたくなるようなありさまだったが、いまはそんなところはみじんもなかった。

まだ身体はこわばっているものの、彼の胸では怒りが噴出し、頭は独りよがりな考えで占められていた。好むと好まざるとにかかわらず、持って生まれた性分というのはずっと変わらない。自分が厄介な立場に追いこまれたものだから、誰でもいいからほかの人間に八つ当たりしたくなったのだ。

「出ていけよ」トビイはプルーに言い放った。

「えっ?」

「出ていけと言っただろう!」

「トビイ、お忘れじゃない?」イヴの声はトビイが目をぱちくりさせるほど冷ややかに突き刺さった。「ここはラトゥールさんのお宅なのよ」

「誰の家だろうと関係ない。ぼくは……」

両手を髪に突っこんで、左右から頭をぎゅっと押さえたあと、トビイはかろうじて自制心を取り戻したようだった。荒い息づかいで、上半身をまっすぐに起こした。

「出ていってくれないか」今度は懇願口調だった。「頼むから、はずしてくれ。イヴと二人きりで話したいんだ」

プルーの顔から不安の影が消え、大きく息を吸いこんだあと同情に満ちた表情に変わった。

「わかったわ、いいわよ」彼女は明るく言った。「マダムのほうも慰謝料のことで相談なさりたいでしょうし」

「ええ、まあ」とイヴ。

「わたし、こう見えても気は小さいほうなんです」プルーは言った。「マダムがすんなり頼みを聞き入れてくださって、ほっとしました。本当は心配でたまらなかったんですもの。それじや、行きますね。外ではなく二階ですけれど。なにか用があったら、そこにある箒で天井を突いてください。すぐに下りてきますから。では、ごきげんよう、マダム。さようなら、トビイ」

テーブルの上のガーターベルトや裁縫道具をかき集めると、プルーは居間の奥のドアへ向かい、目や口もとの愛らしさを見せびらかすような笑顔で軽く一礼してからドアを開けた。なにかの花の香りがすっと流れこんできた直後、ドアは静かに閉まった。

イヴはテーブルの脇の安楽椅子に腰を下ろした。一言も口をきかなかった。

トビイはそわそわしていた。イヴから離れて、マントルピースに肘をついた。花屋の奥の静かな隠れ家が荒れ狂う雷と嵐の真っ只中にあることは、トビイ・ローズより鈍感な人間でも気づいただろう。

いまイヴが置かれているような状況を経験した女性はめったにいないはずだ。心にこれほどの痛手を負わされたのだから、いったいどうしてくれるのよとわめき散らしても不思議はなかった。もしも第三者がこのこぢんまりした居間に二人きりでいるトビイとイヴを見たら、きっとイヴに声援を送り、相手の男をこてんぱんにやっつけてしまえとはやし立てただろう。

沈黙はまだ続いていた。トビイはマントルピースに肘をついて顎を襟にうずめ、口ひげをしきりとひねりながら、ときおり横目でイヴの顔をうかがっていた。

やがて、イヴはそっけなく言った。

「話があるならどうぞ」

第十四章

「なあ、イヴ、今回のことは本当に申し訳ないと思ってるんだ」トビイは前触れもなく、いつもの朴訥《ぼくとつ》とした言い方で詫びた。

「そう」

「きみにこんな思いをさせてしまって、残念でならないよ」

「それより銀行に知られやしないか心配でしょう?」

トビイは考えこんだ。

「いや、だいじょうぶだろう」そう請け合ってから、安堵の色がいっぱいに広がる顔でイヴを見つめ返した。「きみ、本気でそれを心配していたのかい?」

「ええ、まあ」

「だいじょうぶだよ、本当に心配いらないから」トビイは真剣に言った。「もちろん、ぼくも最初は不安に思ったが、きみが表沙汰にするようなことがなければ、騒ぎにはならないだろう。そう、肝心なのは表沙汰にしないってことなんだ。世間に騒がれないかぎり、銀行だって私生活にまでは立ち入らないよ。要するに、きみとぼくだけの問題なんだ」トビイは左右をちらりとうかがってから続けた。「実はね、うちの支店長のデュフォーもブーローニュの愛人のもとへ通ってるんだ。本当さ！　銀行では公然の秘密でね。あ、もちろんこれは内緒だよ。あくまでここだけの話だからね」

「ええ、わかってるわ」

トビイは顔を赤らめた。

「イヴ、きみのそういうところが好きだよ」いきなり言いだした。「ものわかりのいいところがね」

「そう？」

「そうだよ」トビイはイヴの視線を避けてしゃべった。「それにしても、こんなことは二人で話し合うべきじゃないね。もともと美しいご婦人に聞かせるような話じゃないし、ましてや相手はきみだ。まあしかし、これでぼくらにとって妨げになるものは消えるんだから、雨降って地固まる、だな」

「そうね。消えると考えていいのよね」

「こういう場合、女はたいていヒステリーを起こすんだが、きみはさすがだよ。この際、正直に打ち明けよう。実を言うと、ここ数週間は苦労のどん底だったんだ。父が亡くなる前からね。ぼくがふさいでいるのは、なんとなくわかってただろう？　なにしろ二階にいるあのあばずれが――」これを聞いてイヴはぎくりとした。「あんな厄介な女は初めてだよ。まったく、どれほど手を焼かされたことか。きみには想像も及ばないくらい大変だったんだ」

「それで」イヴは淡々と訊いた。「話はそれだけ？」

トビイはきょとんとした。

「それだけって?」

イヴ・ニールはこれまで、たしなみのあるおしとやかな女性として周囲から見られてきた。だが彼女は、ランカシャーのルームハルトでやり手と謳われた工場主、ジョー・ニールの娘である。父親譲りの頑固な性格ゆえ、我慢できることはいくらでも我慢するが、我慢できないものは断じて受け入れられないのだ。

プルー嬢の椅子に深くもたれたとき、イヴは室内に霧が立ちこめているように感じた。暖炉の上の鏡にちょうどトビイの後頭部が映っていて、羊毛のようなふわふわした髪の真ん中に六ペンス玉くらいの小さな禿げがあるのがわかった。それを見ているうちに、なぜかイヴの怒りは沸点に達した。

彼女は背中をまっすぐ起こして言った。

「あなたはまだ気づかないの? 自分がどんなに厚かましいか」

まともに非難を浴びて、トビイは泡を食った。まさかという顔で呆然とした。

「わたしに向かって貞淑でいろ、道義をわきまえろとさんざんお説教したうえ、高潔な紳士ぶって二言目には主義やら理想やらを偉そうに唱えてる人が、裏ではどうなのよ。あの女性とはわたしと知り合ってからもずっと続いてたんでしょう? 矛盾を感じなかったわけ?」

トビイは震えあがった。

「なにを言いだすんだ、イヴ! 正気か?」トビイは上司のデュフォー支店長がいまにも現われそうだとばかりに、おびえた目であたりを見まわした。

「正気に決まってるでしょう、いんちき男！」

「きみがそんなはしたない言葉を使うとは思わなかったね」

「それがどうしたのよ。自分のやったことを棚に上げて！」

「ぼくがなにをやったんだ？」トビイは開き直って強気に出た。

「じゃあ、わたしが同じことをやっても許せるのね？　なにもかも水に流せるのね？　まあ、なんてできた方でしょう。さすがはきれいごとばかり並べる偽善者だわ！『デイヴィッド・コパフィールド』に出てくるユーライア・ヒープ顔負けね！　あなたの理想とやらはなんでしたっけ？　この期に及んで、まだ品行方正な好青年を気取るおつもり？」

トビイは動揺を通り越して、あっけにとられていた。完全に度を失っていた。母親と同じ近眼特有の目つきで、まばたきしながらイヴを上目遣いに見ている。

「あのね、きみ、それはまったく次元のちがう話なんだよ」彼は子供に当たり前のことを諭すような、うんざり気味の口調で言った。

「あら、そうかしら？」

「そうだとも」

「どこが、どうちがうの？」

トビイは返答に窮した。まるで惑星系の仕組みや宇宙の構造について、六語以内で簡潔にまとめよとでも命じられたような顔だ。

「いいかい、イヴ、男にはたまに……つい魔がさすことがあるんだよ」

「女にはないと言うの？」トビイはすかさず切り返した。「じゃあ、やっぱりそうだったのか」

「なんのこと？」

「やっぱりきみはアトウッドのやつとよりを戻したんだな」

「そんなこと言ってないでしょう。わたしが言いたかったのは、女にだって――」

「いいや、ない。あるわけないよ」トビイは神をも恐れぬ傲慢な態度でかぶりを振った。「れっきとした淑女には魔がさすなんてことはありえないんだ。そこが男と女のちがいだよ。そんなふうに、はずみでふらふらっとなるような女はまともじゃない。理想の女性としてあがめる価値なんかないってことだ。だからぼくは驚いたんだよ、きみの口からそういう言葉が出たことに。

もう少し本音を言わせてもらっていいかな、イヴ？　きみを傷つけるつもりはないから安心してくれ。感じたままを率直に伝えておきたいだけだ。ぼくはね、今夜は新しいきみを発見した思いだよ。まるで――」

イヴは黙っていた。

暖炉の火とくっつきそうな位置に立っているトビイを、ただ冷静に観察していた。灰色のスーツのふくらはぎが、焦げてくすぶりかけている。あと二、三秒で、足の重心を移しかえたときにでも気づいて、あちっと悲鳴をあげるだろう。そうわかっていても、イヴはまったく動じなかった。

トビイの話をさえぎったのはプルー嬢だった。慌ただしいノックのあと部屋に駆けこんできて、恐縮しながら急いでテーブルに近寄った。

「糸を……別の糸が必要になって」そう言い訳しながら、プルーは裁縫用バスケットの中身を手でかきまわした。一方、トビイはふくらはぎが焼け焦げて、熱さに飛びあがった。そのぶざまな姿を見てイヴの心はゆっくりとはずんだ。

「ねえ、トビイ」プルーが言った。「それからマダム、お願いですからあまり大きな声を出さないでくださいな。うちはまっとうに暮らしている家なんです。ご近所に聞こえたら、なにごとかと思われますわ」

「そんなに大きな声だったかな？」

「ええ、怒鳴り合ってるのかと思うほど。わたしは英語ができないから、内容まではわからなかったけれど、楽しい話には聞こえなかったわ」プルーは赤い木綿糸を探しあてると、持ちあげて明かりにかざした。「まさかあの問題で——慰謝料のことで、もめてるなんてことはないでしょうね？」

「実はそうなのよ」イヴは言った。

「まあ、どうして、マダム？」

「わたしね、あなたの恋人をわざわざお金で買い戻す気にはなれないの」イヴの言い方は、トビイをぽいと捨てたも同然だったので、彼がここでイヴと同じくらい腹を立てたとしても責められないだろう。

「ただし、別のものと引き替えならお金を払ってあげてもいいわ」実業家を父に持つ娘は淡々と話を進めた。「お姉さんのイヴェットに、サー・モーリスが殺された晩、わたしを家から閉めだしたことを警察で証言させてくれれば、ご希望の慰謝料を倍にしてお支払いするわよ」

プルーの顔からわずかに血の気が引き、ピンクの唇と濃いまつげに縁取られた目がより鮮やかに見えた。

「姉がなにをやっているか、わたしは全然知らないんです」

「それじゃ、お姉さんが警察にわたしを逮捕させようとたくらんでいるのもご存じないの？　わたしを厄介払いすれば、ここにいるローズさんが妹と結婚してくれると思っているみたいね」

「そんな！」プルーの声は悲鳴に近かった。

本人の言うとおり、この娘はなにも知らないようだわ、とイヴは思った。

「警察のことなんか気にする必要はないよ」トビイが不機嫌そうに言った。「どうせはったりだ。本気で逮捕するつもりはないだろう」

「それはどうかしら？　ついさっき、警官がうちへぞろぞろと踏みこんできたのよ。きっと逮捕しに来たんだわ。わたしは間一髪で逃げだして、ここへ来たの」

トビイは苦しそうに首のカラーをいじっていた。イヴは英語で話したのだが、プルーのおびえきった様子からすると、どうやらだいたいの意味はつかめたらしい。持っていた糸をしげしげと眺めてからテーブルに放った。

「警官はここに来るんでしょうか？」

「来たとしても驚かないわ」イヴは答えた。

プルーは震える指でバスケットの中をかきまわし、ひとつずつ手に取って念入りに調べてはテーブルに無造作に置いた。幾巻きかの木綿糸、針の入った包み、はさみ。それから、どうしてそんなところに入っているのかわからないが、角製の靴べら。ほかには巻き尺と、指ぬきがからまったヘアネット。

「イヴェットがあんなことをしたのは、ひねくれているせいだと思ってたけれど、実は妹のためだったのね」

「まあ、マダム！」

「だけど無駄よ。彼女の筋書きどおりには行かないわ。ローズさんはあなたと結婚する気はないみたいだから。もっと早く当人の口からはっきり告げるべきだったのにね。それより、わたしはいま命の危険にさらされているの。潔白を証明できるかどうかはあなたのお姉さんにかかっているのよ」

「なんのことかさっぱりわかりません。姉はわたしをばかだと思っているので、なにも話してくれないんです」

「お願い！」イヴは切迫した声で言った。「あなたの姉さんは、あの晩の出来事をなにもかも知っているはずよ。事件が起きたときにわたしがネッド・アトウッドと自分の部屋にいたことを、きっと証言できるわ。警察はたとえネッドの言うことは信じなくても、イヴェットの話なら信じると思うの。わたしを逮捕させようと仕組んだのが、ひとえにあなたのためだとしたら、ここで考え直して——」

イヴは急に口をつぐみ、びっくりして椅子から立ちあがった。裁縫用バスケットはほとんど空っぽになっていた。プルーがたったいまそこから取りだして、つまらなそうにテーブルの上の針や糸のそばにぽとんと落としたのは、安っぽい模造宝石だろうか？　それとも、ひょっとして本物？　四角い透明な小粒の石と、つやつやした小さな青い石とを交互にあしらった古風なネックレスで、金属部分の繊細な模様が美しい。テーブルの上で蛇のようにとぐろを巻き、明かりを反射した石が妖しくまばゆい光を放っている。

「それ、どうしたの？」イヴは尋ねた。

プルーはきょとんとした。

「これですか？　ただの安物ですわ」

「安物？」

「ええ、マダム」

「ダイヤモンドとトルコ石じゃないかしら」イヴがネックレスの端をつまんで持ちあげると、ランプの横でねじれたネックレスが揺れた。「まあ、ランブイエ夫人の首飾りだわ！　もしわたしが正気なら、これはサー・モーリスのコレクションに入っていたものよ。書斎のドアを入ってすぐ左側の陳列棚に飾ってあるのを前に見たわ」

「ダイヤモンドとトルコ石ですって？　まさか、そんなはずありませんわ」プルーの言葉には苦々しさがにじんでいた。「お疑いなら、すぐ近くに美術商のヴェイユさんの家がありますから、そこでお尋ねになってはいかが?」

「そうだね」トビイが不思議そうに口をはさんだ。「しかし、きみはいったいどこでこれを手に入れたんだい?」

プルーは二人の顔を見比べた。

「わたしってばかね。姉さんの言うとおりだわ」意固地な表情で顔をゆがめて言った。「考えが足りないのよね、きっと。ああ、危ない。ここでしくじったら、姉さんに一生許してもらえないわ! あなたたち、どうせ二人で結託して、だまそうとしてるんでしょう? その手には乗るもんですか。もうなにを訊かれても絶対に答えない。わたし――姉さんに電話しなきゃ。失礼!」

居丈高に憤然とまくし立てたあげく、プルーは止める間もなくさっさとドアの向こうに消えた。間もなく店の裏手の階段にハイヒールの靴音が鋭く響いた。イヴはネックレスを置いて訊いた。

「トビイ、あなたが彼女にあげたのね?」

「ちがうよ、冗談じゃない!」

「本当に?」

「ああ、本当だとも」そう言ってトビイはさっと背を向け、鏡の中のイヴに向かって話しかけた。「その証拠に、父のネックレスはなくなっていない」

「えっ？」

「書斎の入口を入って左側の棚に、いまもきちんと収まってるよ。少なくとも一時間前にぼくが家を出たときにはまちがいなくそこにあった。ジャニスに見ろと言われて確かめたんだ」

「トビイ」イヴは言った。「茶色の手袋をはめていたのは誰なの？」

斑点状に錆の浮きでた鏡に、トビイの顔が奇妙な具合に映っていた。

「今日の午後、署長さんに話を聞かれたとき、どうしても言えなかったことがあるの」イヴは全身の神経がぴんと張りつめ、臨戦態勢になっているのがわかった。「実はね、ネッド・アトウッドはお父様を殺した犯人をまともに見ているのよ。わたしにもちらりとだけ見えたわ。何者かが、茶色の手袋をはめた人物が、書斎に忍びこんでかぎ煙草入れを粉々にしたうえ、サー・モーリスを殺したの。ネッドはまだ死ぬと決まったわけじゃないでしょう？　もしかしたら助かるかもしれない。意識を取り戻せば――」鏡の中でトビイがわずかに目をそらした。

「見たとおりのことを話してくれるはずよ。トビイ、事件についてわたしが知っていることはたいして多くないの。でも、これだけは言えるわ。正体はまだわからないけれど、犯人はあなたの家族の中にいるのよ。あの優しい人たちの中に」

「嘘だ、でたらめだ」トビイはあまり力のない声で言った。

「そう思いたいなら、どうぞご自由に」

「きみの……きみの男友達はいったいなにを見たんだ？」

イヴは話して聞かせた。

「ゴロン署長の前ではそんな話はしなかったね」トビイは皮肉めかして言った。喉が渇くのか、苦しげにあえいでいた。

「ええ、そうよ。なぜだかわかる？」

「わからないね。ああ、そうか、あの男と仲良くいちゃついてたのを隠したかったから――」

「トビイ、ひっぱたかれたいの？」

「へえ、いよいよ泥仕合が始まるわけだな」

「先に侮辱したのは誰よ？」

「悪かった」トビイは目を閉じ、マントルピースにのせた手をきつく握りしめた。「だけどね、イヴ、きみはわかってないんだよ。ただでさえ精神的にまいってるときに、母や妹が事件に関係してるなんて言われれば、聞き捨てならないよ」

「お母さんや妹さんのことなんて言ってないわ！　わたしはただ、ネッドが証言することになればどんな事実が明かされるか話しただけよ。たぶんイヴェット・ラトゥールもなにか知っているでしょうね。わたし、ばかみたい。いままで警察にさえ黙っていたのは、あなたを傷つけたくなかったからなのよ。あなたは人一倍まじめでお堅い好青年だとばかり思って……」

トビイはかっとなった。

「あの女のことをあてこすってるのか？」怒気のこもった声だ。

「べつにそんなつもりはないわ」

「やきもちを焼いてるんだろう？」意地悪げに尋ねた。

イヴは考えてから答えた。「それが不思議なことに、やきもちを焼く気には全然ならないのよ」急にくすくす笑いだした。「わたしがここへ来たときのあなたの顔、傑作だったわよ。見せてあげたかった。本当ならただの笑い話だけれど、いまのわたしは警察に追われる身で、しかもあなたはそれに対して手をこまねいているだけのようだから、のんきなことを言ってる場合じゃないわね。それに、プルーさんの持っていたこのネックレス……」

店と居間を仕切っているのは茶色の厚いシュニール織のカーテンだった。そのカーテンが不意に誰かの手で引き開けられたかと思うと、イヴの目にゆがんだ笑顔が飛びこんできた。口が自由に動かなくて曲がってしまったような奇妙な笑みだった。それを顔に張りつけて、古びた格子縞のスーツを着た長身の男が帽子を脱ぎながら入ってきた。

「突然お邪魔して申し訳ありません」ダーモット・キンロス博士だった。「そのネックレスを拝見できますか？」

トビイはすばやく振り向いた。

キンロス博士はテーブルに歩み寄って、帽子をそこに置いた。それから無色透明な石と青い石のネックレスを手に取り、ランプの下へ持っていった。まず指先ですっと撫でてみる。次にポケットから宝石鑑定用ルーペを取りだすと、ぎこちない手つきでねじこむように右目にはめ、ネックレスをあらためて細かく調べ始めた。

「うむ」博士は安堵のため息をついた。「よかった。本物の石ではありませんね」

ネックレスを置き、ルーペをポケットにしまった。

イヴはなんとか声をしぼりだした。

「警官も一緒なんですね？　警官が……？」

「ここへ来ているのかとお尋ねになりたいのですか？　いいえ」キンロス博士はにっこり笑った。「実を言うと、私もアルプ街へ来たのは美術商のヴェイユ氏に会うためなんです。これについて本職の意見を聞きたかったものですから」

そう言って博士は内ポケットから薄紙の包みを取りだした。それを開いて、中身を指でつまんで持ちあげると、青い石と無色透明の石が光を受けてきらきらと輝いた。ネックレスがもうひとつ出現したのだ。テーブルの上のネックレスと瓜二つだったので、イヴは凝然と双方を見比べた。

「これは」博士が薄紙に包まれていたほうのネックレスに軽く触れながら言った。「サー・モーリスのコレクションから拝借してきたランブイエ夫人の首飾りです。犯行後、陳列棚の下に落ちているのを発見されました。覚えておいでですか？」

「ええ、それで？」とイヴ。

「そのことがどうも腑に落ちませんでね。これはダイヤモンドもトルコ石も正真正銘の本物です」博士はネックレスを撫でた。「ヴェイユ氏に太鼓判を押してもらってきたばかりです。ところがここに来たら、第二の首飾りが現われた。人造宝石の模造品がね。で、このことから推察されるのは……」

つかの間、博士は虚空にじっと目を凝らした。そのあと我に返ってうなずくと、本物のネックレスを薄紙でていねいに包み直し、ポケットにしまった。

「そろそろ教えてもらえませんかね。いったいなにしに来たんですか？」トビイが喧嘩腰で言った。

「私がお邪魔しているのは貴殿のお宅でしょうか？」

「ぼくがなにを言いたいかはわかっているはずです。だいたい、そういうばかていねいな言い方は気に食わないな。なんだか……」

「なんだか？」

「からかわれてる気分だ！」

博士はイヴのほうを向いた。「偶然、あなたがこの店へ入っていくのを見かけましてね。タクシーの運転手に訊いたら、まだ出てこないと言うし、表のドアが開いたままです。というわけで、失礼して入らせていただきました。もう心配いらないとあなたに伝えてあげたかったんですよ。警察はあなたを逮捕するつもりはありません。目下のところはね」

「でも、うちへ警官が来ましたわ！」

「警察の常套手段ですよ。相手を不安がらせるのが得意なんです。内緒で教えてあげましょう。警察が会いたかったのは、彼らを大歓迎したイヴェット・ラトゥールですよ。あの女傑も、いま頃はこってりと油をしぼられて音《ね》をあげているでしょう。あれに耐えられるフランス人がいるなら、ぜひともお目にかかりたいものだ……おっと、しっかり！　だいじょうぶですか？」

「ええ――だいじょうぶです」

「夕食はお済みですか?」

「あ、いえ、まだです」

「そうだろうと思った。なんとかしないといけませんね。もう十一時をまわっているが、探せばどこかに開いている店があるでしょう。ああ、ところで、友人のゴロン署長ですがね、ローズ家の誰かが嘘をついているとある人物に指摘されたら、気が変わったんですよ」

〝ローズ家〟という不吉な呪文が飛びだすと、その場の空気は一変した。トビイは一歩前に進みでた。

「あなたもこの陰謀に一枚嚙んでいたわけですか」

「陰謀があったことは事実ですよ。貴殿のおっしゃるとおりだ! ただし、私は無関係です」

「ドアの前で盗み聞きしていたんでしょう?」トビイは〝盗み聞き〟の部分を強調した。「なにを聞いたんです? 茶色の手袋のことやなにかも聞いたんですか?」

「はい」

「驚かないんですか?」

「ええ、あいにくと」

トビイは息をはずませ、いまいましげに二人の顔を見た。指は左腕の喪章をいじっている。

「言うまでもないことですが、ぼくは身内の事情を世間にさらすことは望んでいません。で、あなたを良識ある方と見込んでおうかがいしますが、この話を公にしてぼくの顔に泥を塗るようなまねはなさらないでしょうね?」

イヴがなにか言おうとした。

「待った！」トビイはイヴを押しとどめて続けた。「状況証拠が大事なのはよくわかります。しかし、うちの家族が父を殺しただなんて、ばかばかしいにもほどがある。妄言を飛び越して、それこそ陰謀ですよ。しかも、その出所がこともあろうに彼女だとはね！」トビイはイヴに指を突きつけた。「ぼくが心から信頼し、崇敬の念まで抱いていた女性なのに」

彼はなおも続けた。「さっき当人にも言いましたが、ぼくは今夜、新しい彼女を発見した思いです。こんな女だったとは、いままでまったく気づきませんでしたよ！　アトウッドとよりを戻したことを平気で認めるんですからね。反省の色がまったく見られない。おまけに、そのことにちょっと触れられただけで、ぼくの妻になろうという女性にあるまじき不作法な言葉で食ってかかったんです」

話はまだ終わらない。「なぜ彼女はそこまで取り乱したのかって？　プルーのせいですよ、この店の。まったく、しゃくにさわる！　もちろん、ぼくにも非がなかったわけじゃありません。それは認めますよ。だけどね、男というのはたまに別の女にふらっとなることだってあるんです。出来心というか、ほんの軽い気持ちでそうなったんですから、いちいち目くじらを立てるべきじゃないですよ」

トビイはますます語気を強めた。

「ただし、婚約者のいる女性はそうはいきません。たとえなにもなかったとしても、アトウッドのような不埒な野郎を寝室に入れたとなれば、邪推されてもしかたないでしょう？　ぼくは世間で信用のあるまじめな銀行員です。身持ちの悪い妻を持ったなどと後ろ指をさされたくありません。もう婚約を発表しているんですから、ごたごたは困るんです。どんなにこの人を愛していようと、迷惑なものは迷惑ですよ。心を入れ替えてくれると期待して、これまで様子を見守ってきましたが、将来の夫にこんなふうに歯向かうなら、婚約破棄も考えなければなりませんね」

イヴが泣いているのを見て、後ろめたくなったのか、トビイはようやく口をつぐんだ。イヴの涙は怒りと不安に対する反応だったのだが、トビイにはそうとはわからなかった。

「それでも、ぼくはきみのことが好きなんだ」彼は慰めの言葉をつけ加えた。

十秒ほど、二階にいるプルー嬢の泣き声が聞こえてくるほど静寂に包まれた。キンロス博士は息を殺して立っていた。息を吐いただけで、自分が破裂してしまいそうに思えたからだった。彼の脳裏には、叡智《えいち》を培ってくれた過去の煩悶と屈辱が刻みつけられていたが、いまそこを、残忍な殺人者の幻影がふらふらとよぎっていった。

だが博士は落ち着いて、イヴの腕をしっかりとつかんだ。

「ここを出ましょう」穏やかに言った。「あなたはこんなところにいてはいけません」

第十五章

九月のひんやりした空気の中、ピカルディー海岸は日の出を迎えていた。はるかかなたの水平線は朝焼けに染まり、赤いクレヨンで引いたのかと思うほどくっきりと見える。洋上も絵の具箱を水に浸したかのように赤くにじんでいる。やがて太陽が顔を出すと、海面はドーヴァー海峡から吹く風に波立ち、小さな光の粒を躍らせた。

右手にはイギリス海峡が広がり、左手には藪の茂る砂丘が続いている。弧を描く浜辺に沿ってアスファルト道路が伸び、そこをいま無蓋馬車ががらがらと進んでいく。御者台で気長そうな御者が手綱を握り、後ろの座席には二人の客が乗っている。馬車のきしむ音、馬具の鳴る音、そして蹄の音が、がらんどうの朝のうつろな静けさに耳障りな不協和音を響かせた。

海峡を渡ってくる風でイヴ・ニールの髪は乱れ、黒っぽい毛皮のストールにさざ波が立っていた。目の下に疲労がにじみでていても、彼女の笑い声は明るかった。

「驚きましたわ。あなたに促されるまま、気がついたら夜通ししゃべっていましたのね、わたし」

「そうなってしまいましたね」ダーモット・キンロス博士は言った。

御者台のシルクハットをかぶった御者が、振り返らずに無言で肩を耳のあたりまですくめた。

「それはそうと、ここはどこですの？　ラ・バンドレットから五、六マイルは離れているはずですわ！」

そのとおり、とばかりに御者が再び肩をすくめる。

「だいじょうぶ、心配いりませんよ」博士は言った。「それより、気になるのはあなたの話だ」

「あら、そうですの？」

「もう一度、最初から話していただけませんか？　なにも省かずに」

「もう一度？」

今度は御者の肩が耳よりも高く上がって、御者台で曲芸師並みの妙技が披露された。鞭がぴしっと打ち鳴らされると、馬車はにわかに勢いづき、顔を見合わせようとする二人の乗客を跳ねあげながら疾風のごとく駆けだした。

「もう四回もお話ししましたのよ。細かいところまでひとつ残らず——あの晩起きたことはなにもかも。おかげで声が嗄《か》れてしまいましたわ。景色を楽しむ暇もくださいな」イヴは両手で髪を後ろへかきあげた。潮風がしみるのか、灰色の目を潤ませ、哀願するように博士に言った。

「朝食のあとではいけないかしら？」

博士は歓喜に酔いしれていた。

色あせた厚みのある背もたれに身体を預け、関節を曲げたり伸ばしたりして肩の凝りをほぐした。少し頭がくらくらするのは、寝不足のせいだけではなく、ある重大な事実に気づいた結果、それまであまり注意を払わなかった事柄に神経が一気に集中しているせいでもあった。無精ひげが伸びて、自分がむさくるしく見えるのも忘れ、湧き起こる高揚感に意気軒昂としていた。いまなら地球を抱えあげて、ひょいと放り投げることも朝飯前のような気がした。

「そうですね、これ以上あなたを煩わす必要はないかもしれません」キンロス博士は譲歩した。「大事な点はもう明らかなわけですから。実はニールさん、あなたはきわめて重要なことを話してくれたんですよ」

「まあ、どんなことを?」

「犯人は誰か、ということです」キンロスは答えた。

イヴは飛ぶように走るおんぼろ馬車から身を乗りだし、折りたたまれた幌《ほろ》の支柱にもたれかかっていた。

「でも、わたしには誰なのかちっともわかりませんわ!」

「ええ、そうでしょう。だからこそ、あなたの話には価値があるんです。真相に気づいていたら、きっと——」

キンロスはためらいがちにイヴをちらりと見た。

「私は昨日の時点で、うっすらとですが気づき始めていました。自分は誤った方角を向いているのかもしれないと。しかしはっきり悟ったのは、昨夜、〈ルース亭〉でオムレツを食べながらあなたの話を聞いていたときでした」

「キンロス博士、誰なのか教えてください」イヴは言った。

「知ってどうなるんです?」博士は自分の胸に手を置いた。「あなたのここにとって、なにか関係があるんですか？」

「いいえ、ありませんわ。でも、誰のしわざか知りたいんです」

博士はイヴの目をじっと見た。

「あなたには伏せておくことにします」

イヴはじらされている気がして、文句を言いかけたが、キンロス博士の優しい励ましの表情にはっと口をつぐんだ。そこには熱く燃えあがる力を秘めた深い思いやりがこもっていた。

「まあ、お聞きなさい」博士が話を続ける。「私は小説に出てくる名探偵を気取って、最終章であっと驚かせたいわけではありません。心理学者なら誰もが持ちうる至極当然の理由から、そう判断したのです。今回の事件を解く鍵は――」彼は手を伸ばしてイヴの額に触れた。「ここにあります。あなたの頭の中に」

「そんなことを言われても、想像がつきませんわ！」

「でもあなたはちゃんと知っています。知っているのに気づいていないだけですよ。もし私がここで種明かしをしたら、あなたはあのときの出来事を反芻して、きっとよけいな解釈をつけ加えるでしょう。事実を並べ替えてしまうでしょう。そうされてはまずいんですよ、いまはまだ。いいですか、すべてはただ一点にかかっています。あなたが私に語ったとおりの話を、ゴロン署長と予審判事にも細大漏らさず正確に伝えられるか否かで勝負が決まるんです」

イヴは不安げにもじもじした。

「ひとつ例を挙げましょう」キンロス博士はイヴを見つめると、チョッキのポケットから懐中時計を取りだした。それを掲げてみせ、こう尋ねた。「たとえば、これはなんですか?」

「どういうことですの?」

「私が手に持っている物はなんですか?」

「時計ですわ、手品師さん」

「どうして時計だとわかるんです? 風が強くて、チクタクいっている音は聞こえないはずですが」

「聞こえなくても、見ればわかりますわ!」

「おっしゃるとおりです。そこが肝心なんですよ。さて、時計といえば」キンロスは快活な調子に変わった。「現在の時刻は五時二十分。いいかげんあなたを休ませないといけませんね。おい、御者くん!」

「へい、旦那」

「そろそろ町へ戻ったほうがよさそうだ」

「へい、旦那!」

のんびり屋の御者はまるで魔法をかけられたかのようになった。馬車を方向転換させたときの手綱さばきはニュース映画の早送り映像さながらの速さで、通り全体がにわかに活気づいて感じられた。灰青色のイギリス海峡の上空で白いカモメが鳴き騒ぐ中、馬車は負けじとがらがら音を立て、来た道を戻り始めた。

「わたしはこれから、どうすればいいんでしょう?」イヴが尋ねた。

「眠るんです。そのあとのことは、どうか私にお任せください。おそらく今日中にゴロン署長と予審判事に会わなければならないでしょう」

「わかりましたわ」

「予審判事のヴォトゥール氏は手厳しいことで有名ですが、怖じ気づいてはいけません。おそらく判事の権限を行使して、私を尋問には立ち会わせないでしょうが……」

「あなたはいらっしゃらないんですか？」イヴは驚いた。

「私は弁護士ではありませんからね。そうだ、弁護士が必要ですね。ソロモンを付き添わせますよ」博士はここで言葉を切った。そのあと、御者の背を鋭く見つめながら言い添えた。「私がいるのといないのとでは、そんなにちがいますか？」

「ええ、ちがいます。そういえば、まだお礼を申しあげて……」

「いいんですよ。そんなことより、さっきも言いましたが、ご自身に起きたことを細部までたがわず、私に話したとおりに話すんですよ。それがあなたの供述として正式に記録され次第、私は行動を起こすことができます」

「それまでのあいだ、あなたはどうなさるの？」

キンロス博士は長い沈黙のあとに答えた。

「犯人が誰なのか証言できる人物がもう一人います。ネッド・アトウッドです。まだ口をきける状態ではありませんがね。しかし、ちょうど私もドンジョン・ホテルに滞在しているので、彼の医者からそれとなく容態を聞いてみましょう。いや、それより——」いったん口をつぐんでから、こうしめくくった。「ロンドンへ行ってこようと思います」

イヴは背筋をぴんと伸ばした。「ロンドンへ？」

「ええ、日帰りで。こっちを十時半の飛行機で発って、クロイドン発の午後遅い便に乗れば、夕食の時間までには戻ってこられるでしょう。私の遠征が作戦どおりに行けば、朗報を持ち帰れるはずです」

「キンロス博士、どうしてわたしのためにそこまでしてくださるの？」

「ええと、それは、同じ国の人間が刑務所へ入れられそうになっているのを、放っておけないからですよ。それとも放っておけますか？」

「まさか！　冗談はおやめになって」

「冗談に聞こえたのでしたら、失敬」

詫びながら、博士はちらりとほほえんだ。イヴの目が彼の表情を探っていた。博士は自分の顔が日射しにさらされているのに気づくと、すばやく手を上げて頰を隠すように押さえた。昔の強烈な恐怖がよみがえり、彼の心を刺し貫いた。だがイヴはなにも気づかなかった。疲れきっている彼女は、毛皮のストールにくるまって震えながら、あの夜の出来事が不気味な影となって覆いかぶさってくるように感じていた。

「さぞかしうんざりなさったでしょうね。わたしの私生活について細かいところまで聞かされて」

「そんなことはありません」

「お会いしたばかりの方についなにもかも打ち明けてしまいましたけれど、朝になって明るいところに出ると、恥ずかしくてあなたのお顔をまともに見られませんわ」

「どうしてです？　私は聞き役になるためにいたんですよ。ところで――ひとつだけうかがいたいことがあります」

「なんでしょう？」

「トビイ・ローズさんとのことはどうなさるおつもりですか？」

「あなたならどうなさいます？　ああいうずるいやり方で、体《てい》よくお払い箱にされたら。早い話が、わたしは捨てられたんです。それも、第三者のいる前で」

「あの男に未練があるのですか？　現実に彼を愛しているのかどうかを尋ねているのではありません。ご自身で愛していると思っているかどうかをうかがいたいのです」

イヴは返事をしなかった。力強い蹄の音が舗装された路面に小気味よく響いている。イヴは急に笑いだした。

「わたしって、つくづく男運が悪いんですね」

イヴはそれきりなにも言わなかったので、博士もあえて詳しくは尋ねなかった。彼らを乗せた馬車がラ・バンドレットのがらんとした白い街路に蹄の音を響かせたとき、時刻は午前六時になろうとしていた。早起きして乗馬を楽しむ健康的な者たちがちらほら見えるほかは、ほとんど人通りがなかった。馬車がアンジュ街へ入ると、イヴは青ざめて下唇を噛んだ。彼女の家に着くと、キンロス博士に手を貸してもらって馬車を降りた。

イヴは向かいのボヌール荘をすばやく仰ぎ見た。人の気配はなく、ひっそりとしていたが、二階の寝室の窓が一箇所だけ開いていた。その窓は鎧戸も開け放たれ、東洋のキモノをはおって鼻の上にちょこんと眼鏡をのせたヘレナ・ローズ夫人が、窓辺に立ってこちらをじっと見下ろしていた。

通りが静まりかえっているせいで声がやけに大きく響くので、イヴは無意識に声をひそめた。

「後ろをご覧になって。二階の窓にお気づきになりました？」

「ええ」

「わたしたちが気づいていることを知らせます？」

「やめておきましょう」

イヴは思いつめた表情になった。「どうしても教えていただけないんですね？　誰があんなことをやったのか……」

「ええ。ただし、ひとつだけ言っておきましょう。あなたはある人物によって意図的に選ばれたのです。緻密で冷酷無比な悪巧みの犠牲者にね。そんな悪巧みを計画した者に情けなどかける必要はありませんし、いずれ必ず報いを受けるはずです。では、今夜またお会いしましょう。首尾よく行けば、そいつをこてんぱんにやっつけてやれますよ」

「いろいろとありがとうございました。本当に心から感謝していますわ」

イヴはキンロス博士の手をぎゅっと握ってから、自宅の門を開けて玄関へ続く小道を駆けていった。それを見て、馬車の御者はくたびれたように安堵の吐息を漏らした。ダーモット・キンロスは歩道にたたずんで、御者が心配になるくらい長いことイヴの家を見つめてから馬車に戻った。

「御者くん、ドンジョン・ホテルへ頼む。そこできみの任務は終了だ」

ホテルに到着すると、キンロス博士は馬車代を払い、チップも気前よくはずみ、御者がしきりと繰り返す礼の言葉に見送られながら入口の階段をのぼっていった。中世の城の大広間を模したドンジョン・ホテルのロビーは、まだ目覚めたばかりのようだった。

自分の部屋に入ってから、博士はポケットからゴロン署長に借りたダイヤモンドとトルコ石のネックレスを出した。それを書留小包で署長宛《あて》に返送するよう手配し、今日は一日遠出すると伝える手紙を同封した。そのあとひげを剃って、頭をはっきりさせるため冷たいシャワーを浴び、服を着ながらルームサービスの朝食を注文した。

フロント係に電話で尋ねたところ、アトウッド氏の部屋は四〇一号室だとわかった。朝食を済ませてからその部屋の前まで行ってみると、運よくホテル付きの医師が早朝の回診中で、ちょうど四〇一号室から出てくるところだった。

ブーテ医師はキンロス博士の名刺を見て、いたくかしこまったが、じれったそうな表情を浮かべてもいた。部屋の前の薄暗い廊下に立ったまま、医師は威厳をこめて言った。

「いえ、アトウッドさんはまだ意識が戻りません。警察の人にも一日二十回は同じことを訊かれるんですよ」

「しかし、いまの状態がこの先もずっと続くとはかぎらないのでしょう？　言い方を変えれば、意識を取り戻す可能性もないとはいえないわけですよね？」

「怪我の性質を考えると、ご指摘のとおりです。レントゲン写真をご覧になりますか？」

「それはありがたい、ぜひとも。快復の見込みはあるとお考えですか？」

「ある、と私は考えています」

「患者はなにか言っていませんか？　うわごとのようなものとか」

「ときどき笑い声をあげる程度ですね。もっとも、私はいつも患者のそばにいるわけではありませんので、付き添いの看護婦にお尋ねになってはいかがです？」

「患者と会わせてもらいたいのですが」

「いいでしょう」

暗い部屋で、秘密を握る男は屍《しかばね》のごとく横たわっていた。看護婦はどこかの修道会から派遣されたシスターで、頭にかぶっている大きなベールが、ほのかに浮かびあがる窓の白いブラインドに奇怪な影を投じていた。

キンロス博士はベッドに寝ている人物をとくと観察した。いかにも女たらしの顔だなと思い、苦々しさがこみあげた。イヴにとっては最初の恋人で、おそらくいまも……そんなことは考えてもしかたがない。イヴは心の底ではまだこの男を愛しているのかもしれないが、たとえそうだとしても自分にはどうしようもないのだ。気を取り直してネッド・アトウッドの脈を取った。懐中時計のチクタクという音が静寂を揺さぶる。ブーテ医師はキンロスにレントゲン写真を見せながら、この患者は息をしているだけでも奇跡なのだと力説した。

「なにか言葉を、ですか?」フランス人の看護婦はキンロス博士の質問に答えて言った。「ええ、たまにぶつぶつ言ってますけど」

「どんなことを?」

「英語ですから、わたしにはわかりません。そういえば、しょっちゅう笑って、誰かの名前を呼んでますよ」

ドアへ行きかけたキンロス博士は、くるりと振り返った。

「その名前は?」

「しーっ!」ブーテ医師が注意する。

「さあねえ、はっきりとは。どの発音も同じように聞こえるもんですから。残念ですが、まねて言うのも無理です」暗がりで看護婦の目が不安げに光った。「なんでしたら、今度聞いたときに音を書き取っておきますよ」

だめだ、手詰まりだ。ここでの用はもう済んだな。キンロスはアトウッドの部屋をあとにすると、ホテル内のバーを何軒かまわって事情を訊いた。ウェイターの一人は可憐なジャニス・ローズ嬢のことを熱心に語った。サー・モーリスについては、事件のあった日の午後、がやがやした奥のバーをひょいとのぞきこんで、バーテンダーやウェイターたちをびっくりさせたという情報が得られた。

「おっかない目つきでしたよ!」バーテンダーはどら声で言った。「ジュール・セズネックがあのあとサー・モーリスを動物園で見かけたんですがね、猿の檻のあたりを誰かと話しながら歩いてたそうですよ。相手の顔はちょうど植え込みに隠れて見えなかったと言ってました」

次にキンロス博士はソロモン&コーエン法律事務所の知人、ソロモン弁護士に電話で手短に用件を伝えてから、ラ・バンドレット空港を十時半に発つインペリアル航空の便を予約した。

それから先の強行軍は、あとで振り返ると悪夢のようだった。今回の旅の重大な目的にそなえ、機内では睡眠を取って活力の回復に努めた。クロイドンからは果てしないバスの旅だった。ようやくロンドンに着いたが、夏の休暇が終わって人が戻ってきた都会は煤煙と車の排気ガスで窒息しそうだった。そのロンドンで、キンロス博士はタクシーを拾ってある場所へ出かけた。

約三十分後、嬉しくて勝利の雄叫びをあげたくなった。

ロンドンに足を運んでまで確かめたかったことを、無事に確認することができたのだ。暮れなずむ空の下、ラ・バンドレットへ戻るため機上の人となったとき、疲労は跡形もなく吹き飛んでいた。エンジンが轟音を吐き、突風でまわりの草をなぎ倒しながら低圧タイヤが滑走路をごとごとと進み始める。これでイヴはだいじょうぶだ、とキンロス博士は安堵した。換気装置が低くうなっている息苦しい機内で、彼は膝の上にブリーフケースを置いて座席にゆったりと腰かけ、窓の向こうを眺めた。赤と灰色に彩られた屋根の波は次第に遠ざかり、やがてイギリスは動く地図のように小さくなった。

イヴはもう安全だ。キンロスは今後の計画を練った。それが完成しないうちに機は空港に着陸した。外は夜の帳《とばり》がおりる直前で、町の方角に明かりがぽつぽつと見えていた。並木が密集した大通りを車で走りながら、松の香りがする澄んだ空気を吸っているうち、キンロスの心は現在の悶々とした苦しみを飛び越え、未来へと思いを馳せるのだった……

ドンジョン・ホテルではオーケストラの演奏が始まっていた。人でごった返すロビーの明るさとにぎやかさは、キンロスの神経を逆撫でした。フロントの前を通りかかったとき、フロント係が合図をよこした。

「キンロス博士！　今日一日、あなたを探している方々からの問い合わせがひっきりなしでしたよ。少々お待ちを！　いまもちょうど二人の方がお待ちです」

「誰だね？」

「ソロモンさんという男性と――」フロント係はメモを見て答えた。「ローズさんという若い娘さんです」

「二人はどこに？」

「ロビーのどこかです」フロント係はベルを鳴らしてボーイを呼んだ。「いま案内させますので、どうぞ」

ボーイのあとについて行くと、〝ゴシック風〟を謳うロビーに設けられたアルコーブの談話コーナーで、ジャニス・ローズ嬢とピエール・ソロモン弁護士が待っていた。アルコーブの壁は人造石でできており、模造の中世の武器が飾ってあった。中央に小さなテーブルが置かれ、詰め物をした椅子がそれを囲んでいた。ジャニス嬢とソロモン弁護士は別々の悩み事を抱えている様子で、互いに離れた席に座っていたが、キンロスが近づいていくと同時に立ちあがった。二人のとがめるような表情に、キンロスははっとした。

押し出しのいい大柄なソロモン弁護士は、いつも気取った態度で、肌はオリーヴ色、野太い声がよく響く。彼はいぶかしげな目つきでキンロス博士をじろりと見た。

「帰ってきたんだね」ソロモン弁護士は陰気な声で言った。

「ああ、帰ってきたよ！　そう言っただろう？　で、イヴ・ニールさんはどこに？」

弁護士は自分の手の爪をためつすがめつしたあと、ようやく顔を上げた。

「市庁舎にいるよ」

「市庁舎？　事情聴取はまだ続いているのか？　ずいぶん長く引き止められているね」

ソロモン弁護士の顔つきが険しくなった。

「勾留されたんだよ」弁護士は答えた。「残念ながら、当分は出てこられないだろうね。なにしろ、殺人容疑で逮捕されたんだから」

第十六章

「どういうことなのか説明してもらいたいね」貫禄のあるソロモン弁護士が真剣な口調で言った。「友達のよしみで、正直に打ち明けてくれないか？　まさか私をからかってるんじゃないだろうね？」

「それとも、イヴをからかってるの？」ジャニスが横から言う。

キンロス博士は唖然として二人を見つめた。

「いったいなんの話をしているんだね？」

ソロモン弁護士は法廷で被告に尋問するときのように、人差し指を突きだしてキンロスの顔に向かって振り立てた。

「はっきり訊こう。イヴ・ニールに、きみに話したのと同じように警察で供述しろと指示したのかね、それともしなかったのかね？」

「したとも。当然だ」

「ほう、なるほどね！」ソロモン弁護士は不敵な表情でうなり、チョッキの左右のポケットに指を一本ずつ引っかけて胸を突きだした。「なあ、きみは頭がおかしくなったんじゃないか？　とうとういかれちまったんだろう？」

「おい、ちょっと……」

「今日の午後、マダム・ニールへの尋問をおこなうまでは、警察は彼女を無実だと確信していたんだ。ほぼ百パーセントな！　ところが、きみのせいでその確信がぐらついてしまった」

「なんだって？」

「彼女が供述を終えたときには、警察の迷いはもう消えていた。ゴロン署長は予審判事と顔を見合わせていたよ。マダム・ニールは致命的な失敗を犯したんだ。事件に詳しい者が聞けば、たちどころに彼女は有罪だとわかるようなことを、うっかり口走ってしまったんだよ。一瞬でドカン！　木っ端みじんだ。百戦錬磨の私といえども、手のほどこしようがなかったよ」

ジャニス嬢の脇の小さなテーブルには、半分空になったマティーニのグラスがひとつと、その前に三杯飲んだことを示す三枚のコースターが重ねてあった。ジャニスは椅子に腰かけて、残りのマティーニを飲み干した。顔が紅潮していた。母親のヘレナ夫人が見たら、小言をたっぷり並べるだろう。だがキンロス博士にすればいまはそれどころではなかった。

ソロモン弁護士を見つめ返し、キンロスは言った。

「ちょっと待ってくれ！　その〝致命的な失敗〟というのは、つまり――例のナポレオン皇帝のかぎ煙草入れのことかね？」

「そうだ」

「彼女はかぎ煙草入れについて説明したんだね？」

「そのとおり」

キンロス博士はブリーフケースをテーブルに置いた。

「まいったな！　なんてことだ！」博士は二人がぎくりとするほど痛烈な皮肉をこめて言った。「つまり、警察に無実を確信させるはずの証言が、逆に有罪を確信させるはめになったわけか」

ソロモン弁護士は象のような肩をすくめた。

「なにが言いたいのかわからんのだが」と弁護士。

「ゴロンはもっと聡明な男かと思っていたよ。なんでまたそんなまちがいを」キンロス博士は険しい面持ちで首をひねった。「それとも、まちがいを犯したのは彼女のほうだろうか？」

「うむ、かなり取り乱していたことは事実だ」弁護士は言った。「そのせいで話になんだかまとまりがなくて、筋が通っている部分でさえ説得力に欠けていたよ」

「なるほど。ということは、彼女はゴロン署長に、今朝私に話したとおりには話さなかったんだね？」

ソロモン弁護士は再び肩をすくめた。

「そんなこと私に訊かれたって困るよ。彼女がきみにどう話したかなんて知りようがないんだから」

「あの、ちょっとよろしいでしょうか？」ジャニスが遠慮がちに口をはさんだ。

カクテル・グラスの脚を指でくるくる回していた彼女は、言いだしにくいのか二、三度口ごもったあと、キンロス博士に英語で話しかけた。

「なにがどうなっているのか、ちっともわかりません。一日中このアッピウス・クラウディウス（共和制ローマ時代の政治家）みたいなおじさんにくっついてまわってましたが――」ここでソロモン弁護士を目顔で示した。「この人はただ偉ぶって咳払いしてるだけなんです。わたしたち、もう心配で心配でどうかなってしまいそうでした。いまは母も兄もベン伯父さんも市庁舎に行っています」

「ほう、皆さんあちらに？」

「ええ、イヴに面会したがっているんです。でもなかなか会わせてもらえなくて」ジャニスはためらいがちに続けた。「兄から聞いた話だと、昨夜はひと悶着あったみたいですね。兄はきっとどうかしていたんです。いつもの悪い癖だわ。ゆうべイヴに言ったことを激しく後悔していて、たぶん良心の呵責からでしょう、いままで見たこともないほどしょげかえっています」

ここでキンロス博士の顔をちらりとうかがったが、危険なほど恐ろしい形相だったので、ジャニスのカクテル・グラスをひねくる手つきはますますおぼつかなくなった。

「この二日間というもの、うちはしっちゃかめっちゃかの状態でした」ジャニスの話が続く。「でも、あなたはどう思ってらっしゃるか知りませんけど、わたしたち家族は全員イヴの味方なんです。彼女が逮捕されたと知ったときは、あなたと同じようにショックを受けました」

「そうかがって、いくぶん気が軽くなりましたよ」

「そんな言い方はやめてください。なんだか――死刑執行人みたい」

「それはどうも。本当にそうなりたい気分ですよ」

ジャニスはさっと顔を上げた。「誰を……？」

「昨日話したときは、ゴロン署長はこう言っていたんです」キンロス博士はジャニスの質問には答えなかった。「切り札が二枚残っているから、それをもとに全力を尽くすとね。ひとつはメイドのイヴェット・ラトゥールを厳しく追及して、なんらかの手がかりを引きだすこと。もうひとつは、殺人の起きた晩について誰かが嘘を言っているので、その点を徹底的に調べあげること。にもかかわらず、ゴロンはそれらのカードをぽいと捨て、イヴ・ニールさんを逮捕してしまった。なぜそんなことになったのか、私にはとうてい理解できない」

「本人に直接尋ねてみるんですな」ソロモン弁護士はロビーのほうへ顎をしゃくった。「ちょうどこっちへやって来ますよ」

アリスティード・ゴロン署長は、心配げに額にしわを寄せてはいたが、ステッキの石突きを床に威勢よく打ちつけながら、余裕綽々《しゃくしゃく》の態度できびきびと近づいてきた。王様のお通りだ、とばかりの堂々たる登場である。

「やあやあ、こんばんは」署長は警戒気味の口ぶりでキンロス博士に挨拶した。「ロンドンへ行ってきたんだって？」

「ああ。戻ってきたら、あっと驚く展開になっていたよ」

「ふむ、残念ではあるが――」ゴロンはため息まじりに言った。「正義はまっとうせねばならん。それはきみもわかるだろう？　ところで、ひとつ訊きたいんだが、大急ぎでロンドンへ行った目的はいったいなんだね？」

「それはもちろん、サー・モーリス・ローズ殺害犯の動機を確かめるためだよ」

「おい、きみ！」ゴロン署長は気色ばんだ。

キンロス博士はソロモン弁護士のほうを向いた。「署長と少し話さなければならないようだ。ジャニスさん、すみませんが、こちらの紳士方と内密の話がありましてね」

ジャニスは努めて冷静に立ちあがった。

「さっさと向こうへ行けとおっしゃるんですね？」

「とんでもない。少しお待ちいただければ、ソロモンさんがあなたを市庁舎のご家族のもとへお送りしますよ」

怒っているのか怒ったふりをしているだけなのかはわからないが、ジャニスはおとなしく席をはずした。彼女が立ち去るのを待って、キンロスはソロモン弁護士に言った。

「イヴ・ニールさんに伝言を届けてくれないか？」

「べつにかまわんが」弁護士は肩をすくめた。

「よかった。では、次のように伝えてほしい。私とゴロン署長との話が済んだら、彼女は一、二時間以内に釈放されるだろう。それだけじゃない、私は彼女の代わりにサー・モーリス殺しの真犯人を警察に突きだしてみせる。以上だ」

その場がしんとなった。

「でまかせを言うな！」ゴロン署長がステッキを振りまわして叫んだ。「嘘つきのこんこんちきめ。そんなことはこの私が断じて認めんぞ！」

だがソロモン弁護士は一礼すると、総帆を揚げたガレオン船のごとくロビーに向かって全速力で駆けだした。キンロスとゴロンはソロモン弁護士がジャニス嬢に声をかけるのを見守った。紳士らしく腕を差しだしたが、けんもほろろに断られている。それでも二人は並んでロビーを出ていき、雑踏の中に消えた。ダーモット・キンロスはアルコーブの長椅子に腰を下ろして、ブリーフケースを開けた。

「座ってくれないか、ゴロン?」

署長はしゃちほこばって拒んだ。「いいや、けっこう!」

「まあまあ、そう言わず。私はね……」

「ふん!」

「もっと気楽にいこうじゃないか。なにか飲み物でもどうだ?」

「ふむ」ゴロンは尊大にかまえてはいたが、さっきよりはいくぶん緊張を和らげて詰め物をした椅子に腰かけた。「じゃあ、少しだけつきあってやるとしよう。小さなグラスに一杯だけだぞ。ええと、嘘つき……じゃなかった、う……ウスキー・ソーダでももらうかな」

キンロス博士はウイスキー・ソーダを二人分注文した。

「それにしても、きみの登場には驚いたよ」キンロス博士はやけに穏やかな口調で言った。

「華麗なる逮捕劇の末にニールさんをつかまえたのなら、なぜ彼女の尋問に専念しないんだね?」

「このホテルに用事があるんだよ」ゴロン署長はそう答え、テーブルの上を指でこつこつ叩いた。

「用事？」

「つまりだな」署長は首を振り動かしながら言った。「さっき、ここのブーテ医師から電話があって、アトウッドが意識を取り戻したと知らせてきたんだ。短時間なら取り調べをおこなってもかまわんそうだ」

キンロス博士の顔に満足げな表情が浮かんだので、ゴロン署長はしゃくにさわって怒りがぶり返した。

「では、よく聞いてくれ」とキンロス博士。「アトウッドがどんなことをしゃべるか当ててみせるから。それこそが鎖をつなぐ最後の環なんだ。もし彼がこれから私の言うとおりのことを言ったら、そのときはきみも私が指摘する重大な証拠におとなしく耳を傾けてくれるだろう？」

「重大な証拠？　どんな証拠だね？」

「ちょっと待った」博士はゴロンを黙らせた。「なぜ、てのひらを返したように突然彼女を逮捕したのか、理由を聞かせてもらうのが先だ」

ゴロン署長はいいだろう、と応じた。

ウスキー・ソーダとやらをちびちびやりながら、ゴロンは事細かに説明した。それを聞いてキンロス博士が感じたのは、こういう展開に署長自身も決して満足はしていないようだが、署長の抱く疑惑やヴォトゥール予審判事の揺るぎない確信にもそれなりの根拠があるということだった。

「そうか」キンロス博士はつぶやいた。「ということは、彼女はやっぱり話していないんだな。

今朝私の前では、寝不足でぼうっとしていたせいか無意識に話したが、警察では省いてしまったんだ。つまり、自らの潔白を証明すると同時に真犯人の正体を暴く決定的な事実を、きみたちに話し忘れたんだよ」

「なんだね、その決定的事実とは？」

「いいか、よく聞いてくれよ！」キンロス博士はテーブルの上のブリーフケースを開けた。博士が話を始めたとき、ロビーの装飾的な時計は九時五分前を指していた。九時五分過ぎ頃には、早くもゴロン署長は背中を丸めてもじもじしていた。九時十五分になると、不安げに黙りこんで、まいったよ、降参だ、とばかりに両手を上に向けて広げた。

「まったく、憎たらしい事件だ」署長は不平をこぼした。「胸くそ悪いほどいやな事件だよ。これで解決だと思ったとたん、誰かが横槍を入れてきて、またふりだしに戻ってしまうんだからな」

「謎だった部分があますところなく解明されたのは事実だろう？」

「へたに返事はできないな。ここは慎重を期さないと。しかしまあ、その点についてはきみの言うとおりだ」

「だったら事件は解決だ。あとは目撃者の男にきみから質問をひとつするだけでいい。ネッド・アトウッドに、〝それはこれこれこういうものだったか？〟とね。返事がイエスだったら、きみの言う〝ヴァイオリン〟の準備にかかりたまえ。誘導尋問にはならないはずだ」

ゴロン署長はウイスキー・ソーダを飲み干して立ちあがった。

「さてと、敵陣に乗りこむとするか」署長は言った。

キンロス博士にとって、四〇一号室を訪れるのはその日二度目だった。しかし前回は、ここまで幸運に恵まれるとは思ってもみなかった。まるで善の力とひねくれた悪の力がイヴ・ニールの運命をめぐって争奪戦を繰り広げているかのようだった。

部屋には薄暗いランプの明かりがともっていた。ネッド・アトウッドはひどく青ざめ、生気のない目をしていたが、意識ははっきりしていた。弱々しく上体を起こそうとしながら、夜勤の看護婦となにやら押し問答していた。看護婦はイギリスの片田舎から出てきたらしい丸々と太った明るい感じの娘で、どうやらアトウッドを無理やり寝かせようとしているらしかった。

「お取りこみ中、失礼しますが」キンロス博士が声をかけた。

「ちょうどよかった」そう言ったアトウッドの声はかなりしゃがれていた。彼は何度か咳払いしてから、看護婦の腕越しに顔をのぞかせて言った。「あなたは医者ですか？　もしそうなら、このがみがみ女を追っ払ってくれませんか？　さっきからこっそり近づいては注射針を突き刺そうとするんです」

「さあ、おとなしく横になってください」看護婦はぷんぷん怒っている。「安静にしなければいけません！」

「なにがあったのか話してもらえないのに、おとなしくしていられるわけないだろう？　安静なんかくそくらえだ。誰が安静にするもんか。こうなったいきさつをちゃんと説明してくれれば、こっちも黙って言うことを聞くよ。どんなまずい薬だって残さず飲んでやろうじゃないか」

看護婦に怪訝な目つきで見られたので、キンロス博士は口をはさんだ。「あ、いえ、べつに怪しい者ではありませんので」

「どちら様かうかがってもよろしいでしょうか？　それから、ご用件も」

「私はキンロス博士です。こちらは警察署長のゴロンさんで、現在サー・モーリス・ローズ殺害事件の捜査にあたっておられます」

ぼやけていたレンズの焦点が徐々に合っていくように、アトウッドの顔つきがゆっくりと鋭さを帯びた。思考力を取り戻しつつあるようだ。か細い息をしながら、上半身だけ起きあがり、両手を後ろのマットレスについて身体を支えている。そして初めて見るような目つきで自分の着ているパジャマをじっと見下ろしたあと、目をぱちくりさせながら部屋の隅々まで見渡した。

「部屋へ上がろうとエレベーターに乗ったんです」アトウッドは一語一語、嚙みしめるように言った。「そうしたら急に……」手が喉もとに触れた。「ぼくはどのくらいこうしていたんだろう？」

「九日間です」

「九日間？」

「はい。で、アトウッドさん、ホテルの前で車にはねられたというのは本当ですか？」

「車？　車がどうしたんです？　いったいなんの話ですか？」

「ご自分でそうおっしゃったんですよ」

「言ってませんよ、そんなこと。少なくとも記憶にはありません」ここで思考回路が復旧した。

「イヴ！」その一言にすべてがこめられていた。

「思い出しましたね。いいですか、アトウッドさん、どうか落ち着いて聞いてください。彼女はいま大変な窮地に陥っていて、あなたの助けを必要としています」

「患者さんを殺す気ですか？」看護婦が止めに入った。

「黙れ！」ネッドは遠慮会釈なく言い放った。それからキンロス博士に尋ねた。「窮地？いったいどんな？」

その質問にはゴロン署長が答えた。腕組みをして、なんとか無表情をよそおい、複雑な胸中を表わすまいとしていた。

「現在、マダム・ニールは鉄格子の中にいます」ゴロンは英語で話した。「サー・モーリス・ローズ殺害の容疑で逮捕されたのです」

しばらくのあいだ沈黙が漂い、窓辺のカーテンと白いブラインドが涼しい夜風に揺れるかすかな音以外にはなにも聞こえなかった。ネッド・アトウッドは背中をまっすぐ起こし、キンロスとゴロンを呆然と見つめていた。肩のあたりで白いパジャマに大きなしわが寄っている。九日間飲まず食わずだったので、腕は瘦せ細って青白い。怪我の手当のため、頭頂部の髪が剃り落とされている。そこに貼られた薄いガーゼは、憔悴した白い端整な顔の濁った青い目と不敵な口もとには妙に不釣り合いだった。やがて、彼は不意に声をあげて笑いだした。

「冗談ですよね？」

「いいえ」キンロス博士は答えた。「圧倒的に不利な証拠が挙がっていましてね。しかも、ローズ家の方々には助けようという気がないらしい」

「だとしても不思議はないですよ」アトウッドは上掛けをめくって、ベッドから下りようとした。

そのあとは大騒ぎだった。

「だいじょうぶだったら！　ほら！」アトウッドは片手でベッド脇のテーブルにつかまったま、よろよろと立ちあがった。いつもの彼らしくにやりと笑ってみせた。人には言えない露骨なジョークを内心でこっそり楽しむかのように。

「まだちょっとめまいがするな」アトウッドはふらつきながら言った。「よし！　では手伝ってもらいましょう。服を取ってください。なんのためかって？　もちろん警察へ乗りこむためですよ。言うとおりにしなければ、窓から飛び降りますよ。イヴならどんなわがままも聞いてくれるのになあ」

「アトウッドさん」看護婦がたしなめる。「無茶をすると、人を呼んで取り押さえてもらいますよ」

「そうかい。じゃあ、きみのきれいなお手々がブザーを押す前に、窓から飛び降りてやる。服はどこだ？　帽子しか見あたらないな。そうだ、いざとなれば帽子に向かって飛びこんだっていい」

今度はキンロス博士とゴロン署長の説得に取りかかった。

「ぼくは自分が倒れたあとこの町でなにがあったのか、全然知りません。イヴのところへ行く途中で、説明してもらえませんか？　言っておきますが、この事件には外から見ただけではわからない複雑な事情がからんでいるんです。たぶんあなた方にはそれがわかっていない」

「わかっているつもりですよ」キンロス博士が答えた。「イヴ・ニールさんは茶色の手袋をはめた人物について話してくれましたから」

「それが誰なのかは話してないはずだ。なぜか？　知らないからですよ」

「きみは知っているのかね？」ゴロン署長が尋ねる。

「もちろんです」アトウッドがそう答えると、ゴロンは山高帽をすばやく脱いだが、その手つきは布地を拳で突き破らんばかりに荒々しかった。アトウッドはテーブルにつかまって、身体をゆらゆらさせたまま笑っていたが、額には横じわが何本も刻まれていた。「イヴはあなた方に、ぼくらが向かいの家をのぞいたとき、あのじいさんのほかにもう一人いるのが見えたと話したんでしょう？　次にのぞいたときは、じいさんがすでに殴られていたことも。問題はそこなんですよ。まったく、とんだお笑いぐさだ。実はですね……」

第十七章

「皆さん、むさくるしい部屋ですが、どうぞお入りください」予審判事のヴォトゥールは一同を自分の執務室へ招き入れた。

「ありがとうございます」ジャニスは小声で言った。

「ここでイヴと会わせてもらえるんですの？」ヘレナ夫人はあえぎながら言った。「こんなことになるなんて、かわいそうに。いま頃どんな気持ちでいるかしら」

「いい気分ではないだろうね、どう考えても」ベン伯父さんが返事をした。

トビイはなにも言わなかった。両手をポケットに深く突っこんで、同感だとばかりにうなずいた。

ラ・バンドレットの市庁舎は、黄色っぽい石で造られた背高のっぽの建物だ。時計台をそなえ、中央市場からさほど遠くない場所に位置し、美しい公園に面している。ヴォトゥール判事の執務室は最上階の広々とした部屋で、大きな窓が北側に二つと西側にひとつあった。壁の書類棚には埃をかぶった法律書が少し置いてあるほか——予審判事も法律家である——正装してレジオン・ドヌール勲章をつけた歴代のお偉方の写真が額縁に入れて飾ってある。

ヴォトゥール氏の机は、座ったときに西の窓を背にするように置かれていた。机と向かい合う形で、少し離れたところにくたびれた古い木製の肘掛け椅子が一脚あり、ちょうどその真上の天井に電灯が吊り下がっている。

しかし、そのとき訪問者たちが一様に息をのんだ原因は別のところにあった。それは彼らに子供じみた恐怖を呼び起こすものだった。

カーテンのない西側の窓からいきなり強烈な白い光が射しこんで、全員目がくらんでしまったのだ。白い箒が素肌をひと掃きするかのように、光は部屋の片側を切り裂いて、泡がはじけるようにたちまち消えた。それは大灯台から放たれる光芒だった。ヴォトゥール判事の机と向かい合う椅子、すなわち証人席に座った者は、尋問を受けているあいだずっと、無慈悲なまぶしい光線を二十秒おきに正面から浴びるはめになる。

「やれやれ、うっとうしい灯台だな！」ヴォトゥール予審判事はぶつくさ言って、光を払いのけるように手を振り動かした。それから光線の届かない場所にある数脚の椅子を訪問者たちに勧めた。「おかけください。どうぞお楽に」

ヴォトゥール予審判事は机の前に座ると、回転椅子を動かして一同のほうを向いた。

痩せて筋張った年配の予審判事は、目つきが鋭く、頬ひげらしきものを生やしていた。両手をこすり合わせたとき、乾いた音がした。

「イヴと会わせてもらえるんですか？」トビイが尋ねた。

「ううむ……いいえ、だめです」予審判事は答えた。「いまはまだ」

「なぜです？」

「最初に、あなた方から説明してもらわんといけませんからな」

窓のほうでまたしても光線が輝き、ヴォトゥールの肩越しに射しこんできた。天井の明かりがついているにもかかわらず、予審判事の姿は影絵のように暗く沈み、半白の頭は輪郭だけが照らされた。また手をこすり合わせているのがわかった。光と影のいたずらを除けば、この身振りの大げさな男の部屋はなんのへんてつもない平凡な空間だった。時計がチクタク鳴って、飼い猫がサイド・テーブルの上で丸くなり、家庭的な雰囲気さえ感じられた。

それでも予審判事から漂ってくる厳格さは、訪問者の誰もが感じ取っていた。

「ゴロン警察署長と電話で長々話したところでしてね。彼はドンジョン・ホテルから、新事実が浮上したと知らせてきました。知人のキンロス博士と一緒にこちらへ向かうそうですから、間もなく到着するでしょう」

ヴォトゥール予審判事はてのひらで机をばんと叩いて続けた。

「といっても、当方は判断を早まったと認めるつもりはありませんぞ。マダム・ニールの逮捕が早計だったとはいまも思っていませんからな」

「そんな！」トビイが抗議の声をあげた。

「しかし、その新事実が瞠目に値することはたしかです。聞いたときはたまげましたよ。少し前にキンロス博士から、マダム・ニールに関する事柄で、われわれが忘れかけている重大な点があると指摘されましてね。そこへ立ち返ることになりそうですな」

「トビイ」へレナ夫人がそっと尋ねた。「昨夜はなにがあったの？」

　そのあとヘレナ夫人は部屋の反対側にいるヴォトゥール予審判事を振り返り、手を差しのべた。罠を警戒して縮こまっているローズ家の中で、一番度胸が据わっているのはヘレナ夫人のようだった。

「判事さん」夫人はひと呼吸おいて言った。「お話ししておきたいことがあります。息子は昨夜遅く帰宅したのですが、かっかしながら入ってきて……」

「そんなことはお父さんの死とは関係ありませんよ」トビイは慌てて口をはさんだ。

「わたしは寝つけなくて起きていたので、ココアでもいれてあげようかと声をかけたんです。ところが息子はろくに返事もせず、足を踏み鳴らして寝室へ駆けあがっていきました」ヘレナ夫人は顔を曇らせた。「きっとイヴとひどい喧嘩をしたんでしょう。イヴの顔なんか二度と見たくないと言っていましたから」

　ヴォトゥール予審判事は両手をこすり合わせている。彼の肩越しに、再び白い光が射しこんだ。

「ほう！」ヴォトゥールは低い声で言った。「で、奥さん、息子さんはどこへ行っていたのか話しましたか？」

　ヘレナ夫人はとまどいを浮かべた。「いいえ。なぜそんなことを？」

「アルプ街十七番地ではないですかな？　息子さんからそう聞きませんでしたか？」

　ヘレナ夫人は首を振った。

　ジャニスもベン伯父さんもトビイをじっと見つめていた。間近で観察すれば、ジャニスの顔にかすかな冷笑が浮かんだのに気づいただろう。だが空腹のときにカクテルを四杯も飲める気丈な娘なので、すぐに取り澄ました表情をつくろった。ベン伯父さんはパイプの火皿をポケットナイフでほじくっていた。そのガリガリいう音に、トビイが不快げな顔をしていた。ヘレナ夫人はそういったことはいっこうに気に留めず、予審判事に切々と訴え続けた。

「息子がイヴと喧嘩したのかと思うと、もういたたまれない気持ちになって、ますます眠れなくなりました。そうしたら明け方になって、イヴが偉いお医者さんだとかいうあの薄気味悪い顔の人に送られて帰宅するのを見たんです。あげくにイヴの逮捕でしょう。なにかつながりがあるんですか？　いったいどういうことなのか教えてくださいな」

「私も同感だ」ベン伯父さんが横から加勢する。

ヴォトゥール予審判事の顎にぐっと力が入った。

「では、息子さんはなにも話していないんですね、奥さん？」

「ええ、なにも」

「マダム・ニールが犯人はローズ家の人間だと言ったことも？」

「なんですって？」

「お宅の家族の誰かが茶色の手袋をはめて、サー・モーリスの書斎に忍びこみ、彼を殴り殺したと主張しているのです」

長い沈黙になった。トビイは椅子で前かがみになって頭を抱え、とんでもない言いがかりだとばかりに首を振っていた。

「茶色の手袋の話はいずれどこかで出てくるだろうと思っていました」ベン伯父さんは意外にも落ち着き払っていた。「イヴは……はっきり見たんですか？」

「見たとしたら、どうなんです、ムッシュー・フィリップス？」

ベン伯父さんはそっけなくほほえんだ。「見たとしたら、あなたはそんなもってまわった言い方をしないで、さっさとその人物をつかまえるでしょう。よって、彼女ははっきりとは見ていないと思いますね。家族の中に殺人犯ですって？　いやはや、まいったな、これは！」

「あら、だけど」ジャニスがぼんやりとつぶやいた。「わたしたちだって、もしかしたらと思ったはずだわ」

ヘレナ夫人は啞然として娘を見た。

「わたしはそんなこと、これっぽっちも思いませんでしたよ。ジャニス、めったなことを言うもんじゃありません。どうかしてますよ。わたしたちみんな、頭がおかしくなってしまったの？」

「いいかね、聞いてくれ」ベン伯父さんはいったん黙って空のパイプを吸った。

機械の故障や修理とは関係のない彼の意見にも、家族は普段から辛抱強く耳を傾けている。ベン伯父さんはここでもそれを期待し、皆が注目してくれるのを待った。眉間にしわを寄せ、もうあとへは引かんぞという気構えをゆるやかに漂わせていた。

「いまさら鈍感なふりをしても始まらんだろう。このことは当然ながら、家族全員が疑ってみたはずなんだ。ええい、こんちくしょうめ！」急に口調が変わったので、全員ぎくりとして姿もあるなら」

勢を正した。「いつまでも気取ってないで、本音をさらけだそうじゃないか……良心が少しで

「ベン！」ヘレナ夫人が叫ぶ。

「あの晩、家は戸締まりされていた。ドアも窓も鍵がかかっていた。だから泥棒など入るわけがないんだ。それくらいのことは探偵でなくたってわかる。つまり、イヴのしわざでないなら、犯人はわれわれ家族の中にいるとしか考えられんのだよ」

「ちょっと待ってちょうだいな」ヘレナ夫人が兄に詰め寄る。「わたしが肉親よりも赤の他人を守りたがるとでも思って？」

「だったら、どうして偽善者ぶるんだね？」ベン伯父さんは辛抱強く答えた。「やったのはイヴだと、なぜ言わないんだ？」

ヘレナ夫人はおろおろした。

「それはもちろん、彼女のことが好きだからですよ。財産もたっぷりあって、トビイを幸せにしてくれるでしょうし。だから、モーリスにあんなことをしたのはイヴかもしれないという考えさえ捨てれば、なにもかも丸くおさまると思ったんですよ。無理でしたけどね。どんなに払いのけようとしても頭から離れなくて」

「では、イヴのしわざだと思っているんだね？」

「わかりませんよ、そんなこと！」ヘレナ夫人は泣きべそをかいた。

「皆さん」ヴォトゥール予審判事が威厳に満ちた冷ややかな声を響かせると、一同は即座に黙

りこんだ。「謎は間もなく解けるでしょう……どうぞ中へ！」

廊下に面したドアはちょうど西側の窓の正面にあった。灯台の光がサーチライトのように旋回するたび、ドアが明るく照らしだされ、汚れた窓ガラスのまだら模様がドアの鏡板に映った。そのドアを、たったいま誰かがノックしたのだった。ヴォトゥールの声に応え、ダーモット・キンロス博士が入ってきた。

その瞬間、光がドアをとらえた。キンロス博士はとっさに片手をかざして目をかばったが、憤怒を秘めたすごみのある表情は全員の視線を釘付けにした。見られていると気づき、博士はすぐに普段の柔和な表情に変わった。一同に向かって軽くお辞儀をしたあと、予審判事のもとへ歩み寄り、彼と正式なフランス流の握手を交わした。

ヴォトゥール予審判事はゴロン署長のようなおっとりした人柄ではなかった。

「お目にかかるのは昨晩以来ですな」ヴォトゥールは冷淡に言った。「あのあと、例の珍しいネックレスを持ってアルプ街へ行かれたんでしたね」

「ええ、あれからいろいろなことがありましたよ」キンロス博士は言った。

「そうらしいですな。あなたの見つけた新事実とやらも、そこに含まれるんでしょう！　ま、とにかく、このとおり聴衆はそろっています」ヴォトゥールはローズ家の面々を手振りで示した。「ひとつお手並み拝見といきますか。皆さんさぞかし戦々兢々としているでしょうが、物事にはきちんと白黒をつけないといけませんからな」

「その前に」キンロス博士は聴衆を横目でちらりと見てから続けた。「ゴロン署長がイヴ・ニールさんをここへお連れしますが、よろしいですね？」

「ええ、もちろん」

「それからネックレスの件ですが、ゴロン署長によれば、両方ともあなたがお持ちだそうですね」

予審判事はうなずいた。机の抽斗を開け、ネックレスを二つ出して吸い取り紙の上に置いた。灯台の光がめぐってきて、吸い取り紙をすばやく照らすと、二つのネックレスは息を吹き返してぎらぎら輝いた。一方は本物のダイヤモンドとトルコ石、もう一方は模造品だが、こうして並べてみてもすぐには見分けがつかなかった。ただし模造品のほうには小さな札がついていた。

「あなたがゴロン署長に書いたメモに従って、部下をアルプ街へ送りこみ、模造品の出所を探らせましたよ」予審判事は苦々しげに言った。「こっちのほうをね」

ヴォトゥール予審判事が模造品の札にさわると、キンロスはうなずいた。

「これにどんな意味があるのか、やっとわかりかけてきたところでしてね」ヴォトゥールは投げやりな調子で言った。「なにしろ今日はマダム・ニールやかぎ煙草入れのことでてんてこ舞いでしたから、ほかの人物や双子のネックレスにまでは考えが及ばなかったんですよ」

キンロス博士は振り返って、部屋の反対側で黙りこくっている聴衆のほうへ歩きだした。

博士はローズ家の人々の不興を買ったのがわかった。言葉にされない怒りはよけいふくれあがり、痛烈な圧迫感となってのしかかってきた。考えようによっては望むところだった。ヴォトゥール予審判事は蜘蛛のように暗い隅に引っこんでいる。灯台の光が白い波となって壁を横断していく中、キンロスは椅子を一脚引き寄せた。一同と向かい合って腰かけたとき、椅子の脚がリノリウムの床で悲鳴のような音を立てた。

「皆さんのご推察どおりですよ」キンロスは英語で言った。「私はでしゃばろうとしているんです」

「なぜだね?」ベン伯父さんが尋ねた。

「誰かが片をつけなければならないからです。でないと、もつれた糸はいつまでたってもほどけません。さて、かの有名な茶色の手袋の件は、もうお聞き及びですね? けっこう! では私からもう少し具体的にお話ししましょう」

「誰がはめていたかということもですか?」ジャニスが訊く。

「はい」

キンロス博士は両手をポケットに突っこんで、椅子の背もたれにゆったりと寄りかかった。

「では皆さん」博士は続けた。「サー・モーリスが亡くなった日の午後から夕方、そして晩にかけての出来事を思い起こしてください。皆さんは重要な証言をすべて、あるいはほぼすべて、ご自身の耳で聞いているはずなのです。それをいま一度、詳しく振り返ってみましょう。サー・モーリスはあの日、いつものように午後の散歩に出かけました。普段からドンジョン・ホテルの裏手にある動物園がお気に入りの散歩コースだったそうですが、あの日に関してはさらに細かい事実が判明しています。ドンジョン・ホテル内の奥まったバーにひょっこり顔を出しているのです。ウェイターやバーテンダーはびっくりしたのでよく覚えていると言っていました」

ヘレナ夫人はうろたえた表情で兄を振り向き、ベン伯父さんは用心深い目つきでキンロス博士を鋭く見つめた。口を開いたのはジャニスだけだった。

「それは本当ですか？」ふっくらした顎を上げ、ジャニスは訊いた。「わたしは初耳です」

「そうでしょうね。しかし事実であることに変わりはありません。今朝、その店の従業員からじかに聞きだしたんですよ。目撃談から、サー・モーリスはバーに立ち寄ったあと、動物園へ行ったことがわかっています。猿の檻のそばで誰かと話しこんでいました。相手の顔はちょうど植え込みの陰になって見えなかったそうです。このことを心に留めておいてください。一見するとささいな出来事に思われますが、実は重大な意味が隠されているのです。これぞまさに殺人の序曲です」

「では、あなたは——」ヘレナ夫人は息をのみ、目を大きく見開いてキンロスの顔を見つめた。頬に赤みが差している。「誰が主人を殺したかご存じなの？」

「ええ」

「なにがきっかけでわかったんですか？」ジャニスが尋ねた。

「実を言うと、お嬢さん、あなたのおかげなんですよ」

そう答えてから、キンロス博士は少しのあいだ考えこんだ。

「ジャニスさんの話はずいぶん役に立ちました。示唆に富んだ話題に触れてくれましたのでね。人間の頭脳というのは——」博士は自分の額をこすってみせ、神妙な顔で続けた。「ひょんなことから重要な問題に思いあたるものなのです。まあ、まずは私の説明を聞いていただきましょう。

サー・モーリスが帰宅したのは夕食時でした。バーテンダーの話によれば、動物園で運命的な話し合いをする前から〝おっかない目つき〟をしていました。ところが、これまでにもたびたび話に出ているように、家に帰ったときは幽霊のように青ざめて、ぶるぶる震えていました。そのあとは今夜の芝居には行かないと言って、書斎にこもってしまいます。夜の八時、家族の皆さんはそろって劇場へ出かけました。ここまではよろしいですか？」

ベン伯父さんが顎をさすりながら言った。

「たしかにそのとおりですが、なんでまたここでそんな話を？」

「きわめて有益だからです。その晩十一時頃、あなた方はイヴ・ニールさんと一緒に劇場から戻った。皆さんが出かけていたあいだ、八時半に美術商のヴェイユ氏からサー・モーリスのもとへ電話があり、掘り出し物が手に入ったと知らせてきた。ヴェイユ氏は例のかぎ煙草入れを持ってお宅を訪ね、それを置いて帰った。しかし、家族の方々は帰宅するまでかぎ煙草入れのことはいっさいご存じなかった。まちがいありませんね？」

「ええ」ベン伯父さんが答えた。

「当然、イヴ・ニールさんもその時点ではかぎ煙草入れのことなどまるで知らなかったでしょう。昨日もゴロン署長に念のため確認したのですが、彼女は観劇から戻ったときお宅へは寄らなかったと供述しています」キンロス博士はトビイにうなずきかけた。「彼に自宅の前まで送ってもらい、そこでおやすみの挨拶をして別れたんでしたね」

「それがどうしたんです?」トビイはいきなりぶっきらぼうに言い放った。「いったいなんのまねですか?　ねらいをはっきり言ってくださいよ」

「ここまでの話は正しいでしょうか?」

「ええ、しかし――」

トビイのいまいましげな身振りは途中で止まった。まともに浴びてはいなくても、うるさくちらつく白い光に誰もがいらいらし始めていたとき、再びドアがノックされたのである。ヴォトゥール予審判事は立ちあがり、キンロス博士もそれにならった。部屋に入ってきたのは三人だった。一人目はゴロン署長、その後ろに制服らしきサージのワンピースを着た白髪交じりで悲しげな顔つきの女性が続いた。最後に入ってきたのがイヴ・ニールだった。白髪交じりの看守はイヴの手首のあたりで意味ありげに手をさまよわせている。逃げようとしたら、すぐさまわしづかみにするつもりだろう。

イヴには逃げる気配などひとかけらもなかった。けれども、強烈な光に容赦なくさらされる古びた木の肘掛け椅子を見たとたん、ぎくりとしてあとずさった。看守がとっさに手首をつかんだほど、急な動作だった。

「あの椅子にはもう座りたくありません」イヴの口調は穏やかだったが、声の抑揚からキンロス博士はいまにも壊れそうな危険な状態を感じ取った。「どんなことも我慢するつもりですが、あの椅子だけはいやです」

「そこに座る必要はありませんよ、マダム」ヴォトゥール予審判事が言った。「キンロス博士、あなたはじっとして！」

「そうですとも、そこでなくてもかまいません」ゴロン署長はイヴの背中を軽く叩いてなだめた。「あなたをいじめるつもりはないんですから。善人で通っているこの私が請け合います。それからキンロス博士ね、二度とこんな綱渡りのようなまねはしないと誓うなら、今後はもっときみを信頼できるんだがね」

キンロス博士は両目を閉じ、再び開いてから言った。

「これは私の落ち度だ」苦々しげな口調だった。「一日やそこらなら、たいして害はないだろうと高をくくっていた」

イヴはキンロス博士にほほえみかけた。

「実際にたいして害はありませんでしたわ。それに、ゴロン署長がキンロス博士は必ず約束を守る人だから、じきに、あの――ここから出してもらえるとおっしゃいましたもの」

「マダム、なんでも鵜呑みにするもんじゃありませんよ！」予審判事は渋い顔で皮肉めかして言った。

「人は信じたいように信じればいいんです」キンロスが口をはさんだ。

光に直撃される恐怖から逃れたので、イヴはあたかも他人事のように落ち着きを取り戻した。ゴロン署長が出してくれた肘掛け椅子に座ると、ヘレナ夫人、ジャニス、ベン伯父さんにていねいに会釈し、トビイには笑顔を向けた。それからキンロス博士に向かって言った。

「きっと助けてくださると信じていましたわ。一刻の猶予も許されない状況になって、目の前で机をばんばん叩かれたり、〝この人殺しめ！　いいかげん白状しろ！〟と怒鳴られたりしたときも――」イヴはそんなつもりはなかったのに声をあげて笑いだした。「わたしがこんな目に遭っているのも、あなたの計画のうちなんだと思っていました。これっぽっちもあなたを疑いませんでした。でも、それでも、怖くてたまらなかったんです！」

「わかります。そこがあなたの泣き所なんですよ」キンロスは言った。

「泣き所？」

「こういう深刻な事態に陥ったのも、もとはといえばそのせいなんです。あなたは人を信用しすぎる。そこにつけこもうとする人間がいても不思議はない。もちろん、私のことは信用してくださってけっこうですよ。しかし、はなからなんでも信用するのはいけません」キンロス博士はローズ家の面々を振り返った。「これから少々厳しい質問をします。気を悪くなさるかもしれませんが、どうします？　続けてもかまいませんか？」

第十八章

リノリウムの床で、誰かの椅子がぎぎっと鳴った。

「かまわんから、続けなさい！」ヴォトゥール予審判事がぶっきらぼうに言った。

「私はここまで殺人が起きた晩の出来事をかいつまんで述べてきましたが、きわめて重要なのでさらに続けます。必要とあらば、何度でもおさらいします。たしか、皆さんが十一時に劇場から帰ってきたところまで話したんでしたね」キンロス博士はトビイを見て続けた。「あなたはイヴ・ニールさんを玄関まで送ったあと、家族のいる自宅へ戻った。それからどうしました？」

ジャニス・ローズが面食らった顔でキンロスを見あげた。

「パパが一階に下りてきて、わたしたちにかぎ煙草入れを見せました」彼女は答えた。

「そのとおりです。実は昨日、ゴロン署長から聞いたのですが、粉々になったかぎ煙草入れは警察が事件翌日に押収し、丸一週間こつこつと作業して破片をもとどおり継ぎ合わせたそうですよ」

トビイは希望の光が見えたとばかりに背中をまっすぐ起こし、咳払いしてからおうむ返しに訊いた。

「継ぎ合わせたですって?」

「もっとも、もう値打ちはありませんがね、ローズさん」ゴロン署長が横から釘を刺す。

キンロス博士が手で合図を送ると、予審判事は再び机の抽斗を開けた。そして、壊さないよう慎重に取りだした小さな物をキンロス博士に手渡した。

もしもサー・モーリス・ローズが見たら、さぞや嘆いたことだろう。白い光が皇帝のかぎ煙草入れを撫でた瞬間、薔薇色の瑪瑙《めのう》が重厚な色合いをたたえ、時計の文字盤や針にちりばめられた小粒のダイヤモンドが燦然《さんぜん》と輝き、金側や竜頭《りゅうず》までもがきらめいた。にもかかわらず、それは安っぽく、もっと言えば不恰好に見えた。全体的にくすんでいびつに変形してしまったとしか言いようがなかった。キンロス博士はそれを一同の前に差しだすと、指で裏返してみせた。

「このとおり、膠《にかわ》でくっつけてあるんですよ」と説明する。「こんな細かい作業を延々とやらされたら、目が悪くなりそうですね。ああ、それから、蓋はもう開きません。ですが皆さんは壊れていない状態を見ているんですよね?」

「ええ、そうです!」トビイが残念そうに膝を叩いて返事をした。「新品同然だったときに見ましたよ。それがどうかしたんですか?」

キンロス博士はかぎ煙草入れを予審判事に返した。

「あの晩、サー・モーリスは十一時ちょっと過ぎに書斎へ上がった。手に入れたばかりの骨董品に家族がさっぱり興味を示さないので、少々おかんむりだった。で、ほかの方々はめいめい寝室へ引き取りましたね?

ところが、トビイさん、あなたはどうしても寝つけなかった。深夜一時に起きて客間へ下り、イヴ・ニールさんに電話をかけた」

トビイはそうだとうなずきながら、イヴのほうを横目で見た。なにを考えているのかよくわからない目つきだったが、彼女に話しかけたくてたまらないのに、それができず悶々としているように見えた。トビイはしきりに口ひげをひねっているが、イヴはまっすぐ前を向いたままだ。

キンロス博士はトビイの視線の先をたどった。

「そして彼女と電話でしばらく話したわけですね。どんな話をしましたか?」博士は訊いた。

「え?」

「夜中に電話でニールさんと話した内容です」

トビイは視線を前に戻して言った。「そんなこといちいち覚えてませんよ。あ、待てよ——そうだ、思い出した」手で口をぬぐった。「あの晩、一緒に観に出かけた劇のことですよ」

イヴは口もとをかすかにほころばせた。

「売春婦がテーマのお芝居でしたわ。トビイはわたしがショックを受けていないかと気をもんでいました。あのお芝居の内容にかなり動揺していたようです」

「なあ、イヴ」トビイは怒りを押し殺した様子で無愛想に言った。「婚約したとき、はっきり言っておいたはずだ。これまでのぼくは決して模範的な人間ではなかったと。覚えてるだろう? それなのに、昨夜ぼくが我を失って口走ったことをほじくり返して、非難しようというのか？」

　イヴは返事をしなかった。

「電話の話に戻りましょう」キンロス博士が横から言った。「その晩に観た劇の話をしたんですね。ほかには？」

「ふん！　そんなこと事件とは関係ないでしょう？」

「それが、大ありなんです」

「じゃあ――ピクニックのことを少し話しましたよ。次の日に二人でピクニックに出かける予定でしたから。もちろん、ああいうことになったんで取りやめましたがね。ああ、そうだ、それから、父がまたひとつ骨董品を手に入れたことも伝えました」

「その骨董品がどんな物かは言わなかったでしょう？」

「言ってません」

　キンロス博士はトビイに視線を据えた。「それから先は、ゴロン署長から聞いたあなたの供述を引用することにします。電話を切ったあと、あなたは寝室に戻るため二階へ上がった。時刻は一時を少しまわっていた。書斎のドアの下の隙間から明かりが漏れていたので、お父さんはまだ起きているのだとわかった。邪魔をしないよう、書斎には入らなかった。まちがいありませんね？」

「ありません」

「サー・モーリスはいつもそんなに夜更かしだったわけではないんでしょう？」

ヘレナ夫人がこほんと咳をして、トビイに代わって答えた。「もちろんですわ。うちは夜遅くまで起きていることがあるといっても、よそのお宅ほど遅くはありません。主人も普段は十二時前にベッドに入っていました」

キンロス博士はうなずいた。

「では今度は奥さんの番ですが、あの夜、あなたは一時十五分に起きて、ご主人の書斎へ行かれた。そろそろ寝たほうがいいと声をかけるついでに、かぎ煙草入れを買ったことについて小言を言うつもりだった。ノックせずに書斎のドアを開けると、天井のシャンデリアは消えていて、机の卓上ランプがともっているだけだった。ご主人が背中を向けて机の前に座っているのが見えたが、近眼のため、そばへ行って血を見るまでは異変に気づかなかった」

ヘレナ夫人の目に涙があふれた。「どうしてもこの話を続けなければなりませんの？」つらそうに尋ねた。

「あと少しの辛抱です。きわめて重要な点なのです」キンロスは言った。「悲劇は避けて通ることができても、事実は避けて通れません」

やがて、通報を受けて警察がやって来た。トビイさんとジャニスさんはイヴ・ニールさんを呼ぼうと道を渡って向かいのお宅へ行った。ところが警官に制止され、警視が到着するまで待つよう言われた。

ちょうどその頃、別の場所ではなにが起こっていたか？　ここで、あの食わせ者のイヴェット・ラトゥールに目を向けてみましょう。当人は警官が来てあたりが騒がしくなったので目が覚めたと言っています。そしてなにごとかと寝室を出た。さあ、ここが肝心要《かんじんかなめ》の部分です。ギロチンの刃の先端みたいなものです。このイヴェットというメイド、イヴ・ニールさんが人を殺して帰ってきたところを見たと主張していましてね。ニールさんは鍵で玄関を開け、血のついた部屋着のままこっそり二階へ上がり、寝室に入って浴室で血を洗い流していた、と証言しているのです。時刻はというと——午前一時半頃でした」

　ヴォトゥールが唐突に手を挙げた。

「ちょっと待った」彼は立ちあがって、机の向こうから出てきた。「きみは新しい証拠が出たと言うが、どこへ話が進むのかさっぱりわからんよ」

「わかりませんか？」

「わからんとも！　ニールさん本人が供述した行動とぴったり一致しておるじゃないか」

「ええ、そうです。一時半にね」博士は言った。

「一時半だろうがなんだろうが、一致すればかまわんだろう。キンロス博士、なにが言いたいのか詳しく説明してもらおう」

「はい、喜んで」博士は机の脇に立っていた。継ぎはぎだらけのかぎ煙草入れをいったん手に取ってから机に置いた。そのあとトビイのもとへ歩み寄って、目の前に立ち、好奇心をありありと浮かべて彼を見つめた。

「トビイさん、証言を変えるつもりはありませんか？」博士はおもむろに尋ねた。

　トビイは目をぱちくりさせた。「ぼくがですか？　いいえ」

「本当に?」博士は念を押す。「イヴ・ニールさんを愛していると言ったじゃないですか。彼女を救うためであっても、自分が嘘八百を並べ立てたことを認めようとはしないんですか?」

部屋の隅からゴロン署長の忍び笑いが聞こえた。予審判事はたしなめるように署長をにらみつけた。そのあと、すばやく机をまわりこんで、静かだが不穏な足取りでトビイに近づき、間近で顔をじろじろ見た。

「どうなんです、ローズさん?」ヴォトゥールは返事を促した。

トビイはばね仕掛けのように立ちあがった。その勢いで椅子がリノリウムの床に横倒しになった。

「嘘ですって?」

「ニールさんとの電話が終わって二階へ上がると、お父上の書斎のドアの下から光が漏れているのに気づいた、と言いましたね?」キンロスが念を押す。

ここでゴロン署長が割って入った。

「昨日、キンロス博士と一緒に書斎を調べようと二階へ上がったんですよ」署長は一同に向かって説明した。「書斎のドアを見て、博士は驚いていました。なぜなのか、そのときの私にはわかりませんでした。そういうささいなことは誰でも見落としがちなのです。しかし、いまはわかっています。思い出してください、あの分厚いドアは枠に下までぴったりはまっていて、隙間がほとんどないでしょう? そのため開け閉めするたび床の絨毯がこすれ、表面がけばだっていたんですよ」

ゴロンは一息つくと、ドアの動きをまねて手を水平に動かした。

「よって、ドアの下から室内の明かりが漏れるなんてことは絶対にありえんのです」ゴロンはいったん口をつぐんでから言い添えた。「しかし、トビイさんがついた嘘はこれだけではありません」

「そうだ」予審判事が合いの手を入れた。「二つのネックレスの話でもしようかね？」

キンロス博士はゴロンやヴォトゥールとはちがって、罠をしかけることには食指が動かなかった。人を追いつめて喜ぶ趣味は持ち合わせていなかった。けれどもイヴが表情を変えると、博士は黙ってうなずいた。

「それじゃ、茶色い手袋をはめていたのは……」イヴの声は悲鳴に近かった。

「そのとおり」キンロスは答えた。「あなたの婚約者、トビイ・ローズさんだったんです」

第十九章

「初めて聞く話ではないでしょうが」キンロス博士の話は続く。「彼はあの小賢《こざか》しいイヴェットの妹、プルー・ラトゥールとねんごろな間柄でした。プルー嬢は高価な贈り物がほしいと彼にせがみ、聞き入れてくれなければ二人の関係を触れまわると言って脅しました。だがあいにく彼は薄給の勤め人です。窮余の策として父親の骨董品コレクションからダイヤモンドとトルコ石のネックレスを盗むことにしたのです」

「まあ、なんてことを」ヘレナ夫人はすすり泣くように声を引きつらせた。

キンロス博士は考えこんでから言った。

「これを〝盗み〟と呼ぶのはさすがに酷でしょうね。悪気はなかったはずですから。本人もきっとそう言いますよ。いまは声も出ない状態のようですが。おそらく〝拝借する〟つもりで、お父上に気づかれないようこっそり模造品とすり替えようとしたんでしょう。本物をプルー嬢の機嫌を取る道具に使いたかったわけです。もっとも、彼女とはいずれ手切れ金かなにかを渡してすっぱり別れるつもりだったと思いますがね」

キンロス博士は予審判事の机のほうへ引き返し、両方のネックレスを手に取った。

「トビイさんは模造品を用意して……」

「グロワール街のポーリエに作らせたんですな」ゴロン署長が説明を添えた。「模造品を発注したのはこの男だと、ポーリエ氏はいつでも証言してくれますよ」

トビイは一言も口をきかなかった。皆の視線を避けながら部屋をすっと横切っていった。ドアへ向かう気だと思ったヴォトゥール予審判事は、ただちに警告を発した。だがトビイにはそんなつもりは毛頭なかった。比喩的にも、文字どおりの意味でも、隅っこへ隠れたかっただけなのである。書類棚の並ぶ壁際まで行って、一同に背を向けたまま立ち止まった。

「この模造品は昨夜――」キンロス博士は片方のネックレスを掲げてみせた。「プルー嬢の裁縫用バスケットから出てきました。これを有力な手がかりと踏んだ私は、ロンドンへ発つ前にゴロン署長に手紙を渡し、ネックレスをプルー嬢から押収して出所を調べてみてはどうかと提案しました。案の定、トビイ・ローズが与えたものでした」

「正直言って」思いがけないことにイヴが口を開いた。「そう聞いても、べつに驚きませんわ」

「ほう、そうですか?」ゴロン署長が尋ねる。

「わたし、昨日の晩トビイに、あなたがあげたんでしょうと訊いたんです。彼はちがうと否定しましたが、なんだか態度が不自然で、その前にはプルーさんに意味ありげな目配せをしていたんです。〝いいか、話を合わせるんだぞ〟とでも言うように。声が聞こえそうなほど明らかでしたわ」イヴは手でさっと目をぬぐった。顔が赤くほてっている。「プルーさんって、けっこうしたたかなんですのね。トビイからネックレスをどこで手に入れたのか訊かれると、見え透いたお芝居につきあって、だんまりを決めこんでいましたわ。それにしても、どうして模造品のほうを渡したんでしょう?」

「それはですね」キンロスが答えた。「もう彼女に本物を渡す必要はなかったからですよ」

「必要はなかった?」

「そうです。サー・モーリスが亡くなったため、この計算高い青年は父親の遺産からプルー嬢への慰謝料を工面できると考えたんですよ」

ヘレナ夫人が金切り声をあげた。

その声は、芝居心のある予審判事とゴロン署長には絶妙の効果音に聞こえたようで、二人ともかすかに笑ってヘレナ夫人を見た。だがそれ以外は誰も喜んでいなかった。ベン伯父さんは立ちあがって妹の椅子の後ろへまわり、彼女の肩に手を置いて落ち着かせた。キンロス博士は鞭を鳴らすような音で鋭く舌打ちした。

「トビイ・ローズ青年は、まさか父親も金に困っていたとはゆめにも思わなかったわけです」キンロス博士は言った。

「知ったときはさぞかし焦っただろうな」ゴロン署長が言葉をはさむ。

「ああ、そのとおり」とキンロス博士。「昨夜、本人も認めていたが、プルー嬢は殺人事件の少し前にトビイさんに対してだいぶごねたそうだ。彼とイヴ・ニールさんの婚約が発表されて以来、ずっとそんな調子だったらしい。きっと心細くなるたび彼を脅してたんだろう。結婚してくれる約束だったのにあんまりだ、フックソン銀行に乗りこんでやる、とでも言って。もしかすると、脅したのは姉のイヴェットかもしれない。ゴロン署長によれば、プルー嬢はきちんとした娘さんだそうだから。

そんなわけで、トビイさんはネックレスを与えて彼女をおとなしくさせようと考えた。本物をね。しかしながら、十万フランの価値がある貴重な品だ。模造品を用意したものの、すり替えることには二の足を踏んだ」

「なぜかしら?」イヴの口調は穏やかだった。

キンロスは薄笑いを浮かべた。

「まあ、彼にも良心があったということでしょう」

トビイは相変わらず口もきかなければ、振り向きもしなかった。

キンロスの話は続く。「が、しばらくすると決意が固まった。あの晩に見た劇の影響か、それとも別の原因があったのかは、当人に尋ねればわかるでしょう。とにかくなにかに触発されて、とうとう一線を越えてしまったのです。

深夜一時、彼は婚約者に電話をした。私の想像が正しければ、彼は話しているうちに、自分の将来は本物のネックレスを手に入れてプルー・ラトゥールを厄介払いできるかどうかにかかっていると思った。真剣にそう信じこんだ。天啓を得た気にさえなったでしょう。まさしく天の配剤だとね。いや、これはべつに皮肉でもなんでもありません」

キンロス博士はいったん言葉を切って、予審判事の机の脇に立ったまま続けた。

「実行は簡単です。父親がそんな時間まで起きているはずのないことは知っていました。書斎は真っ暗で、誰もいないに決まっています。こっそり中へ入って、ドアのすぐ左にある陳列棚を開けたら、あとは本物を偽物とすり替えて戻ってくるだけです。

そこで、一時を少しまわった頃、いよいよ決行に及んだ。探偵小説にならって、家族のほかの者も使っているような茶色の作業用手袋をはめた。模造ネックレスはポケットに入っている。彼は忍び足で二階へ上がった。ドアの下から漏れる明かりなど見えなかったが、室内は真っ暗で誰もいないはずだと思いこんでいた。ところがドアを開けると、真っ暗でも無人でもなかった。これまで再三言われているように不正を断じて許さない人物、すなわちサー・モーリスの姿があった」

「落ち着くんだ、ヘレナ」ベン伯父さんが妹をなだめた。

ヘレナ夫人は兄の手を振りほどいて言った。「うちの息子が父親を殺したとおっしゃるんですか？」

ここでトビイの出番となった。

隅に引っこんでいたトビイの頭上を、ちょうど灯台の光がかすめ、頭頂部の小さな禿げを照らしだした。彼は思いも寄らない成り行きに唖然としているようだった。まわりを見渡したところ、このばかげた展開に全員が興味津々だと気づいたらしく、まごついた様子で部屋の中央へ戻ってきた。

「ぼくが父を殺した？」彼はあっけにとられて訊き返した。

「そう聞こえましたがね」ゴロン署長は言った。

「ばかばかしい！」トビイはうつろな声で吐き捨て、一同を押しのけようとするかのように両腕を突きだした。「ぼくがそんなことをするわけないでしょう」

「その根拠は？」キンロス博士が尋ねる。

「根拠？　根拠？　実の父親を殺すほうが不自然じゃないですか！」トビイはあきれ果てた表情だったが、ひとまずその問題は棚上げにして、別の不満の種を持ちだした。「だいいち、そのいまいましい〝茶色の手袋〟のことは昨夜初めて聞かされたんですよ。それまでイヴは手袋の手の字も言ってなかったんです。プルーのところで、ぼくを懲らしめようといきなり持ちだした話ですからね。嘘じゃない！

だしぬけにそんなことを聞かされて、びっくり仰天しましたよ。昨晩イヴにも言いましたし、今日も皆さんにはっきり言いますが、茶色の手袋は父だろうが誰だろうが、人の死にはいっさい関係ありません。まったく、いいかげんにしてくださいよ！　父はね、ぼくが書斎に入ったときはもう死んでいたんです！」

「よし、これで決まった！」キンロス博士が一声叫び、てのひらで机を叩いた。

人の神経をかきまわし、ぴりぴりさせる音だった。トビイはびくっとしてあとずさった。

「決まった？　なんのことですか？」

「どうかお気になさらず。では、茶色の手袋をはめていたのはあなたですね？」

「はあ……そうです」

「ネックレスを盗もうと書斎に入ったら、お父上が机の前で事切れていたんですね？」

トビイはもう一歩下がった。

「あれは盗みじゃありません。さっきあなたもそう言ったじゃありませんか。盗もうなんて気はさらさらなかった。必要なものを手に入れるには、ああするしかなかったんですよ」

「トビイ」イヴはあきれかえった。「あなたって本当にご立派ね！　つくづく感心したわ！」

「倫理上の問題は抜きにして、ひとまず現実に起こったことを話してもらいましょう」キンロス博士が机の端に腰かけてトビイに言った。

トビイはぶるぶる震えだした。虚勢を張りたくても張れない段階まで来てしまったらしい。彼は手の甲で額をこすって言い返した。

「話すほどのことはなにもないですよ。やれやれ、あなたのせいで母や妹の前でとんだ赤っ恥をかかされた。こうなったらやけだ、知ってることは洗いざらい打ち明けます。胸のつかえもおりるでしょうしね。

ええ、たしかに書斎へ行きました。あなたの言ったとおりです。イヴとの電話が済んだあと、すぐに二階へ上がったんですよ。家の中はしんとしていました。模造ネックレスは部屋着のポケットに用意してありました。書斎のドアを開けると、机のランプだけがついていて、机の前には父がこちらに背中を向けて座っていました。

見えたのはそれだけです。ご存じのとおり、近眼でしてね。母と同じです。気づいていたんでしょう？　ぼくにはこうする癖があるから……」トビイは目のあたりに手をかざす独特の身振りをして、目をしばたたいた。「ま、いいんです、そんなことは。とにかく眼鏡が必要な視力で、銀行で仕事をしているときはかけています。だから、父が死んでいることには気づかなかったんですよ。

大急ぎで逃げようと、とっさにドアを閉めかけました。が、待てよと思ったんです。やれるんじゃないか？　手順はわかってるし、せっかく入念に準備したんだ、やめることはないだろう。延ばし延ばしにしてたら、いつまでたってもできないぞ。そんなことを考えるうち、いまやらなければ頭が変になる気がしました。

もうやるしかないと思いました。考えてみれば、父は耳が遠いうえに、かぎ煙草入れに夢中で見入っているようでした。目的の陳列棚はドアのすぐ脇です。手を伸ばして、ネックレスをすり替えるだけですから、見つかりっこありません。これさえ終われば、アルプ街の面倒な女のことは忘れて、ぐっすり眠れるんです。ぼくは手を伸ばしました。陳列棚の扉には鍵も留め金もついていません。音もなく開きました。ところが、ネックレスを取りだそうとしたら……」

トビイは黙りこんだ。

白い光線が室内を駆け抜けたが、気にかける者は誰もいなかった。差し迫った面持ちのトビイを、全員が固唾をのんで見守っていた。

「オルゴールがガラスの棚から落ちてしまったんです」トビイはそう言ったあと、言葉を探しながら説明した。

「木と錫《すず》でできた大きくて重たいオルゴールで、底に小さな車輪がついています。ガラスの棚の上にネックレスと並べて置いてあったんですが、そいつにうっかり手をぶつけてしまったんです。床に落ちたときの音は、死者の目も覚まさんばかりでした。いくら耳が遠くても、父にそれが聞こえないはずありません。

それだけではないんです。オルゴールは床に落ちると、まるで生き物みたいに身をよじって、『ジョン・ブラウンの死体』を盛大に奏で始めたんです。真夜中ですから、二十個いっぺんに鳴りだしたような騒々しさでした。ぼくはネックレスを持ったまま、呆然と立ちつくしました。ところが、おそるおそる振り返ると、父はぴくりとも動きません」

トビイは大きく息をのんだ。

「それで、様子を見ようと近寄ったんです。どんなありさまだったかは言うまでもないでしょう。念のため天井の明かりをつけて、見まちがいでないことを確認しました。ぼくはネックレスを持ったままでしたから、きっと血がついたはずです。手袋にはついていませんでしたが。父は頭を無残に打ち砕かれていましたが、それを抜きにすれば眠っているのかと思うほど穏やかな死に顔でした。そのあいだもオルゴールはずっと『ジョン・ブラウンの死体』を演奏し続けていました。

早く黙らせなければと、飛んでいって拾いあげ、陳列棚に突っこみました。そのあとで、もうネックレスをすり替えるわけにはいかなくなったと気づきました。警察の捜査が入りますからね。父を殺したのは強盗のしわざだろうと思いましたが、ぼくが十万フランもするネックレスをプルーにやって、それを警察に嗅ぎつけられたら、そして陳列棚に入ってるネックレスが模造品だとわかったら……

ぼくは取り乱しました。そうならないほうがおかしいでしょう？　あたりを見まわすと、暖炉の鉄具台にある火かき棒が目に留まりました。そばへ行って手に取りましたが、血と髪の毛がついているのを見てすぐに戻しました。もう限界です。一刻も早くその場を離れることしか頭にありませんでした。ネックレスを棚に戻そうとしたんですが、ビロードの台から滑り落ちてしまいました。あの台は斜めに立てかけてあったでしょう？　しかたなく、そのままにしました。でも部屋を出ていく前に天井の明かりを消すだけの分別は残っていました。それが父に対するせめてもの礼儀だと思ったんです」

トビイの声は弱々しく消え入った。

室内に全員の恐ろしい幻影が飛び交った。

キンロス博士は机の端に腰かけ、皮肉と感嘆が入り交じった表情でトビイを見つめていた。

「その話はいままで誰にもしていませんね？」

「ええ」

「なぜ？」

「誤解されると思ったからです。あの部屋へ行った目的はどうせ誰にも信じてもらえないでしょうからね」

「ほう。じゃあ、イヴ・ニールさんが思いきって本当のことを話したとき、あなた方は信じてあげましたか？　同じことでしょう。自分の話だけ信じろとは、ちょっと虫がよすぎやしませんか？」

「勘弁してくださいよ！」トビイはとうとう泣き言を口にした。「向かいの家の窓から人がのぞいてるなんて、いったい誰が想像します?」イヴをちらりと見る。「イヴだって最初のうちは、なにも見なかったと言ってたんですよ。実際に見なかったとぼくは思いますがね。昨日の晩まで、茶色の手袋のことなんか一度も言わなかったんですから」

「あなただって、いまの話をわれわれに黙っていたじゃありませんか。話していれば、婚約者の無実を証明するうえで大いに役立ったでしょうに」

トビイは面食らった顔だ。「どういうことです?」

「わかりませんか? では説明しましょう。あなたは午前一時に彼女と電話で話したあと、すぐに二階へ上がり、書斎でお父上が死んでいるのを見つけた」

「ええ」

「そうなると、もし彼女が犯人ならば、犯行時刻は午前一時より前ということになりますね? 午前一時にはすでに犯行を終えて自宅の寝室へ戻っていないとおかしい。あなたの電話に出たんですから」

「そうですね」

「彼女は犯行を終えて、一時には帰っていた。では、なぜそのあともう一度家から出たんでしょう? しかも一時半に戻ってきたときには血まみれだったんですよ」

トビイはぽかんと口を開け、また閉じた。

「おわかりですよね。ありえないことなんです」キンロス博士は穏やかだが有無を言わさぬ口調で言った。「二度も出ていくはずがないんです。ところが二度目のときの模様を、メイドのイヴェットは次のように証言しています。午前一時半、殺人を犯した奥様が、〝髪を振り乱して〟おびえきった様子で玄関の鍵を開けて入ってくると、身体についた血を洗い流そうと急いで二階へ上がっていった。こんな話、とうてい信じられませんね。荒唐無稽もいいところだ。サー・モーリス・ローズが息絶えてから三十分もあとに、もう一度家を出て、別の殺人を犯したというんですか？　ばかばかしい。一度目の殺人のあとにいったん帰宅したのなら、二度目に出かけるときは服や身体についた血を落としてからにするはずでしょう？」

キンロス博士は腕組みをして、机の縁《へり》にゆったりと腰かけていた。

「ヴォトゥールさん、そうは思いませんか？」博士は予審判事に尋ねた。

するとヘレナ夫人が兄の手を振り払って言った。

「そんな細かいことよりも、うちの息子の立場はどうなるんですの？　気がかりでなりませんわ」

「あら、わたしはそうでもないけど」不意にジャニスが口をはさんだ。「兄さんがずっとアルプ街の女性のところに通っていて、さっき言ったようなことを本当にやったんだとしたら、申し訳なくてイヴに顔向けできないわ。わたしたち、彼女にずいぶんひどい仕打ちをしたんだもの」

「お黙りなさい、ジャニス！　トビイがそんなことするわけないでしょう」

「でもお母さん、本人が認めてるのよ！」

「だったら、れっきとした理由があってのことでしょう。イヴについては、きちんと疑いが晴れて事件とは無関係だとわかれば、それがなによりですけど、わたしにとってはトビイのほうが心配ですよ。キンロス先生、息子が言ったことは本当なんですの？」

「ええ、本当です」

「それじゃ、息子は父親を殺してなどいないんですね？」

「そういうことになります」

「しかし、誰かが殺した」ベン伯父さんは警戒した目であたりを見まわした。

「そう、誰かが殺したんです」キンロス博士も繰り返した。「いよいよここに来ましたね」

こうしたやりとりのあいだ、一度も口をきかなかったのはイヴだけだった。白光が室内を走り、皆のゆがんだ影を壁に動く影絵芝居のように映しだしている中、イヴは爪先を見つめたまじっと座っていた。けれども一度だけ、キンロス博士が事件のあらましを詳しく語り聞かせているとき、急になにか思い出したように椅子の肘掛けをぎゅっとつかんだ。目の下に淡い影ができ、下唇に歯で噛んだ跡が白く浮かびあがった。彼女はこっくりとうなずいてから、顔を上げてキンロス博士の目を見た。

「わかった気がしますわ」イヴは小さく咳払いした。「あのことだったんですね。あなたがわたしに忘れるなとおっしゃりたかったのは」

「もっときちんと説明すればよかったですね。お詫びします」

「いえ、いいんです。謝ったりなさらないで。でも、いま初めてわかりました。今日、署長さん方の前で話したことがなぜ逮捕につながってしまったのか。ああ、そういうことだったんですね」

「あのう、横から申し訳ないんですけど」ジャニスが怪訝そうに口をはさむ。「いったいなんの話ですか？　さっぱりわかりません」

「真犯人の話ですよ」キンロス博士が答えた。「その正体についてです」

「おお！」とゴロン署長。

イヴはキンロス博士の手の脇にある、彩り豊かに輝く皇帝のかぎ煙草入れを眺めていた。

「この九日間、ずっと悪夢の中で過ごしてきた気がします。茶色の手袋の悪夢です。そのことばかり考えていました。しかも、あれをはめていたのはトビイにちがいないと思って――」

「それはどうも」当の本人が不機嫌につぶやく。

「あなたを責めようなんていう気持ちは全然なかったわ。本当よ。誰だって、ひとつのことで頭がいっぱいだったら、ほかのことなんて考えられないでしょう？　真実ではないことを真実だと信じこんでしまうこともあります。てっきりこうだと思っていたのに、実はそうではなかったというような。それに、疲れきって頭がまともに働かないときは、重大な真実でさえ思い出せなくなってしまうものなんです」

するとヘレナ夫人が甲高い声で言った。

「ねえ、ちょっと、そういう小難しい話は心理学だかフロイト派だかに任せて、もっと簡単な言葉で、わたしたちにもわかるように説明してくださいな」

「かぎ煙草入れですわ」イヴが答えた。

「それがどうしたの?」

「犯人が粉々に壊してしまったんです。その破片をあとで警察が拾い集めて継ぎ合わせ、もとの形に戻しました。ですからわたし、自分の目で見るのはこれが初めてなんです」

「でも――」ジャニスは怪訝そうな顔で言いかけた。

キンロス博士がかぎ煙草入れを指差して説明した。

「よくご覧ください。あまり大きい物ではありません。サー・モーリスが寸法を書き留めていますが、それによると直径は二インチ四分の一です。では外見についてはどうでしょう。こうして間近で見ても、懐中時計そっくりですね。事実、サー・モーリスが家族の人たちに見せたとき、皆さん最初は懐中時計だと思った。そうでしたね?」

「ええ」ベン伯父さんが言った。「しかし……」

「言い方を変えれば、見ただけではかぎ煙草入れだとはわからないでしょう?」

「なるほどそのとおりだ」

「殺人の起こる前にイヴ・ニールさんがこれを目にした、もしくはどんな形状のものか聞かされたことは一度もなかったのですね?」

「ありません」

「では、彼女は五十フィート離れた窓からこれを見たと供述していますが、どうしてかぎ煙草入れだとわかったのでしょう?」

イヴは目を閉じた。

ゴロン署長とヴォトゥール予審判事はちらっと視線を交わした。

「これがすべての謎を解く鍵です」キンロス博士は続けた。「そこに暗示の力をうまいこと組み合わせたわけです」

「暗示の力ですって?」ヘレナ夫人が金切り声をあげた。

「この殺人事件の犯人は実に狡猾でした。恐ろしく巧妙な計画のもと、イヴ・ニールさんは第二の被害者として、サー・モーリス殺しの強固なアリバイ作りに利用されたのです。犯人はあと少しでまんまと逃げおおせるところでした。誰が犯人なのか知りたいでしょうね」

キンロス博士は腰かけていた机の端からすっと降り、廊下に面したドアへ向かった。灯台の光がちょうどぐるりと回ってきたところで、ドアを勢いよく開けた。

「病的なまでに強情な人でしてね。われわれは止めたのですが、本人がどうしてもここへ来ると言って聞かないのです。自分の口からじかに証言したいそうですよ。さあ、入りたまえ、きみ。皆さんお待ちかねだよ」

青白い光にくっきりと照らしだされたのは、血の気が失せて目をらんらんとさせたネッド・アトウッドの顔だった。

第二十章

　それからちょうど一週間後、晴れた日の午後遅い時刻、ジャニス・ローズがしみじみ言った。

「結局、女性の名誉のために沈黙を守る潔い男と思われていた目撃者が、実は真犯人だったんですね。前代未聞の型破りな事件じゃありません？」

「ネッド・アトウッドはそう思っていたでしょうね」キンロス博士は言った。「彼は一八四〇年にロンドンで起きたウィリアム・ラッセル卿の事件から着想を得て、そこに逆ひねりを加えたんですよ。

　前にも話したとおり、犯人のねらいはサー・モーリスを葬り去るにあたってのアリバイ工作でした。そこでイヴ・ニールさんを自分のアリバイ証人に仕立ててあげようともくろんだのです。彼女はいやおうなく事件に巻きこまれ、名乗りでれば自分の名誉が傷つきかねない立場にあった。そういう目撃者の証言は信憑性が高いと見なされるんですよ」

　イヴは身震いした。博士の話は続く。

「いまお話ししたのは、アトウッドのもともとの筋書きです。計画の実行中にまさか茶色の手袋をはめたトビイさんが飛び入り参加するとは予想だにしなかったでしょう。この思わぬ出来事のおかげで、アリバイ証人のみならず身代わりまで手に入りました。トビイさんを見たときは快哉《かいさい》を叫びたかったでしょうね。ここまでうまく行くとは思わなかったはずです。ただし、そのあとに思わぬ出来事がもうひとつ待ち受けていた。自分が階段から転落して、脳挫傷《のうざしょう》を起こしてしまったのです。その結果、計画は水泡に帰してしまいました。善と悪が五分五分になるよう、運命が帳尻合わせをしたんでしょうね」

「詳しくうかがいたいですわ」イヴが不意に言った。「どうか続きをお聞かせください。なにもかも話してください」

皆のあいだに小さな緊張が走った。イヴ、キンロス博士、ジャニス、ベン伯父さんの四人は、イヴの家の高い塀と栗の木に囲まれた裏庭で、お茶のあとの語らいを楽しんでいた。頭上では木の葉がほんのり黄色に染まり始めていた。

そろそろ秋めいてきたな、とダーモット・キンロスは内心で独りごちた。明日はロンドンへ帰るとするか。

「ええ、お話ししますよ」キンロス博士は言った。「私もそのつもりでしたから。この一週間、ヴォトゥール予審判事とゴロン署長と力を合わせ、ばらばらだった糸をつなぎ合わせる作業に取り組んできました」

真剣に聞き入るイヴを見て、キンロスは真相を伝えるのがつらくなった。

「いやはや、あなたという人は憎らしいくらい口が堅いんですな」ベン伯父さんがぼやいた。喉の奥で鈍い音を鳴らしてから、勢いよく声を発した。「しかしどうしてもわからんのは、あの男がモーリスを殺した動機だよ！」

「同感ですわ」イヴが言った。「いったいなぜかしら。あの人にとっては知らない相手のはずでしょう?」

「知っていたが気づかなかったんですよ」キンロス博士は答えた。

「気づかなかった? どういう意味ですの?」

キンロス博士は枝編み細工の椅子にゆったりともたれ、足を組んだ。メリーランド煙草に火をつけたとき、真剣に考えこむ顔が照らしだされた。普段よりもしわが多く、怒っているように見えたが、イヴに振り向いたときはその表情を笑顔の奥に隠していた。

「これまでに判明している諸々の事実を、あなたにあらためて振り返っていただきます。ネッド・アトウッドと結婚して、ここに住んでいた頃——」博士はイヴが身をすくめるのに気づいた。「向かいのローズ一家とはつきあいがなかったんでしょう?」

「ええ」

「しかし、サー・モーリスを見かけたことは何度かあった」

「おっしゃるとおりです」

「そして、サー・モーリスはあなたがアトウッドと一緒にいるときに顔を合わせると、決まっていぶかしげにじろじろ見ていたんでしたね? 無理もありませんよ。サー・モーリスはネッド・アトウッドの顔を前にどこで見たのか必死に思い出そうとしていたんですから」

イヴは背筋をぴんと伸ばした。予感めいた推測が脳裏で突然ひらめいたのだ。だがキンロス博士は単なる推測の話をしているのではなかった。

「それから、トビイ・ローズさんと婚約したあと、サー・モーリスは一度だけアトウッドのことを遠回しに尋ねようとしたことがありましたね？　だが途中で言葉を濁し、あなたを妙な目つきで見たきり黙りこんでしまった。そうですね？　さて、あなたはアトウッドと結婚していましたが、彼のことをどのくらいご存じでした？　彼の出生や経歴について、現時点でわかっていることがなにかありますか？」

イヴは唇を湿らせた。

「ありませんわ、ひとつも！　不思議な偶然ですね。わたしもあの晩――殺人事件が起きた晩、まさにそのとおりのことを彼に言ったんです」

キンロス博士はジャニスに視線を転じた。彼女はあっけにとられながらも、徐々にのみこめてきた様子だった。

「ジャニスさん、あなたの話では、お父さんは人の顔を覚えるのが苦手だったそうですね。しかし、たまにふとしたきっかけで、この人とは以前どこどこで会っているぞと思い出すことがあった。大いにうなずけます。お父さんは刑務所の改善に取り組む活動を通じて大勢の人々と面識があったでしょうから。ネッド・アトウッドの顔に見覚えがあると気づいたのがいつだったかは知る由もありませんが、問題は思い出した中身です。重婚罪で五年の刑を言い渡され、ウォンズワース刑務所で服役中だったアトウッドは、模範囚として仮釈放されたまま逃亡していたのです」

「重婚？」イヴの声が大きく響いた。

だが否定や疑念の言葉は出てこなかった。夕暮れが忍び寄る芝生の向こうから、いまにもネッドが現われそうな気がした。その姿が、あの笑顔が、実物そのもののようにくっきりと脳裏に浮かんだ。

「あのパトリック・マホーン（一九二四年、愛人との二重生活の果てにサセックスの寂しい海岸で妊娠した彼女を殺害し、死体を切断した）みたいなやつですよ」キンロスは言った。「女性からはちやほやされるようですね。イギリスを逃れてヨーロッパ大陸を放浪し、あちこちでうまい話を持ちかけて金を巻きあげる。そのうえ借金まで——」

かろうじて感情を抑えこんだ。

「あとは推して知るべしですよ。だいたい想像はつくでしょう。

ニールさん、あなたはアトウッドと離婚しましたが、実はしていません。そもそも彼との結婚が法的に成立していないからです。話はそれますが、彼の本名もアトウッドではありません。いずれ公的記録を確認するといいでしょう。アトウッドはあなたとのいわゆる架空の離婚が済むと、アメリカへ渡りました。必ずあなたを取り戻してみせると周囲に吹聴し、本気でそうするつもりでした。ところが、そうこうするうちにあなたはトビイ・ローズさんと婚約してしまった。

サー・モーリスは息子の婚約に大賛成だった。心から喜んでいた。二人の結婚の妨げになるようなものは徹底的に排除するつもりだった。そのおもな理由は、ジャニスさんやフィリップスさんはおわかりでしょうが……」

沈黙が漂った。

「ええ」ベン伯父さんがパイプを嚙みながら、しぶしぶ答えた。「しかし、私はいつもイヴの味方でしたよ」

ジャニスはイヴを振り向いて言った。

「不愉快な思いをさせてごめんなさいね。トビイがあんなに自分勝手だとは思わなかったのよ。本当にひどいわ。いくら兄でも許せない。でもね、あなたのことは本気で疑ってたわけじゃ……」

「おやおや、前科があるんじゃないかとまで言っていたのに？」キンロス博士が笑顔でからかう。

ジャニスはぺろりと舌を出した。

「しかしね、突破口を開いてくれたのはジャニスさん、あなたなんです」キンロス博士は言った。「あなたから聞いたフィニステールだかマコンクリンだかという男の話は、事件全体を読み解くための寓話となりました。手がかりは過去にあったんですよ！　歴史は繰り返すというが、まさにそのとおりだ。あなたはうっかり脇道へ迷いこんでしまっただけですから、気になさる必要はありません。さて、では説明に戻ります。ネッド・アトウッドがラ・バンドレットに舞い戻ってきて、ドンジョン・ホテルに泊まっていたことは誰もが知っていました。そう考えてさしつかえないでしょう。

事件のあった日、サー・モーリスは午後の散歩に出かけた。行き先は？　そう、ドンジョン・ホテルの奥にあるバーです。もう皆さんご存じのとおり、そのバーにはネッド・アトウッドがいました。ほかの客たちの前で、別れた妻を必ず取り返してみせると息巻いていました。彼女のことを婚約者の家族に洗いざらいぶちまけてやるとまで言って。

ジャニスさん、あなたはアトウッドがそのときにお父さんと会って言葉を交わした可能性にも触れましたね。実際そのとおりだったんです。お父さんに、〝話があるから外へ出てくれ〟と言われ、アトウッドはいったいなんだろうと思いながらついて行った。そこで初めて、サー・モーリスに過去の秘密をがっちり握られていることに気づいたのです。さぞかしはらわたが煮えくりかえったことでしょう。

二人は動物園の中を歩いた。サー・モーリスは怒りに震えながら、以前フィニステールに言ったのと同じことを言った。どんな内容かは覚えていらっしゃいますね？」

ジャニスはこっくりとうなずいた。

「〝二十四時間の猶予を与えるから、そのあいだにどこへでも逃げるがいい。ただしそれを過ぎたら、おまえが逃げていようがいまいが、現在どういう名前でどういう暮らしをしているかをすべてロンドン警視庁に通報する〟」ジャニスは父親の言葉をそっくりそらんじた。

身を乗りだしていたキンロス博士は、再び椅子に深々ともたれて言った。

「アトウッドにしてみれば、いきなり降りかかってきた災難でした。自信満々だったにもかかわらず、別れた妻を取り返すことは不可能になりました。それまでのような気ままな生活ともおさらばしなければなりません。刑務所へ逆戻りなんですからね。動物園の檻の前を歩いている彼がどんな心境だったかは、容易に想像がつくはずです。いきなり刑務所に引きずり戻されるなんて、そんな不公平なことがあってたまるかと思ったでしょう。

こうなったら手段はただひとつ……

アトウッドはサー・モーリスと知人の間柄ではなかったが、ボヌール荘に住んでいるローズ家の生活習慣は熟知していた。真向かいの家に何年も住んでいたわけですからね。よって、サー・モーリスが家族が寝静まったあとも書斎で起きていることは、自分の目で見て知っていた。書斎の内部の様子も、イヴ・ニールさんと同様、道路をはさんだ窓越しに何度も見たことがあった。家具の配置や、暖かい季節にはカーテンを閉めないことも知っていたし、サー・モーリスの座る場所やドアの位置、暖炉用具が置いてある場所も頭に入っていた。なにより有利だったのは、このイヴ・ニールさんの家の鍵を持っていたことです。その鍵でボヌール荘の玄関を開けられることは皆さん覚えておいででしょう」

ベン伯父さんは物思わしげな顔をして、パイプの柄で額をこすった。

「なるほど。ひとつの証拠が二重の意味を持つこともあるんですな」

「そうです。そのとおりです」キンロス博士はためらいがちに続けた。「ここから先は皆さんにとって愉快な話ではないと思いますが、どうしますか？　本当にお聞きになりたいですか？」

「どうか続けてください！」イヴがきっぱりと答えた。

「わかりました。アトウッドにすれば、破滅を免れるにはただちに行動に出て、サー・モーリスの口を永久にふさぐしかありません。自分が〝とっとと消え失せる〟まで、サー・モーリスはスキャンダルを避けるため誰にもこのことを口外しないとにらんだ。とはいえ、思わぬ手ちがいが生じた場合にそなえ、鉄壁のアリバイを作らなければならない。動物園を歩きながら、奸智《かんち》に長けた彼は十分間でアリバイ計画を練りあげました。そろそろわかりかけてきたでしょう？

彼はローズ家の習慣を心得ていましたから、一同が劇場から戻ってくる頃を見計らってアンジュ街をうろついていました。イヴ・ニールさんとローズ家の方々がそれぞれの家に帰るのを見届けるためです。そのあとも皆さんが寝室に入るまで辛抱強く待ち、書斎を除いて窓の明かりがすべて消えるのを確認しました。書斎の窓はカーテンが開いたままで外から丸見えだったわけですが、まったく気にしませんでした。実はそのことを織りこんだうえでの計画だったのです」

ジャニスは唇まで青ざめていたが、疑問を投げかけずにはいられなかった。

「通りの反対側のどの家から見られるかもしれなかったのに」

「通りの反対側のどの家からですか？」キンロス博士が問い返す。

「考えてみればそうね」イヴは言った。「うちの窓はいつもカーテンをぴったり閉じてあるし、両隣の別荘は季節はずれで空き家になっていたわ」

「そのとおりです」キンロス博士は言った。「ゴロン署長からそう聞きました。ではアトウッドの独創的な計画に話を戻しましょう。用意はできていましたので、さっそく実行に移りました。持っていた鍵を使って、サー・モーリスの家の玄関を開け……」

「それは何時頃ですか？」

「一時二十分前くらいです」

キンロス博士の煙草は吸わないうちに燃え尽きて、黄色っぽい燃え殻に変わっていた。彼はそれを地面に捨て、かかとで踏みつけた。

「あくまで推測ですが、暖炉用具の中に火かき棒がないことを想定して、同じように大きな音のしない凶器を用意していたでしょう。火かき棒はちゃんとありましたから、結果的には不要でしたがね。あとで本人がイヴ・ニールさんに話した内容によると、彼はサー・モーリスが耳が遠いことも知っていたようです。書斎のドアを開け、暖炉の脇にある火かき棒をつかみ、被害者の背後へ忍び寄った。机の前に座っているサー・モーリスは新しい宝物に夢中で見入っていた。机の上の便箋には大きな飾り文字で、〝時計型のかぎ煙草入れ〟と書いてある。

犯人は火かき棒を持って振りかぶり、勢いよく打ち下ろした。その瞬間、頭にかっと血がのぼったのでしょう、荒れ狂って繰り返し殴りつけた」

イヴはネッド・アトウッドをよく知っているので、その姿が目に浮かぶようだった。

「すると故意か偶然か、殺人者の一撃は高価そうな骨董品を粉々に砕いた。なにを壊したんだろうと思い、顔を近づけてみたところ、〝かぎ煙草入れ〟という大きな文字が犯人の目に真っ先に飛びこんだ。便箋は血に染まっていましたが、見出しの部分は読み取れたんでしょう。あとで私たちもそうだったように、その文字は彼の脳裏にくっきりと焼きついたはずです。そして、ここが最も重要な点なのですが――」

キンロス博士はイヴのほうを向いた。

「アトウッドはあの晩、どんな服装でしたか？」

「ええと、たしか、目が粗くて表面がけばだった黒っぽいスーツでした。なんという生地かはわかりませんけれど」

「はい」キンロス博士はうなずいた。「まさにそういう服でした。ですからかぎ煙草入れを打ち砕いた瞬間、飛び散った細かい破片がジャケットにくっついたのです。本人はまったく気づきませんでしたがね。破片はのちに寝室で彼があなたともみ合った際、偶然あなたの白いレースの部屋着にくっつきました。

そうとは知らず、あなたはそんなものがつくはずないと言いきって、何者かが罠にはめようと細工したのだと思いこみました。だが蓋を開けてみれば、真相はそれよりはるかに単純だったわけです。

破片の謎に関してはたったそれだけのことです」キンロス博士はジャニスとベン伯父さんを見て言った。「これまでは不気味に思えた瑪瑙《めのう》の破片も、いまなら不気味でも不思議でもないでしょう？

おっと、少々先走りしたようですね。いまの話はあとで事実関係を組み立て直した結果わかったことで、最初から明らかだったわけではありません。ゴロン署長から初めて事件の経緯を聞かされたときは、犯人はローズ家の中にいる疑いが濃厚だったのです。文句は言いっこなしですよ。あなた方だってそう考えていたんですから。

事件のことを初めて知った日の午後、私はボヌール荘でイヴ・ニールさんがゴロン署長の前で語るのをじかに聞き、話に出てきたある状況にどこか引っかかるところを感じました。ところが同じ日の晩、〈ルース亭〉でオムレツを食べながら彼女に細大漏らさず話してもらったとき、頭の中のもやもやが一瞬にして晴れ、それまでぼんやりしていた考えがくっきりと形をなしたのです。自分はいままで誤った方向を見ていたのだと突如気づかされたのです。なんのことか、あなたはもうおわかりですね?」

イヴは身震いしてから答えた。

「ええ、わかりすぎるくらいわかっています」

「ここにいる皆さんにもはっきりわかるよう、もう一度あのときの模様を再現しましょう。アトウッドは深夜一時十五分前くらいに例の貴重きわまりない鍵でお宅の玄関を開け、勝手に寝室へ入ってきた――」

「目がとろんとしていました」イヴが興奮を抑えきれない声で言った。「酔っているのかと思いましたが、いい気分で浮かれているというより、神経が張りつめていまにも泣きだしそうな感じでした。彼のああいう姿は初めて見ました。でも、本当はお酒なんか飲んでいなかったんです」

「そのとおり。人を殺してきたばかりだったんです」キンロス博士が言った。「殺人計画を実行するのは、うぬぼれ屋のアトウッドにもさすがに荷が重かったようですね。犯行後、ボヌール荘をこっそり出てカジノ大通りで少しだけ時間をつぶし、そのあとで久しぶりに戻ってきた顔をしてボヌール荘の向かいの家へ忍びこんだのです。これでアリバイ工作の準備は整いました。

いや、こんなことはどうでもいい。事実だけを追いましょう。アトウッドはいきなりあなたの前に現われて、ローズ家のことや、真向かいの書斎にいるサー・モーリスのことをしゃべり始めた。そうしてあなたを動揺させ、不安のどん底に突き落としたあげく、窓のカーテンを開けて向こうをのぞき見た。あなたはとっさに明かりを消した。さあ、ではそれに続く彼との会話を、そっくりそのまま正確に繰り返していただけますか?」

イヴは目を閉じた。

「わたしは、〝サー・モーリスはまだ起きてる? ねえ、どうなの?〟と尋ねました。ネッドは、〝起きてるよ。だがこっちのことにはさらさら興味がないらしい。拡大鏡を手に、かぎ煙草入れみたいなものを熱心にご鑑賞中だからね。おやっ!〟と言いました。わたしは、〝どうしたの?〟と訊きました。ネッドの返事は、〝ほかにもう一人いるぞ。誰だかちょっとわからないが〟でした。それでわたし、〝きっとトビイだわ。ネッド・アトウッド、いますぐ窓から離れてちょうだい〟ときっぱり言いました」

大きく息を吸いこんで、あの静かな晩の蒸し暑い寝室の空気をまざまざと思い起こしながら、イヴは目を開いた。

「以上ですわ」彼女はしめくくった。

「会話のあいだ、あなたは実際に窓の向こうを見ましたか?」キンロス博士が尋ねた。

「いいえ」

「見ないで、彼の言葉を鵜呑みにしてしまったんですね」博士はほかの面々に顔を向けた。「いいですか、皆さん、いまの部分でいきなり顔を殴られるのと同じくらい衝撃的なのは、アトウッドがかぎ煙草入れを見たと言っているくだりです。たとえ本当に見えたとしても、通りを隔てた書斎までは五十フィートも離れているわけですから、せいぜい懐中時計らしき小物としかわからなかったはずなんです。にもかかわらず、なんの躊躇もなく、〝かぎ煙草入れ〟と言っているではありませんか。悪賢い男がうっかりしっぽを出した瞬間ですよ。それがかぎ煙草入れだと彼にわかったはずがありません。いまわしい残忍な行為に手を染めていないかぎり、決して知りえない事実だったのです。

それだけではない。あの男は次になにをやったと思います?

イヴ・ニールさんの心を操って、一緒に窓から見たと思いこませようとしたのです。拡大鏡を手にぴんぴんしているサー・モーリスの背後に恐ろしい人影が忍び寄っていく場面を、彼女の記憶に刷りこもうとしたわけです。

アトウッドは暗示の力を用いて、それを念入りに繰り返しました。イヴ・ニールさんの話を聞けば、誰でもはっきりとわかるでしょう。〝ぼくらが最初に向かいの部屋をのぞいたときのこと……覚えてるかい?〟といった言葉をしきりと口にしていましたから。しかも彼にとってはおあつらえむきに、相手は人一倍暗示にかかりやすい女性ですしね。イヴ・ニールさんは以前私と同業の心理学者から、そう指摘されたそうですが、私も同感です。神経が繊細なため、言われるままに信じこむ傾向があります。そこでアトウッドはイメージを充分植えつけたあとでカーテンを開き、サー・モーリスの死体を見せたのです。

　そこで私ははっと気づきました。

　わざわざそんな芝居を打ったのは、イヴ・ニールさんに実際には見ていないものを見たと信じこませるためなのだと。すなわち、アトウッドと一緒にいたときにはサー・モーリスはまだ生きていたと信じこませたかったのです。

　殺人犯はアトウッドです。罪を逃れるためこのように周到な計画を用意し、成功の一歩手前まで行きました。イヴ・ニールさんに誤った記憶を巧みに刻みつけたのです。彼女はそれまでにもたびたび書斎にいるサー・モーリスを見たことがあったため、それと同じ姿をあの晩にも見たと思いこみました。生きて机に向かっていたとね。ゴロン署長と初めて会ったときにそのように話すのを私はこの耳で聞きました。もし、あのかぎ煙草入れが普通のありふれた外観だったら、アトウッドはまんまとやりおおせていたでしょう。恐ろしいほど利口な男だ」

　キンロス博士は椅子の肘掛けに頬杖をつき、暗い表情で考えこんだ。

「聡明ですね」ジャニスがそっと言葉をはさむ。

「聡明？　ええ、あの男は聡明ですとも！　犯罪史にも通じていましたからね。ウィリアム・ラッセル卿の事件をとっさに思い起こして手際よく利用し、誰にも疑われないよう……」

「ちがいます。聡明だと言ったのは、犯人の手口を鮮やかに見抜いたキンロス先生のことです」

　キンロスは声をあげて笑った。といっても、どんなときも得意げな態度は決して取らないので、笑い声も苦い薬が喉につかえているような皮肉っぽさを含んでいた。

「そうですか？　誰にでもわかることだと思いますよ。それはともかく、世の中には生まれつき悪党の餌食になりやすい女性というのが必ずいるものですね。

さて、ご承知のとおり、今回の事件は誰かがよけいなちょっかいを出したせいで、混迷の度合いが深まりました。茶色の手袋をはめて書斎にひょっこり現われたトビイ・ローズさんのことです。アトウッドにすれば、まさに飛んで火に入る夏の虫だったでしょう。ニールさんの話によれば、アトウッドは仰天しながらも嬉しさを禁じえなかったようです。防御を固めるうえで、現実的な総仕上げをしてもらえたんですからね。

どうです、彼の駆け引きがどこへ行き着くか、そろそろ見えてきたでしょう？　できれば表舞台には上がりたくないというのが彼の本音だったはずです。事件とは距離を置くに越したことはありませんからね。サー・モーリスと過去に接点があったことは公には知られていませんので、おとなしくしているほうが得策です。万一なんらかの齟齬《そご》が生じたとしても、盤石のアリバイを用意してあるので心配はいりません。証人に利用するのは彼が優位に立って意のままに操れる女性です。彼女は不承不承、自分の評判を落とすような内容を証言するのですから、きわめて信憑性の高いアリバイと見なされるでしょう。

だからこそ彼は、ホテルに戻って倒れたとき、車にはねられたと嘘を言ったのです。よほどのことがないかぎり、事件のことには触れないつもりでした。それに、自分の怪我がそれほど深刻なものだとはゆめにも思わなかったでしょう。

ところが、ここを境に計画は狂ってしまった。まず、彼は不慮の事故で階段から転落し、脳挫傷を起こした。次に、食わせ者のイヴェット・ラトゥールが横から割りこんで、勝手にかきまわした。言うまでもなく、アトウッドはニールさんに罪を着せるつもりは毛頭ありませんでした。まさか彼女に嫌疑がかかるとは思いもしなかったはずです。脳挫傷で動けずにいるあいだ、その後の成り行きが気になってしかたなかったでしょうね」

「それじゃ、イヴを家から閉めだしたのは本当にイヴェットだったんですね?」ジャニスが訊いた。

「そうですよ。もっとも、イヴェットに関しては推測に頼るしかないんですがね。ノルマンディー魂が宿っているせいか、頑固に黙秘しているんですよ。あの手この手で口を割らせようとしましたが、一言も引きだせません。しかし、どうやらニールさんを閉めだしたときは殺人が起きたとは知らなかったようです。アトウッドが寝室にいると気づいて、スキャンダルの種を作ろうとしたんでしょう。そうすれば、ローズ家のお堅い孝行息子との婚約は破談になるはずですから。

もう一度繰り返しますが、イヴェットはノルマンディー魂の持ち主です。ニールさんが殺人事件の容疑者になったと知って驚きはしましたが、迷いや後悔はみじんも感じませんでした。それどころか渡りに船とばかりに張り切って、警察が逮捕に漕ぎ着けられるようせっせと協力しました。トビイさんとの結婚を白紙に戻すにはそれが一番の近道ですからね。イヴェットには善悪の観念などありません。妹のプルーをトビイさんと結婚させるために必死だったのです。

私が例のアルプ街の花屋へ行って、ネックレスが二つあることを発見したのは、そうした複雑な状況のさなかでした。あの晩、私はニールさんから事件当夜の模様をさらに細かく聞き、そこに登場する真犯人の姿をはっきりとらえることができました。肝所《かんどころ》さえ押さえてしまえば、さかのぼって推理していくのはたやすいことです。証拠の断片を正しくつなぎ合わせることもわけなくできます。

残る疑問は、アトウッドがサー・モーリスを殺害した動機です。答えはヘレナ夫人やジャニスさんの話に出てきた、サー・モーリスと刑務所の仕事とのかかわりから見つかりました。フィニステールという男の話を聞いてぴんと来たのです。ではその仮説を裏付けることは果たしてできるのか？　できますとも、簡単に！　警察のお尋ね者になっていれば、たとえ別名で犯した犯罪であっても、ロンドン警視庁の記録部に指紋が保管されているはずですからね」

ベン伯父さんがひゅっと口笛を吹いた。

「おお、そうか！」彼は椅子の背もたれから起きあがった。「わかった！　あなたが飛行機でロンドンへ日帰りしたのは……」

「たしかな証拠を得るまでは動きが取れません。そこでドンジョン・ホテルへアトウッドを訪ね、脈をみるときに彼の指を懐中時計の銀の裏蓋に押しつけ、こっそり指紋を採取しました。時計にはそういう使い道もあるんですよ。ロンドンへ行って照合したところ、なんとありがたいことに同じ指紋がやすやすと見つかりました。ところがこちらへ戻ってきたら……」

「計画がふいになってしまったんですね」イヴは抑えきれずに笑いだした。

「そうです。警察はあなたを逮捕していました」博士は顔を曇らせた。「しかし、無理もないことかもしれませんがね」

そう言ってキンロスは皆のほうを向いた。

「私と一緒にいたときのニールさんは疲れきっていたせいで、意識的な操作がはずれて、本人も気づかないままありのままの事実を語りました。潜在意識はそういう不思議ないたずらをするものでしてね。その話を聞いて、彼女は実際には窓からのぞいていないこと、つまり生きているサー・モーリスの姿など見ていないことが容易に推察できました。かぎ煙草入れも、彼女は自分の目では一度も見ていません。アトウッドに言われたままを口にしただけなのです。

そう気づいたものの、私が別の暗示で彼女の記憶を誘導するわけにはいきませんし、その必要もありません。彼女が事実をそのまま語りさえすれば、アトウッドの犯行であることはおのずと明らかです。そこで彼女に、ゴロン署長の前でも私に話したとおりに話すよう言いました。供述が正式に記録されれば、アトウッドの動機に関する証拠で私の推理を裏付け、犯人逮捕へと駒を進めることができたのです。

ところが、私は不覚にも、アトウッドが彼女の意識に埋めこんだ暗示の強さを見くびっていました。ゴロン署長とヴォトゥール予審判事が与えた威圧感もかなり大きかったようです。そのためニールさんは署長たちの前で供述する際、アトウッドの術中にはまり、あの場面を一言一句、正確に繰り返さなかったため……」

でも、とイヴは言い訳をはさんだ。

「あの部屋では光が顔にまともにあたる場所に座らされたんです。まぶしい光がまるでジャンピング・ジャック（紐を引っ張ると手足がぱっと動く人形）みたいに飛び跳ねて、頭がおかしくなりそうでしたわ！　それに、あなたもいらっしゃらなかったし。そばについていてくだされば、心の支えに……」

ジャニスは好奇心をたたえた目でイヴとキンロス博士の顔を見比べた。二人は一瞬どぎまぎしたらしかった。

「当然ながら彼らも——」キンロス博士は口ごもりながら言った。「供述を聞いて、犯人を指し示す重大な手がかりに気づきました。ただ、うっかり口を滑らせたのはアトウッドではなくニールさんだと思ったのです。おやおや、彼女はサー・モーリスが新しく手に入れた骨董品のことは誰にも聞いていなかったはずだぞ。それがどんな形状か知っているわけがないのに、どうして懐中時計そっくりの物がかぎ煙草入れだとわかったんだ？　いったん疑念が湧いたら、彼女がどんなに釈明を試みても言い逃れにしか聞こえないでしょう。彼女はあえなく留置場へ放りこまれてしまった。そこへちょうど、混乱を引き起こした張本人の私が戻ってきたわけです」

「なるほど」ベン伯父さんが言った。「不運のあとには幸運か。まるで振り子だな。アトウッドが意識を取り戻したことで状況は一変したわけですね」

「そうです」キンロス博士は厳しい口調で言った。「アトウッドが意識を取り戻したのです」

いやなことを思い出したせいだろう、博士の眉間に縦じわが刻まれた。

「アトウッドは茶色の手袋をはめていたのはトビイさんだとさかんに主張し、事件の幕を急いで下ろそうとしました。それこそ躍起になっていましたよ。望みどおり元妻を取り戻し、なおかつ恋敵を刑務所へ放りこむという一挙両得をもくろんだわけです。あれほどの重傷を負った人間が、ベッドから出て自分で着替え、わざわざ町の反対側にいるヴォトゥール予審判事に会いにいくなんて、無茶にもほどがありますよ。ところがアトウッドはそれをやった。どうしても行くと言って聞かなかったんです」

「あなたも止めなかったんでしょう?」

「ええ、止めませんでした」

少し間をおいてからキンロス博士は続けた。

「ご存じのように、あの男は予審判事の部屋の入口で死にました。サーチライトのような灯台の光を浴びたとたん廊下に倒れ、そのまま息絶えました。犯人だと看破されたせいで死んだのです」

午後が深まり、太陽はだいぶ西に傾いていた。小鳥がさえずっている庭に涼しい風が渡ってくる。

「それにしても、トビイにはあきれたわ。言うことは立派だけど、やってることは……」ジャニスはぷりぷりして言いかけたが、キンロス博士が笑いだしたので急に口をつぐみ、真っ赤になった。

「お嬢さん、あなたはお兄さんのことがよくわかっていませんね」

「でも、あんな姑息なやり方をしたんですよ。卑怯だわ!」

「卑怯というのとは少しちがうと思いますよ。失礼を承知で言うならば、大人になりきれていない男の典型でしょうね。よくいるタイプですよ」

「どういう意味ですの?」

「精神面でも情操面でも、まだ十五歳の少年なんです。単純な話ですよ。たとえ父親の物だろうと盗めば犯罪だということがきちんと理解できないんでしょう。男女の関係についても、時代遅れの古くさい道徳観念をそのまま引きずっているようですね。

世の中にはトビイさんのような人間はごろごろしています。世渡り上手で、成功した人生を送っている例も少なくありません。傍目《はため》には一分の隙もなく、誠実そのものの人物に見えます。ところがひとたび窮地に陥ると、思考力も度胸もない子供になって、ばらばらに壊れてしまうのです。一緒にゴルフをやったり酒を飲んだりする相手としてはいいでしょうが、結婚相手として望ましいかどうかはいささか疑問ですね……まあ、ここは聞き流してください」

「実を言うと――」ベン伯父さんが言いかけて途中でやめた。

「なんです?」

「ずっと気にかかっていたんですよ。モーリスはあの日、散歩から戻るなり――動転して、わなわな震えながらトビイになにか言っていましたが、あのときはまだアトウッドのことは話さなかったんですね?」

「ええ、そうよ」ジャニスが答えた。「わたしも二人の様子を見て心配になったの。トビイのことでよくない話が父の耳に入ったんじゃないかと思って。それで、なにもかも明るみに出たあと、トビイに訊いてみたわ。父はあのときこう言ったそうよ。〝今日はある人に会った〟これはアトウッドのことよね。〝あとでそのことについて話そう〟これを聞いて、トビイは震えあがったにちがいないわ。てっきりプルー・ラトゥールが本当に騒ぎを起こしたんだと思いこんで。だから急いでけりをつけようと、ろくに考えもせずあの晩ネックレスを盗むことにしたのよ」

ジャニスは不快げに首を振ってから、すぐに言い添えた。

「いま頃はあそこで――」彼女は向かいの家のほうへうなずいてみせた。「母に慰められてるわ。トビイはいつも甘やかされてきたの。でも、母親はみんなそういうものなんでしょうね」

「ああ！」ベン伯父さんがしみじみとため息をついた。

ジャニスは椅子から立ちあがって言った。

「イヴ」はっとするほど真剣味のこもった声だった。「わたしも兄のことを言えた義理じゃないわね。ごめんなさい。どうか許して。本当に申し訳なくて、お詫びの言葉が見つからないわ」

ほかにもなにか言いたそうにしたが、あきらめてぱっと駆けだし、庭を横切って家の脇にある小道へと姿を消した。ベン伯父さんのほうはゆっくりと腰を上げた。

「お帰りにならないで」イヴが引き止めた。「どうか、もう少し――」

ベン伯父さんはイヴの声が耳に入らないようで、思案にふけっていた。

「まんざら悪い結果ではないと思うがね」おもむろに低くつぶやいた。「あなたにとってはむしろよかったんじゃないかな。うむ、あなたのためにもトビイのためにも、これでいいんだ」

ベン伯父さんはばつが悪そうに背中を向けたが、またこちらへ向き直った。「あなたに差しあげようと、一週間かけて模型の船を作ったんだ。気に入ってもらえるといいが。色を塗り終わったら届けましょう。では、ごきげんよう」

引きずるような足取りで去っていった。

ベン伯父さんが帰ったあと、イヴ・ニールとダーモット・キンロス博士はしばらく無言で座っていた。二人とも別々の方向を見ていた。先に口を開いたのはイヴだった。

「昨日おっしゃったことは本当ですの？」

「なんのことですか？」

「明日、ロンドンへお帰りになるんでしょう？」

「ええ。いずれは帰らなければなりませんのでね。あなたはこれからどうなさるんですか？ 大事なのはそっちですよ」

「まだ決めていませんわ。それより、今回のことでは本当に……」

キンロス博士はその言葉をさえぎった。「ちょっと待った。もうお礼の言葉はけっこうですから」

「まあ、そんな冷たい言い方をなさらなくても！」

「そうじゃない。感謝してもらう必要などないと言いたかっただけです」

「なぜですの？ なぜ、わたしのためにここまで骨を折ってくださるの？」

キンロス博士はメリーランド煙草を箱ごと差しだして勧めたが、イヴは首を振った。キンロスは自分のために一本抜いて火をつけた。

「子供じみた理由ですよ。訊かなくてもわかっているはずです。いつか、あなたの気持ちが落ち着いたら、あらためて話しましょう。さしあたって重要なのはあなたの身の振り方ですよ。もう一度お尋ねしますが、どうするおつもりですか？」

イヴは肩をすくめた。

「わかりませんわ。荷物をまとめて、しばらくニースかカンヌにでも行こうかと考えて……」

「だめです」

「なぜ？」

「だめなものはだめです。あなたはゴロン署長の言ったとおりだ」

「あら、わたしのことをなんて？」

「騒動の火種だと言っていましたよ。また次にどんな厄介事に巻きこまれるかわからないとね。もしリヴィエラへ行けば、そこで獲物を待っているごろつきに引っかかって、その男を愛していると思いこまされ……今回のようなことを繰り返すのがおちです。そう、だからイギリスへ帰ったほうがいいと思いますね。イギリスにも危険は転がっているでしょうが、見守っている人間がいるだけまだましです」

イヴはいまの言葉の意味を嚙みしめた。

「実を言うと、イギリスへ戻ろうかとも考えたんです」イヴは視線を上げた。「教えてください、わたしはネッド・アトウッドのことを悲しむべきなんでしょうか？」

キンロス博士はくわえていた煙草を口から離して目を細めた。長いこと彼女を見つめていたが、やがて椅子の肘掛けを拳で叩いた。

「それは心理学の問題になりますね。話が込み入ってもかまわなければ、私の意見を述べましょう」

「お願いします」

「厳密に言えば、私はアトウッドを殺してはいません。〝汝殺すなかれ、されど生かすべく努力する必要はなし〟という詩があります。つまり、彼が死ぬように後押しをしただけです。私がやらなければ、ギロチンが代わりにやったでしょう。たとえ彼の怪我が治ったとしても。しかし、そういう結末はあまり気が進みませんでしたのでね」

博士は真剣な表情で続けた。

「トビイ・ローズは、もともとあなたにとってどうでもいい存在でした。あなたは寂しかったから、心の隙間を埋めるために誰かに頼りたかっただけでしょう。二度と繰り返してはならない過ちです。もうそういうことのないよう私が見守っていきます。まあ、殺人事件に阻まれなければ、事情は変わっていたかもしれませんがね。しかし、アトウッドはトビイ・ローズとはちがいます」

「そうでしょうか?」

「あの男はあの男なりに本気であなたを愛していました。アトウッドの言葉は本心から出たもので、嘘や演技ではなかったでしょう。とはいえ、あなたをアリバイに利用することは思いとどまれなかったのですが」

「ええ、よくわかっています」

「それでも、あなたを愛する気持ちには変わりなかったのでしょう。私が気になっているのは、あなたの気持ちはどうだったかということです。アトウッドのような男はあらゆる意味で危険なんですよ」

イヴは身じろぎもせずに座っていた。陰りゆく庭で、彼女の目がしっとりと輝いている。

「彼とのことはどう解釈なさってもかまいませんわ。たぶん、あなたのおっしゃるとおりなんでしょう。でも、ローズ家の人たちみたいな考え方だけはなさらないで。あの、もう少しそばにいらっしゃいません?」

ラ・バンドレット警察のアリスティード・ゴロン署長は、ずんぐりした身体に王様よろしく堂々たる威厳を漂わせ、颯爽とアンジュ街へ乗りこんできた。大きく胸を張って、ステッキを勢いよく振りまわし、すっかりご満悦の体《てい》だった。

キンロス博士はマダム・ニールに庭でのお茶会に招かれているそうなので、これから二人にローズ事件の決着について朗報を届けにいくところである。

ゴロン署長は上機嫌でアンジュ街を闊歩した。今回の事件によってラ・バンドレット警察は一躍有名になり、はるばるパリから新聞記者やカメラマンが大勢やって来た。キンロス博士に自分の名前は出さないでくれ、顔写真の掲載などもってのほかだと言われたのは意外だったが、世間をがっかりさせるわけにはいかないので、手柄は遠慮なく……

素直に認めよう。最初のうち博士を疑ったのはまちがいだった。あの男は思考機械さながらだ。まさしく賞賛に値する。本人の言葉を借りれば、ささやかな謎解きを生きがいにしているそうだ。時計を分解するように人の心を細かく分析する、時計並みに精密な人物と言っても過言ではなかろう。

ゴロン署長はミラマール荘の門を開けた。左手に家の脇を通って裏庭へ行く小道が見えたので、そこをたどっていった。

それにしても、イギリス人がトビイ・ローズのような偽善者ばかりではないとわかって、ほっとした。これも博士のおかげだな。以前よりもイギリス人に対する理解が深まった気がする。なにぶん……

ステッキで草の地面を突きながら、ゴロン署長はきびきびと裏庭へ入っていった。夕陽は薄れ、影が濃密さを増してきた。栗の木立が静寂に包まれている。これから告げる言葉を頭の中に用意しながら、ふと顔を上げたとたん、二人の姿に目を奪われた。

ゴロンの足がぴたりと止まった。

目が飛びださんばかりに見開かれた。

少しのあいだゴロンはその場で棒立ちになった。彼はたしなみ深く礼儀正しい男なので、他人の幸せなひとときを尊重するだけの思いやりは持ち合わせていた。ただちに回れ右すると、いま来た道を戻り始めた。とはいえ公平に扱われることを望む公平な考え方の持ち主でもあるので、アンジュ街の道を戻りながら、しょんぼりと首を振った。行きは悠然としていた足取りが、帰りはせかせかしていた。唇から誰にも聞こえない小さなつぶやき声が漏れ、〝目もあやな大輪の花〟という感嘆の言葉が夕空に吸いこまれていった。

『皇帝のかぎ煙草入れ』解析

戸川安宣

本書は一九四二年にアメリカのハーパー&ブラザーズ社より、そして翌四三年にはイギリスのヘイミッシ・ハミルトン社より刊行されたジョン・ディクスン・カー名義の長編二十三作目 *The Emperor's Snuff-Box* の最新訳である。

江戸川乱歩が「カー問答」の中で、「『皇帝のかぎ煙草入れ』は物理的に絶対に為し得ないような不可能を、不思議な技巧によってなしとげさせている。これはカーが処女作から十二年たっても、トリック小説に少しも飽きず、旺盛な創作欲を持ちつづけていた事を証する傑作だよ」と言っている本書は、掛け値なしの傑作だ。何の予備知識もなしに、読んでほしい。そして読み終わったら、もう一度巻頭に戻って読み直していただきたい。すると、作者がどのような手際でマジックを行っているかがわかって、初読のときよりスリリングな読書体験ができること必定である。

ということで、お読みになった方のために、まことに蛇足ながら本書の解析を行ってみたい。

【以下は、本文の読後、お読みください】

本書でカーが試みた仕掛けは実験的で、危険な、まさに綱渡り的な手法である。自分のアリバイ工作のために発したさりげない台詞によって、聞いていた者、就中《なかんずく》読者を間違った方向へ導くというトリックは、なにも本書が最初の作例ではない。田中潤司氏はE・S・ガードナーのペリー・メイスンもの『吠える犬』(一九三四)を先行例に挙げているし、クリスティの『死との約束』(一九三八)を引き合いに出す人もいる。けれど、そういうことを言うのなら、このトリックはカー自身がデビュー作『夜歩く』(一九三〇)ですでに使っているのだ。しかし、本書の真価はそのトリックにだけあるのではない、とぼくは考える。具体的に見ていこう。

本書のヒロイン、イヴ・ニールは、前夫ネッドと結婚していたときの家にそのまま住み続けていた。そこは細くて短い街路の両側に家並みがつづいていて、道幅が窮屈なくらい狭いため、向かいの家の様子は窓越しに丸見えだった。「通りの向かいに住む家族の姿は、ネッドと暮らしていた頃にも幾度か見かけた。だいぶ年を重ねた男性——トビイの父親のサー・モーリス・ローズだとあとでわかった——がいぶかしげにこちらをじっと見ているのに気づいたことも一、二度あった」。

なぜ、サー・モーリスは「いぶかしげにこちらを」見ていたのか? それが「ネッドと暮らしていた頃」である可能性も、暗示されている。ネッドの犯行動機を示唆する、最初の伏線だ。

さらに、「一度だけ、サー・モーリスがネッドのことを遠回しに尋ねようとしたが、途中で口ごもって、意味不明の妙な目つきのあとに話を打ち切ったことがあった」——読者は、息子の結婚相手の過去について、親として一言尋ねてみずにはいられなかったのだろう、と受け取ったのではないか。読み返してみると、ここはかなり思い切った描写であることがわかる。第四章にはサー・モーリスが「刑務所の改革」などの社会問題の解決に尽力していたと記されている。さらにキンロス博士が刑務所の仕事に携わっていたとき、サー・モーリスと面識があったという話が第十章に出てくる。そして事件当日、被害者は「日課にしている午後の散歩から戻ったあと、ずっと仏頂面だった」（第六章）。その原因を、散歩の途中、ネッドと会って話でもしたのでは、とジャニスは考える（第七章）――サー・モーリス殺しは、動機の見当が付かない事件だが、その解明の手がかりは、こうしてあちこちに鏤《ちりば》められているのだ。

第二章からは、ネッド・アトウッドがイヴの許に忍び込んでくる場面だが、ここからの数章は犯人（ネッド）が被害者（サー・モーリス）を殺害したまさに直後のシーンである。

本書にはバンコランやフェル博士といったカー作品でお馴染みの探偵は登場しない。ダーモット・キンロスというこの作品にだけ出てくる精神科医が探偵役を務める。そしてワトスン役もいない。*John Dickson Carr: The Man Who Explained Miracles*（Otto Penzler Books, 1995　邦訳は国書刊行会から『ジョン・ディクスン・カー　奇蹟を解く男』のタイトルで刊行されている）の中でダグラス・G・グリーンは、本書が当初、〈不可能犯罪捜査課〉のマーチ大佐を探偵役に据えて構想された可能性を示唆している。たしかに、一九四〇年刊の短編集『不可能犯罪捜査課』には、ラ・バンドレットを舞台にし、ゴロン署長が登場する「銀色のカーテン」という短編が収められている。灯台の光が二十秒ごとに街路を掃いて明滅する様が印象的に描写されているが、それは本書でも重要な意味を持って描かれている。しかし、『皇帝

Hamish Hamilton edition

のかぎ煙草入れ』がマーチ大佐を探偵役に考えられていたとは思えない。カーとしては当然、最初からイヴとの関係を考慮に入れて、この作品だけの探偵を起用したはずだから。

それはさておき、カーはデビュー作『夜歩く』以降、ワトスン役の視点で物語を綴ることが多い。しかし本書は、様々な人物の視点に立った三人称で書かれている。これが本書の要となる手法であり、そのためにワトスン役を作らなかったのでは、と勘繰りたくもなる。ことに大事な二・三・四章にはネッド（即ち犯人）の視点に立った叙述が随所に挿入されているのだから、記述者即犯人に近い、謎解きものとしてはきわめて大胆かつ綱渡り的な手法が用いられており、この部分の描写がフェアであるかどうかが本作の評価の分かれ目となる。

事件当夜ミラマール荘を訪れたネッド・アトウッドは、「目は酔っているようにとろんとしていた。だが、さすがのネッドもその晩は一滴も飲んでいなかった。酒ではなく、ある感情に酔いしれていたのである」――「ある感情」とはむろんのこと、犯行直後の心理状態を指している。

イヴの住む家のすぐ手前まで来て、「ネッドは無意識に道を隔てた向かいの家を見やった」。「果たしてネッドの予想どおりだった」。ローズ家の一階は真っ暗、二階はサー・モーリスの書斎の窓二つに明かりがともっている。「暑い夜なので、書斎の窓は鋼鉄の鎧戸が開け放たれ、カーテンも引かれていない」。「『よし！』ネッドは声に出して言うと、甘くかぐわしい夜気を胸深く吸いこんだ」――この辺りはまさにアンフェアぎりぎりの描写である。

ネッドは返さずに持っていた鍵を使ってイヴの家に忍び込む。そして階段を上り、寝室に近づいていく。階段のてっぺん近くの絨毯押さえの棒がゆるんでいて、この家に住んでいた頃、何度かつまずいたことがある。このときも、つい油断してころびそうになり悪態の叫びを上げてしまい、その声で寝室のイヴはネッドが忍び込んできたことを察知する。と同時に、ここはあとで起こる事故の伏線にもなっているところだ。部屋に押し入ってきたネッドとの間に、帰って帰らないの押し問答が繰り広げられるのだが、ここが本書最大のポイントである。イヴにとっても読者にとってももっとも不可解な謎は、彼女の部屋着にかぎ煙草入れの破片が付着していたことだが、それはこのあとのもみ合いの間に付いたもので、ネッドが犯人である証拠の一つであった。

向かいの家の二階では、夏場はいつもサー・モーリスが窓やカーテンを開け放っていたのに対し、イヴは日が暮れるとカーテンを閉め切っていた。ネッドはその隙間から向かいの家をのぞき見る。「窓から見えたものが期待どおりだったので安心した」。

サー・モーリスは起きてる？ と訊くイヴに対し、ネッドはこう答える。「起きてるよ。だがこっちのことにはさらさら興味がないらしい。拡大鏡を手に、かぎ煙草入れみたいなものを熱心にご鑑賞中だからね」。さらにつづけて、「おやっ！」と声を上げる。「ほかにもう一人いるぞ。誰だかちょっとわからないが」――イヴはそれをトビイだろうと解釈する。

このタイミングは、まさに絶妙だ。このときの「かぎ煙草入れみたいなもの」というのが、

Penguin edition

Pocket Book edition

ネッド犯人説の決定的な証拠なのだから。読者はそこに注意を向ける前に、「誰だかちょっとわからない」「もう一人」の人物がサー・モーリスの部屋にいることに気をとられてしまう。

この時点で、被害者がこの日手に入れ、熱心に見入っていたのがどういう物なのか、イヴ同様、読者は知らされていない。

そこにトビイから電話がかかってくる。彼は、父親がきょう骨董品を手に入れてご機嫌だ、と話す。思わずイヴは「見たわ、わたしたち……」と言いかけて、あわてて「わたしたち、今夜は本当にすばらしいお芝居を観たわね、トビイ」とごまかす。だがこれはトビイを欺くと同時に、彼女自身をも錯覚へと導く重要な台詞である。確認したように、カーテンの隙間から向かいの部屋をのぞき見たのはネッド一人であって、イヴは何も目にしていないのだ。これは同時に読者をも誤った方向へと誘導する巧みなミスディレクションである。

かぎ煙草というのは粉末状にした煙草の葉で、鼻先に持っていって吸いこむものだ。そしてその容れ物は、昔から様々な意匠のものが作られ、由緒ある品は骨董品として珍重された。素材や形は様々で、有名なところでは、プロイセンの王、フリードリヒ大王が愛用していたとされる金の箱で、七年戦争のとき、身につけていたお気に入りのかぎ煙草入れが弾丸をはじいて一命を取り留めた、という逸話がある。サー・モーリスが手に入れたというのはナポレオンの愛用品で、「透明な薔薇色の瑪瑙でできていて、縁取りは純金、おまけに小粒のダイヤモンドもちりばめてある」という逸品だ。ナポレオンはかぎ煙草の愛用者で、東京渋谷のたばこと塩の博物館にもナポレオン像をあしらった木製のかぎ煙草入れが何種類も収蔵されている。作中に登場するのは懐中時計のような形をしたもので、中央にナポレオンのNの文字が記されていた。ということで、英米のペイパーバック版はどちらも、そのかぎ煙草入れを表紙に描いている。

この電話でのやりとりを傍で聞いているネッドのつぶやきが記されているが、これも大胆な手法だ。ことにトビイが今夜父がまた骨董を手に入れたと報告するのを聞いて、「見たよ、ぼくたち。ついさっき、お宅の欲張りじいさんがそのお宝をとくとご覧になってる姿をね」とつぶやくのは、特に問題となる箇所だろう。「ついさっき」A minute ago、「見たよ、ぼくたち」we saw と言っている点だ。このつぶやきが誘導されやすいイヴに自分も見たと思い込ませるためのネッドの計画的言辞だとすれば、彼の（そして著者の）深慮遠謀は見事というほかない。果たしてそこまで計算した上での描写なのだろうか。グリーンの前掲書にカーがアントニイ・バウチャーに出した手紙からの引用が載っている。それによると、「これはかつて考案されたなかでもっとも卑劣で汚いペテンだが、新機軸だと確信しているし、フェアであることも断言する」（森英俊訳）とあるが、さて、読者の判定や如何に？

Harper edition

トビイとの電話が終わったあと、ネッドは部屋のカーテンを開け放った。「だが書斎の内部は、ほんの数分前にネッドがのぞいたときとは様子がちがっていた」。どうしたのと訊くイヴに対し、ネッドは向かいの窓を指さす。実はこのとき初めてイヴは向かいの部屋を見るのだ。「ネッドがさっき見たときは机のランプしか点灯していなかったが、いまは天井の中央でシャンデリアが煌々とともり、室内の光景は二人が正視するのをためらいそうなほど生々しく照らしだされていた」。そして二階の廊下に通じるドアを、「誰かがそっと閉めようとするところだった」。書斎からこっそり出ていく人影は、閉まりかけたドアの陰から「茶色の手袋」をはめた手をにゅっと伸ばして、ドアの脇のスイッチを押し下げた。

ここは、カーの言う「卑劣で汚いペテン」の最たる例だろう。この描写は、ネッドが凶行直後の現場を目撃した、と読める。だが、「ほんの数分前にネッドがのぞいたときと」ちがっていたのは、「さっき見たときは机のランプしか点灯していなかったが、いまは天井の中央でシャンデリアが煌々と」ともっていた点だったのだ。さらに言えば、「イヴよりもネッドのほうがショックは大きいようだった」とあるのも、ネッドが想定外の人物の出現に衝撃を受けていたからだったのである。

以上、ポイントとなる箇所を中心に見直してみると、いかにカーが綱渡りを演じているかがわかるだろう。常識では考えられないようなイリュージョンを見せるマジックには必ずトリックがあるのだ。それを「卑劣」とか「汚いペテン」と誹《そし》るか、騙された快感に酔うか、という問題ではないだろうか。ぼくは今回読み直して、乱歩同様、カーの手際に感服した。これは紛れもなく傑作だと思うが、如何であろうか。

そして本書を傑作たらしめているのは、イヴ・ニールという魅力的なヒロイン像を作り上げ、ウェルメイドなラヴロマンスに仕立てたカーの小説家としての手腕に依るところ大であることも付け加えておきたい。

さらには、原作の情感を見事に日本語に移し替えた駒月氏の翻訳についても特記しておきたい。巻末でゴロンがつぶやく一言――zizi-pompom、をどう訳すか、新訳を読む一つの楽しみだったが、作者同様、細心の注意を払った訳業に敬意を表したい。

英国版ハードカバーの初版ジャケットの裏にはヒュー・ウォルポール、J・P・プリーストリー、ドロシー・L・セイヤーズ、そしてアガサ・クリスティのカーに対する賛辞が並んでいる。本書がカーの代表作の一つであることは、内外の評価が一致しているのだ。

DVD UK edition

『皇帝のかぎ煙草入れ』は一九五七年、「キング・ソロモン」（一九五〇年、『ソロモン王の洞窟』の映画化）などのコンプトン・ベネット監督によって映画化された（*That Woman Opposite*、アメリカでは *City After Midnight* のタイトルで公開された）。フィリス・カーク、ダン・オハーリヒイ、ウイリアム・フランクリン、それに歌手のペトゥラ・クラークなどが出演している。まずまず原作に沿った脚色（コンプトン・ベネット）と言える（終盤ではゴロンが何度か'zizi-pompom'と呟いたりする）が、キャストが今ひとつ魅力に乏しく、原作を充分活かした映画とは言えないのが残念だ。

訳者紹介　1962年生まれ。慶應義塾大学文学部卒，英米文学翻訳家。主な訳書に，マクロイ「幽霊の2/3」「暗い鏡の中に」，ディクスン「九人と死で十人だ」，ドラモンド「あなたに不利な証拠として」，カーシュ「犯罪王カームジン」ほかがある。

検印
廃止

皇帝のかぎ煙草入れ

2012年5月25日　初版
2023年12月22日　8版

著者　ジョン・ディクスン・カー
訳者　駒《こま》月《つき》雅《まさ》子《こ》

発行所　（株）東京創元社
代表者　渋谷健太郎

162-0814/東京都新宿区新小川町1-5
電話　03・3268・8231-営業部
　　　03・3268・8204-編集部
URL　http://www.tsogen.co.jp
振替　00160-9-1565
萩原印刷・本間製本

ISBN978-4-488-11832-7　C0197